А. ФАД
РАЗГРОМ

A. FADEEV
THE ROUT

EDITED WITH INTRODUCTION, NOTES
AND VOCABULARY BY
R. COCKRELL

RUSSIAN

STUDIES

PUBLISHED BY BRISTOL CLASSICAL PRESS
GENERAL EDITOR: JOHN H. BETTS
RUSSIAN TEXTS SERIES EDITOR: NEIL CORNWELL

This edition first published in 1995 by
Bristol Classical Press
an imprint of
Gerald Duckworth & Co. Ltd
The Old Piano Factory
48 Hoxton Square, London N1 6PB

A catalogue record for this book is available
from the British Library

ISBN 1-85399-418-9

Available in USA and Canada from:
Focus Information Group
PO Box 369
Newburyport
MA 01950

Printed in Great Britain by
Booksprint, Bristol

CONTENTS

PREFACE

The text used in this edition is taken from A. Fadeev, *Razgrom* (Izdatel'stvo 'Khudozhestvennoi literatury', Moscow, 1968). This in turn is based on the text of the novel as it appears in volume 1 of Fadeev's Collected Works (5 volumes, Moscow, 1959-61). It should be noted that the only extant English version of the novel – *The Nineteen*, translated by R.D. Charques, Hyperion Press, Westport, Connecticut, 1973 – is a reprint of a much earlier edition (International Publishers, New York, 1929) and derives from a Russian text that, although substantially the same, is nonetheless not identical with the one that is published here.

I am grateful to colleagues who have helped me in the preparation of this volume, and in particular to Viktor Kabakchi for his advice and assistance. The responsibility for any errors and omissions is of course my own.

Roger Cockrell

BIOGRAPHICAL NOTES

Aleksandr Aleksandrovich Fadeev
(1901-1956)

1901   24 December (New Style), born in the town of Kimry, Tver' Province, the son of a doctor.

1902   Family moves first to Kursk and then to Vil'no (Vilnius), Lithuania.

1905   As a result of involvement in the 1905 Revolution father is exiled to Siberia where he dies 11 years later.

1907   Mother remarries Gleb Svyatoslavovich Svitych, a medical orderly.

1908   Family moves to Ufa, Southern Urals, and then to the Far East, settling in the village of Chuguevka, 120 miles to the north of Vladivostok.

1910-18 Educated at Vladivostok Commercial School, spending the winters in Vladivostok and the summers in Chuguevka.

1918   Becomes full member of communist party.

1918-20 Member of partisan detachment fighting against the Whites and the Japanese. Code name: Bulyga.

1921   Elected as delegate to the 10th Party Congress in Moscow. Severely wounded during assault on Kronstadt naval fortress.

1921-24 Student at Moscow Mining Academy.

1923   Publication of *Protiv techeniia* (*Against the Current*).

1924	Party worker in Krasnodar in the Kuban region of South Russia. Publication of *Razliv* (*The Flood*).
1924-26	In Rostov-on-Don as party journalist and editor of the newspaper *Sovetskii Iug*.
1926	Moves to Moscow. Becomes leading member of the proletarian writers' organisation, VAPP (later RAPP), and literary theorist.
1927	First publication of *Razgrom* (*The Rout*) as a separate edition.
1930s	Editor at various times of several leading literary journals, including *Na literaturnom postu* (*On Literary Guard*), Oktiabr' (*October*), and *Krasnaia nov'* (*Red Virgin Soil*).
1930	Publishes Part I of his novel *Poslednii iz Udege* (*The Last of The Udegs*).
1932	Dissolution of RAPP; member of organisational committee for the Union of Soviet Writers (USW).
1933	Part II of *Poslednii iz Udege*.
1934	Gives major speech at First Congress of USW. Elected to the presidium.
1937	Marries Angelina Yosifovna Stepanova, actress with the Moscow Arts Theatre. Two sons, Aleksandr and Mikhail.
1939-44	Secretary of the USW.
1939-56	Member of the central committee of the communist party.
1941	Publication of four completed parts of *Poslednii iz Udege*.
1941-45	Spends the war years as journalist, making frequent visits to the front line and, on two occasions, to the besieged city of Leningrad.
1945	Publishes his novel *Molodaia gvardiia* (*The Young Guard*).

1946-53   General secretary of the USW.

1947   *Pravda* publishes article criticising Fadeev for 'insufficiently highlighting the role of the party' in *Molodaia gvardiia*.

1950   Elected deputy to the Supreme Soviet.

1951   Revised edition of *Molodaia gvardiia* appears. Awarded Order of Lenin.

1951-56   Works on a new novel *Chernaia metallurgiia* (*Black Metallurgy*). This was never to be completed.

1953-54   Chairman of the USW.

1956   Publication of *Za tridtsat' let* (*In the Course of Thirty Years*), a collection of articles and speeches.
           On 13 May, after many years of depression, illness, and setbacks Fadeev commits suicide in his dacha in the writers' village of Peredelkino, near Moscow; this was less than three months after Khrushchev's 'secret speech' denouncing Stalin.

INTRODUCTION

The original idea for *Razgrom* (*The Rout*) came to Fadeev during the winter of 1920-21, before the publication of his first two stories, *Razliv* (*The Flood*) and *Protiv techeniia* (*Against the Current*). He did not start to work systematically on the novel, however, until 1925, completing it in the October of the following year, just before he finally moved to Moscow from the south of Russia. After its publication in 1927 Fadeev produced eight revised versions in all, with the final one of 1951 appearing in the posthumous edition of his collected works (*Sobranie sochinenii v piati tomakh*, 1, Moscow, 1959); it is this version which appears in the present volume. These revisions, however, did not change the novel substantially: a comparison of the 1927 and 1951 editions shows that most of the changes are of a relatively minor nature, concerned firstly with simplifying the language, and secondly with the deletion of phrases and passages which Fadeev considered vulgar or offensive.

The story of *The Rout*, set in the Far East of Russia during the civil war, concerns a detachment of Bolshevik partisans who are forced to flee before overwhelmingly superior enemy forces, and who succeed in extricating themselves from a seemingly impossible situation, only to be ambushed and all but annihilated; as a result of this catastrophe – the rout of the title – only nineteen of them survive. Strictly speaking the novel is neither an autobiographical story nor a documentary record; it is, nonetheless, based loosely on Fadeev's own experiences as a partisan in the Far East, and describes a sequence of events in the late summer and early autumn of 1919 which could well have taken place. For the Bolsheviks in the Far East these were critical months, the period in the civil war when their fortunes were at their lowest ebb. Squeezed between the Japanese, who had first landed in Vladivostok in April 1918, some five months after the Bolshevik revolution, and the White Cossack forces under Admiral Kolchak, the Red partisan groups seemingly faced certain defeat; it was only towards the end of 1919 that the tide began to turn in the Bolsheviks' favour. The novel is set, furthermore, in a part of Russia Fadeev had known since childhood. From the opening scene in the village where the detachment is quartered, through the portrayal of the countryside over which it is forced to flee, to the final emergence from the taiga into civilisation, he is concerned to give the work a precise and seemingly authentic geographical setting. It is true that a few of the villages, mountains and rivers mentioned are not located in the story precisely as they are on the map; but this, as Fadeev later claimed, was purely for lyrical and aesthetic reasons.

In some respects *The Rout* is not a typical story about the Russian civil war, certainly not one written by a committed Bolshevik such as Fadeev. We are given very little idea of the wider, strategic picture, or of the objective for which these Red partisans are fighting. Lenin, the Bolshevik Party, the October Revolution, the ideas of international communism play no part at all in the novel. Most significantly, as the opening words of the work make clear, Fadeev is concerned more to focus on individual destinies than to present his readers with a generalised description of events. In all, he brings some thirty characters to the forefront of his story, but they are not of course all given the same emphasis. Figures such as the partisans Chizh and Pika, the chairman of the village Soviet Ryabets, the medical orderly Kharchenko, the platoon leaders Dubov and Kubrak, and a number of others have more or less episodic roles. Then there are those who are given somewhat greater emphasis, including the detachment's doctor Stashinsky, the explosives expert Goncharenko, Baklanov, Metelitsa, and Varya, Morozka's wife. Finally there are the three figures who stand at the very centre of the novel: the detachment's commander Levinson, his orderly, Morozka, and the young interloper from the city, Mechik. In each case, however, Fadeev is striving to present his characters in the round as a believable human being and as a unique centre of consciousness. Perhaps more than any other story or novel of the period by a Bolshevik author, *The Rout* embodies a concept which had become the catchphrase of moderate centrist writers during the 1920s: the need to portray 'living people', or figures in whom the reader could believe, rather than ideological stereotypes.

Indeed in many ways the dominant tone of the novel, as many contemporary critics pointed out, seems to be that of nineteenth-century realism rather than of the new age of Bolshevism. For a large part of the work the proletarian Morozka, with his authentically socialist mining background, is portrayed as a sullen, truculent and rather wayward individual, more concerned with his own selfish desires than with a sense of duty or commitment to a wider ideological cause. The 'petty bourgeois' Mechik, on the other hand, undergoes experiences and expresses emotions with which many readers could no doubt identify. Levinson is shown not just as others see him, but as he sees himself, that is as a fallible and flawed human being; Fadeev indeed brings out his essential qualities precisely through the contrast between these two perspectives. We share in Varya's feeling of hopelessness, Baklanov's almost dog-like devotion for his commander, and Frolov's and Metelitsa's dying moments. Furthermore, with regard to the partisans as a whole, Fadeev seems to go out of his way to depict them not as an undifferentiated group of flag-waving Bolsheviks, but as individuals possessing many different attributes, negative as well as positive. The sterling qualities of figures such as Metelitsa, Goncharenko and Baklanov are certainly made very apparent, but on occasions it seems that these are more than offset by the manifestations of idleness, shirking, drunkenness and disobedience on the part of other members of the detachment. Throughout, Fadeev remains in absolute control of his material, his omniscience even extending to anthropomorphic glimpses into the mind of Morozka's horse, Mishka.

If there is much in this approach to characterisation which brings to mind Fadeev's nineteenth-century predecessor, Leo Tolstoy, then it is a debt which he himself openly acknowledged (without ever claiming, despite the protestations of some of his colleagues, that he possessed an equal genius). Indeed, for authors such as Fadeev, to create 'living people' meant in effect to 'try to write like Tolstoy'. Such a strategy, however, is fraught with danger, for it lays these authors open to the charge that they are simply using certain devices in a mechanical and superficial fashion; far from suspending the disbelief of their readers, they are forcibly reminding them all the while of their presence. The effect is the opposite of that which is intended; the reader's imagination is constrained, rather than liberated. This may be apparent in *The Rout* in Fadeev's use, some would say over-use, of repetitive detail to summarise a person's particular characteristics: Varya's warmth and kindness, for example, Morozka's 'greenish-brown eyes' (a feature shared with his horse), Stashinsky's one-eyed blinking (not exactly a wink), Levinson's 'unearthly' expression, or Goncharenko's curly beard. Barking dogs, screeching jays, solitary crows, tree-tapping woodpeckers, and particularly the striped chipmunk, with the 'naive, yellowish' eyes, who is fortuitously present to witness Mechik's moment of disgrace, may evoke a similarly negative reaction.

Comparisons with someone such as Tolstoy are invidious, however. It would be much fairer to Fadeev to remind ourselves that, at the time of writing *The Rout*, he was still a young man of under 25 who was learning his profession. By his own standards, furthermore, the novel undoubtedly represents a considerable advance on his two earlier stories, in terms of language as well as characterisation. The characters of *The Flood* and *Against the Current* are, almost without exception, one-dimensional and shallow creations, and the language they speak artificial and unrepresentative. In *The Rout*, by contrast, Fadeev is seeking to ensure that each character speaks a language which reflects the salient points of his or her personality and background. Indeed, the wide range of language and style in the novel generally is one of its most striking aspects. At one end of the spectrum is the standard literary Russian of the opening paragraphs of Chapter VI for example; at the other, the colloquial dialogue which takes up most of the previous two chapters, as well as many other sections, studded with slang words, regional and substandard dialect, and various vulgarisms which Fadeev had clearly thought fit not to delete from the first version of the novel.

As in his first story *The Flood* (published after *Against the Current*), the mountains and forests of the far eastern taiga form an impressive background to the narrative of *The Rout*. In the latter, however, Fadeev is learning to discard the generalised and romanticised evocations of landscape which are so characteristic of the earlier story. Passages such as the following (from Chapter XII) are relatively rare:

Обнима́ла их златоли́стая, сухотра́вая тайга́ в осе́нней жду́щей тишине́. В жёлтом ветви́стом кру́жеве линя́л седоборо́дый изю́бр, пе́ли прохла́дные родники́... А зверь реве́л с са́мого утра́ трево́жно, стра́стно, невыноси́мо, и чу́дилось в таёжном золото́м увяда́нии мо́щное дыха́ние како́го-то огро́много, ве́чно живо́го те́ла.

Contrast this with the passage from Chapter XIV, depicting Metelitsa at the start of his reconnaissance:

Он подня́лся на буго́р: сле́ва по-пре́жнему шла чёрная гряда́ со́пок, изогну́вшаяся, как хребе́т гига́нтского зве́ря; шуме́ла река́. Вёрстах в двух, должно́ быть во́зле са́мой реки́, горе́л костёр, — он напо́мнил Мете́лице о си́ром одино́честве пасту́шьей жи́зни...

Whereas the first passage presents us with an abstract and distanced view of the taiga, the second, typical of *The Rout* as a whole, shows the natural landscape through the eyes of an observer. We gain not only an 'immediate impression of reality' – another favourite catchphrase of writers such as Fadeev – but also some insight into Metelitsa himself. In just a few years years he had learnt to shape and mould his language so that the descriptive passages are subordinate to character.

We should also note Fadeev's use of lighting to capture essential, precise details. At one moment, for example, the tired faces of the partisans are suddenly revealed as the camp fire blazes into life, the contrasting chiaroscuro effect imprinting the details on the mind:

А внизу́ кто-то...вопи́л:
– Огня́-а дава́й!... Огня́-а-а дава́й!...
Вдруг на са́мом дне ба́лки полыхну́ло бесшу́мное за́рево костра́ и вы́рвало из темноты́ мохна́тые ко́нские го́ловы,

усталые лица людей в холодном блеске патронташей и винтовок.

Fadeev uses the same device in Chapter XVI, just as the detachment, having been ousted from the village by the Cossack counter-attack, is forced to retreat into the forest. The welcoming darkness and relative peace are suddenly shattered, not only by the crackle of machine-gun fire but also by the glow from the burning village which casts an unearthly, ominous light on to the trees; the seemingly bloodstained moss on the tree-trunks presages the carnage that is to follow.

Less successful, however, is the description of the crucial moment in the forest, when the partisans realise they are trapped between the enemy forces on the one side and an apparently impassable swamp on the other. Suddenly, like some *deus ex machina*, Levinson appears in their midst :

И вдруг он появился среди них, в самом центре людского месива, подняв в руке зажжённый факел, освещавший его мёртвенно-бледное бородатое лицо со стиснутыми зубами, с большими горящими круглыми глазами, которыми он быстро перебегал с одного лица на другое. И в наступившей тишине, в которую врывались только звуки смертельной игры, разыгравшейся *там*, на опушке леса, – его нервный, тонкий, охрипший голос прозвучал слышно для всех.

Here the abrupt switch in the focus of the narrative, from the bemused, exhausted, and angry partisans to the godlike and impassioned Levinson, is accompanied by an equally sudden change in tone, which shifts from the compressed and urgent realism which has characterised the passage hitherto, to an idealised, epic style. The reference to the partisans as an undifferentiated mass and the portrayal of a superhuman Levinson, with his 'deathly pale face', 'clenched teeth', and 'burning eyes', come as something of a surprise in a work which for the most part has studiously avoided such propagandist clichés.

Such a passage may be unexpected, but it also serves as a distinct if unsubtle reminder that we are dealing with an author who was one of the most committed Bolsheviks of his generation. Fadeev had become a full member of the communist party at the unusually young age of sixteen, without going through any of the customary preliminary stages. His experiences as a member of a Bolshevik partisan group had convinced him of the virtues of Leninist discipline and unswerving devotion and loyalty to the cause; at one stage he transferred himself from one partisan detachment to another, solely on the grounds of the latter's greater discipline and order. His fellow-writer, Ilya Erenburg, once characterised him as 'a bold, but disciplined soldier who never forgot the prerogatives of his commander-in-chief'. With this background it would indeed be surprising if *The Rout* were not a political novel, but how, bearing in mind all that has been said about Fadeev's rounded approach to characterisation, does this ideological aspect manifest itself?

At the heart of the novel lies the relationship and contrast between the miner Morozka and the middle-class youth from the city, Mechik. Indeed, the first part of the work to be written was originally in the form of a short story entitled *Vragi* (*Enemies*); this was subsequently to be incorporated in the novel, with the same title, as Chapter VII. It is in this chapter that the growing rift between the two is highlighted: on the one hand the egocentric, impressionable figure of Mechik with his unrealisable dreams; on the other, the inarticulate, passionate Morozka, frustrated almost beyond endurance. Although the immediate cause of his anger is his awareness of the growing relationship between Mechik and Varya, and his realisation that he can do very little about it, there are more fundamental forces at work within him than short-term jealousy. As his actions in the next chapter make clear, the turning-point has already been reached. Although he remains prey to feelings of frustration, bitterness, and envy, his sense of self-esteem returns and, with Goncharenko's help, he begins gradually to reintegrate himself into the community.

While all this is taking place Mechik is moving, as it were, in the opposite direction. Again, Fadeev is careful not to make the changes seem too abrupt or obvious, and even in the later stages of the work Mechik is not portrayed totally unsympathetically, but the clues are there: his constant preoccupation with himself, his hollow illusions, and even his inability to relate to others become tedious and irritating. Just at the time that Morozka's positive relationship with Goncharenko is developing, Mechik is turning to the unreliable Pika and the cynical Chizh. Whereas Morozka cares lovingly for his horse, Mechik neglects his to the extent that he is no longer able to ride it. Fadeev's ideological position finally becomes crystal clear towards the end of the novel with his stark comparison between Morozka's heroic act of self-sacrifice, and Mechik's cowardly betrayal, his eyes remaining 'repellently' and 'shamefully' dry. With hindsight, each of them, when *in extremis*, has reacted as we might have expected: Mechik's behaviour at this critical point is governed wholly by self-interest; Morozka's on the other hand derives from his understanding that, where loyalty towards oneself and responsibility towards others conflict, it is the latter that must prevail.

The particular virtue of Morozka's action is confirmed by the very last words of the novel:'нужно...исполнять свой обязанности'. This final exhortation may indeed be the the moral of the story, for it applies at least as strongly to the detachment's commander, Levinson. This physically unprepossessing figure, based on the person who was Fadeev's own commander during the civil war, I.M. Pevzner, is characterised above all by the sense of 'otherness' which sets him apart from the rest, even from his lieutenant and closest companion Baklanov. This is not because he is essentially a different type of human being; we learn that he has the same foibles, anxieties, and concerns as anyone else. With the exception of the episode during the crossing of the swamp, referred to above, he is far from being the leather-jacketed, iron-jawed superman who was such a feature of early Soviet fiction generally. We are told early on that he possesses a sixth sense, it is true. But then, unlike Metelitsa, he fails to note beforehand the presence of the swamp, and he is also guilty of not ensuring that Mechik is properly supervised. We have in Levinson, in other words, a hero who is 'a living man', i.e. less than perfect, but Fadeev clearly wishes to make a virtue of his defects. Levinson stands alone not out of sensitivity, vanity or pride, but because he considers that, as a leader, he has no other choice; it is a self-imposed isolation, arising from his belief in the cause. Even if he were mistaken in this belief, he knows that only he can take the agonising decisions to slaughter the Korean family's pig (their sole source of food for the winter), and to order the killing of the wounded partisan Frolov, rather than abandon him to the Japanese and consequently a worse fate. Levinson is therefore presented above all as someone who continues the struggle, despite particularly adverse circumstances:

Всю дорогу мучила его непереносная, усиливающаяся с каждым днём боль в боку; и он знал уже, что боль эту – следствие усталости и малокровия – можно вылечить только неделями спокойной и сытной жизни. Но так как ещё лучше он знал, что долго не будет для него спокойной и сытной жизни, он всю дорогу проноравливался к новому своему состоянию, уверяя себя, что эта «совсем пустяковая болезнь» была у него всегда и потому никак не может помешать ему выполнить то дело, которое он считал своей обязанностью выполнить.

The theme of a strong sense of duty impelling people to subordinate their own selfish desires to a greater and outside cause was later, ironically, to be reflected in Fadeev's own life and career, with ultimately tragic results.

The figure who apparently possesses all the positive qualities which Levinson lacks is his dashing platoon commander Metelitsa. Tall, handsome, incorruptible, and courageous, Metelitsa is the embodiment of an ideal physical type. His thoughts unclouded by doubts, worry, or indecision, he performs his tasks with a singlemindedness and ease which are the envy of lesser mortals, including Levinson, possibly even Fadeev himself. When, as a result of his characteristic impetuosity, he is discovered and taken prisoner by the

Cossacks, his reactions and demeanour are those of a captured predatory animal. Unyielding to the very end, he dies a hero's death, launching himself on to his captors and grappling with them until one of them finally manages to shoot him. The whole Metelitsa episode, however, was a miscalculation on Fadeev's part, as he himself was later to acknowledge. In the first place, it is simply an intrusion into the main narrative, thereby making the work structurally imbalanced; and secondly, a one-dimensional and stereotyped figure such as Metelitsa belongs to a different mode of writing. His only significant function in the novel is to act as a foil to Levinson.

Metelitsa's death is magnificent but pointless. Yet if Metelitsa and all that he symbolises are excluded, what remains? Is Fadeev merely making the point that the most the partisans can expect is a good deal of suffering and probably an early death, but that this can be justified and redeemed by the fact that they have done their duty? Much of the work seems to confirm this interpretation – all the solutions unravel retrospectively, as it were, from the final sentence. What then of the work's penultimate paragraph, portraying the surviving partisans emerging from their traumatic experiences into the sunlit valley? Rufus Mathewson damns this almost literally purple passage with faint praise, with his reference to its 'obligatory note of uplift' (*The Positive Hero in Russian Literature*, p.197). The uplift is certainly present: one possible interpretation of *The Rout* is to see it as a political allegory portraying the movement of the Russian people from chaos, disaster and suffering to their final emergence into the Promised Land of Communism. Any implication, however, that Fadeev imposed an optimistic ending on to the story, against his better judgement, misrepresents the case. There can be no doubt that Fadeev's belief in the implicit and organic link between the sometimes mundane, and often harsh and exacting demands of today and the new era of the future was genuine. We can see this link between 'today' and 'tomorrow' most succinctly in Chapter XIII of the novel. After Levinson's conversation during the night watch with Mechik, he begins to muse on the differences between the two of them. The crucial point lies in their different attitudes to reality: on the one hand there is Mechik's view, based on false dreams and deceptive fables; on the other, his own desire not simply to see reality for what it is, but also to work actively to change that reality in order to create a better future:

«Видеть всё так, как оно́ есть, – для того́, что́бы изменя́ть то, что есть, приближа́ть то, что рожда́ется и должно́ быть», – вот к како́й – са́мой просто́й и са́мой нелёгкой – му́дрости пришёл Левинсо́н.

In the first version of the novel the wording of this passage is slightly different, making the link between present and future less clear. From the early 1930s onwards, however, all versions have used identical phrasing to the above.

Despite, however, Fadeev's passionate belief in such a link, the novel itself is not wholly convincing in this respect, largely because he was attempting to achieve the impossible: to reconcile the demands of psychological realism with the ideals of revolutionary romanticism. It is hardly surprising, therefore, that the critical reception for the novel was very mixed, ranging from outright condemnation on the part of some members of the Left Front of Art (the successors to the futurists), who saw it as a slavish imitation of Tolstoy and irrelevant to contemporary needs, to euphoric enthusiasm from those further to the right, who considered that it opened a new era in Soviet literature. Such a broad spectrum of opinion was a reflection of the widespread and often bitter polemics which characterised the debate on Soviet culture during the 1920s. *The Rout* was controversial precisely because it brought to the forefront issues such as the portrayal of a new type of hero, the purpose of literature, the balance between ideology and art, the role of the intelligentsia, and the relationship between the hero and the masses. These were not just academic points to be discussed in the classroom, conference halls and literary journals, but were a vital part of the wider political debate, as yet unresolved in 1927, on fundamental issues concerning the development of the new society. From the early 1930s, however, critical opinion on *The Rout* entered a new phase which continued for over half a century: naturally there were differences in interpretation, but for all Soviet critics without exception the novel was one of the unquestioned classics of its age, a formative work of major importance and a beacon pointing the way ahead to communism. Since 1991 and the collapse of the Soviet Union, Fadeev, together with all his works and in common with much of the rest of Soviet culture, has disappeared almost entirely from public view. Part of the reason for this lies no doubt in Fadeev's reputation, gained in the decades after the publication of *The Rout*, as the hatchet man of Soviet literature, indirectly responsible for the imprisonment, even death, of many of his fellow-writers and colleagues. Within the context of the 1920s, however, *The Rout* occupies a special place precisely because its author set out not merely to portray the virtues of a particular ideological system, but also to continue the traditions of nineteenth-century Russian literature, and therefore its more universal and human values.

FURTHER READING

With Fadeev's impeccable Bolshevik credentials and his popularity with the general reading public during the Soviet period, it is not surprising that he attracted a lot of attention from Soviet literary specialists and critics. The list below represents a tiny proportion of the total number of works published in the Soviet Union, and is confined in any case to those which are particularly relevant to *Razgrom*.

In marked contrast very little has been written on any aspect of Fadeev in the West. In so far as *Razgrom* is concerned, only a handful of articles and sections of books on broader topics deal with the novel in any detail.

Beliaev, B., *Stranitsy zhizni:A. Fadeev v 20-ye i 30-ye gody* (Moscow, 1980). Contains interesting biographical information on Fadeev during his early years as a writer.

Bushmin, A.S., *Roman A. Fadeeva "Razgrom"* (Leningrad, 1954). Perhaps the most detailed analysis of the novel; typically Soviet in many ways, but avoids an over-euphoric approach.

Cockrell, R., 'Fadeyev's "Razgrom"': The Tolstoyan Heritage', *Irish Slavonic Studies*, No. 9 (1988) 80-94.

Freeborn, R., 'Dialectics and dualism: *The Rout, Envy, Over the Border, Honey and Blood, Sevastopol*', in *The Russian Revolutionary Novel: Turgenev to Pasternak* (Cambridge University Press, Cambridge, 1982) 149-55. A brief, but perceptive and generally positive evaluation of the novel.

Kiseleva, L.F., *Tvorcheskie iskaniia A. Fadeeva* (Moscow, 1965). A thoughtful and reasonably balanced analysis of Fadeev's work.

Mathewson, R.W., *The Positive Hero in Russian Literature* (2nd ed.) (Stanford University Press, Stanford, 1975). Sets the difficulties faced by writers such as Fadeev in perspective. The discussion focuses in particular on the figure of Levinson (pp. 191-200).

Ozerov, V., *Aleksandr Fadeev: Tvorcheskii put'* (Moscow, 1965). The most dogmatic of all the Soviet books in this list, but includes a full and interesting discussion of *Razgrom*.

Velikaia, N.I., 'Stil' romana A. Fadeeva "Razgrom"', in *Aleksandr Fadeev: Materialy i issledovaniia*, edited by N.B. Volkova, N.I. Dikushina and V.M. Ozerov (Moscow, 1977) 354-79.

See also the entry on Fadeev in the Gale *Twentieth-Century Literary Criticism* series, vol. 53, (Gale Research Incorporated, Detroit, 1994) 44-69.

РАЗГРОМ

I

Бренча́ по ступе́нькам изби́той японской ша́шкой, Ле-
винсо́н вы́шел во двор. С поле́й тяну́ло гречи́шным мёдом.[1] В жа́ркой бе́ло-ро́зовой пе́не пла́вало над головой
ию́льское солнце.
Ордина́рец Моро́зка, отгоня́я пле́тью осатане́вших
цеса́рок, суши́л на брезе́нте ове́с.
— Свезёшь в отря́д Шалды́бы,— сказа́л Левинсо́н,
протя́гивая паке́т.— На слова́х переда́й... впро́чем, не на́-
до — там всё напи́сано.
Моро́зка недово́льно отверну́л го́лову, заигра́л плёткой — е́хать не хоте́лось. Надое́ли ску́чные казённые
разъе́зды, никому́ не ну́жные паке́ты, а бо́льше всего́ —
незде́шние глаза́ Левинсо́на; глубо́кие и больши́е, как
озёра, они́ вбира́ли Моро́зку вме́сте с сапога́ми и ви́дели
в нём мно́гое тако́е, что, мо́жет быть, и самому́ Моро́зке
неве́домо.
«Жу́лик»,— поду́мал ордина́рец, оби́дчиво хло́пая ве́-
ками.
— Чего́ же ты стои́шь? — рассе́рдился Левинсо́н.
— Да что, това́рищ команди́р, как куда́ е́хать, счас
же Моро́зку. Бу́дто никого́ друго́го и в отря́де нет...
Моро́зка наро́чно сказа́л «това́рищ команди́р», чтобы
вы́шло официа́льней: обы́чно называ́л про́сто по фа-
ми́лии.
— Мо́жет быть, мне самому́ съе́здить, а? — спроси́л
Левинсо́н е́дко.
— Зачем самому́? Наро́ду ско́лько уго́дно...[2]

Левинсон сунул пакет в карман с решительным видом человека, исчерпавшего все мирные возможности.

— Иди сдай оружие начхозу,[3]— сказал он с убийственным спокойствием,— и можешь убираться на все четыре стороны.[4] Мне баламутов не надо...

Ласковый ветер с реки трепал непослушные Морозкины кудри. В обомлевших полынях у амбара ковали раскалённый воздух неутомимые кузнечики.

— Обожди,— сказал Морозка угрюмо. — Давай письмо.

Когда прятал за пазуху, не столько Левинсону, сколько себе пояснил:

— Уйтить[5] из отряда мне никак невозможно, а винтовку сдать — тем паче.[6]— Он сдвинул на затылок пыльную фуражку и сочным, внезапно повеселевшим голосом докончил:— Потому не из-за твоих расчудесных глаз, дружище мой Левинсон, кашицу мы заварили!..[7] По-простому тебе скажу, по-шахтёрски!..[8]

— То-то и есть,— засмеялся командир,— а сначала кобенился... балда!..

Морозка притянул Левинсона за пуговицу и таинственным шёпотом сказал:

— Я, брат, уже совсем к Варюхе в лазарет снарядился, а ты тут со своим пакетом. Выходит, ты самая балда и есть...

Он лукаво мигнул зелёно-карим глазом и фыркнул, и в смехе его — даже теперь, когда он говорил о жене,— скользили въевшиеся с годами, как плесень, похабные нотки.

— Тимоша! — крикнул Левинсон осоловелому парнишке на крыльце.— Иди овёс покарауль: Морозка уезжает.

У конюшен, оседлав перевёрнутое корыто, подрывник Гончаренко чинил кожаные вьюки. У него была непокрытая, опалённая солнцем голова и тёмная рыжеющая борода, плотно скатанная, как войлок. Склонив кремнёвое лицо к вьюкам, он размашисто совал иглой, будто вилами. Могучие лопатки ходили под холстом жерновами.

— Ты что, опять в отъезд? — спросил подрывник.

— Так точно, ваше подрывательское степенство!..[9]

Морозка вытянулся в струнку и отдал честь, приставив ладонь к неподобающему месту.

— Вóльно,— снисходи́тельно сказáл Гончарéнко,— сам таки́м дуракóм был. По какóму дéлу посылáют?

— А так, по плёвому: промя́ться команди́р велéл. А то, говоря́т, ты тут еще детéй нарожáешь.

— Дурáк...— пробурчáл подрывни́к, отку́сывая дрáтву,— треплó сучáнское. [10]

Морóзка вы́вел из пу́ни лóшадь. Гривáстый жерéбчик насторóженно пря́дал ушáми. Был он крéпок, мохнáт, рыси́ст, походи́л на хозя́ина: таки́е же я́сные, зелёно-кáрие глазá, так же призéмист и кривонóг, так же простовáто-хитёр [11] и блудли́в.

— Ми́шка-а... у-у... Сатанá-а...— любóвно ворчáл Морóзка, затя́гивая подпру́гу.— Ми́шка... у-у... бóжья скоти́нка... [12]

— Ёжли прики́нуть, кто из вас умнéе,— серьёзно сказáл подрывни́к,— так не тебé на Ми́шке éздить, а Ми́шке на тебé, ей-бóгу.

Морóзка ры́сью вы́ехал за поскóтину.

Зарóсшая просёлочная дорóга жáлась к рекé. Зали́тые сóлнцем, стлáлись за рекóй гречáные и пшени́чные ни́вы. В тёплой пеленé качáлись си́ние шáпки Сихотó-Али́нского хребтá. [13]

Морóзка был шахтёр во вторóм поколéнии. Дед егó — оби́женный свои́м бóгом и людьми́ сучáнский дед — ещё пахáл зéмлю; отéц променя́л чернозём на у́голь.

Морóзка роди́лся в тёмном барáке, у шáхты № 2, когдá си́плый гудóк звал на рабóту у́треннюю смéну.

— Сын?..— переспроси́л отéц, когдá рудни́чный врач вы́шел из камóрки и сказáл ему́, что роди́лся и́менно сын, а не кто другóй.

— Знáчит, четвёртый...— подытóжил отéц покóрно.— Весёлая жизнь...

Потóм он напя́лил измáзанный углём брезéнтовый пиджáк и ушёл на рабóту.

В двенáдцать лет Морóзка научи́лся вставáть по гудку́, катáть вагонéтки, говори́ть нену́жные, бóльше мáтерные словá и пить вóдку. Кабакóв на Сучáнском рудникé бы́ло не мéньше, чем копрóв.

В ста сажéнях [14] от шáхты кончáлась падь и начинáлись сóпки. Отту́да стрóго смотрéли на посёлок обомшéлые кондóвые éли. Седы́ми, тумáнными утрáми таёжные изю́бры старáлись перекричáть гудки́. В си́ние пролёты хребтóв, чéрез круты́е перевáлы, по несконча́емым рéльсам ползли день за днём гружённые углём дековильки на станцию Кангауз. На гребнях чёрные от мазута барабаны, дрожа от неустанного напряжения, наматывали скользкие тросы. У подножий перевалов, где в душистую хвою непрошенно затесались каменные постройки,[15] работали неизвестно для кого люди, разноголосо свистели «кукушки», гудели электрические подъёмники.

Жизнь действительно была весёлой.

В этой жизни Морозка не искал новых дорог, а шёл старыми, уже выверенными тропами. Когда пришло время, купил сатиновую рубаху, хромовые, бутылками, сапоги[16] и стал ходить по праздникам на село в долину. Там с другими ребятами играл на гармошке, дрался с парнями, пел срамные песни и «портил» деревенских девок.

На обратном пути «шахтёрские» крали на баштанах арбузы, кругленькие муромские огурцы[17] и купались в быстрой горной речушке. Их зычные, весёлые голоса будоражили тайгу, ущербный месяц с завистью смотрел из-за утёса, над рекой плавала тёплая ночная сырость.

Когда пришло время, Морозку посадили в затхлый, пропахнувший онучами и клопами полицейский участок. Это случилось в разгар апрельской стачки, когда подземная вода, мутная, как слёзы ослепших рудничных лошадей, день и ночь сочилась по шахтным стволам и никто её не выкачивал.

Его посадили не за какие-нибудь выдающиеся подвиги, а просто за болтливость: надеялись пристращать и выведать о зачинщиках. Сидя в вонючей камере вместе с майхинскими спиртоносами,[18] Морозка рассказал им несметное число похабных анекдотов, но зачинщиков не выдал.

Когда пришло время, уехал на фронт — попал в кавалерию. Там научился презрительно, как все кавалеристы, смотреть на «пешую кобылку», шесть раз был ранен, два раза контужен и увлёкся по чистой[19] ещё до революции.

А вернувшись домой, пропьянствовал недели две и женился на доброй гулящей и бесплодной откатчице из шахты № 1. Он всё делал необдуманно: жизнь казалась ему простой, немудрящей, как кругленький муромский огурец с сучанских баштанов.

Может быть, потому, забрав с собой жену, ушёл он в восемнадцатом году защищать Советы.

Как бы то ни было, но с той поры вход на рудник был ему заказан: Советы отстоять не удалось, а новая власть не очень-то уважала таких ребят.

Мишка сердито цокал коваными копытцами; оранжевые пауты назойливо жужжали над ухом, путались в мохнатой шерсти, искусывая до крови.

Морозка выехал на Свиягинский боевой участок. За ярко-зелёным ореховым холмом невидимо притаилась Крыловка,[20] там стоял отряд Шалдыбы.

— В-з-з... в-з-з...— жарко пели неугомонные пауты.

Странный, лопающийся звук трахнул и прокатился за холмом. За ним — другой, третий... Будто сорвавшийся с цепи зверь ломал на стреме колючий кустарник.

— Обожди,— сказал Морозка чуть слышно, натянув поводья.

Мишка послушно оцепенел, подавшись вперёд мускулистым корпусом.

— Слышишь?.. Стреляют!..— выпрямляясь, возбуждённо забормотал ординарец.— Стреляют!.. Да?..

— Та-та-та...— залился за холмом пулемёт, сшивая огненными нитками оглушительное уханье бердан, округло чёткий плач японских карабинов.[21]

— В карьер!..— закричал Морозка тугим взволнованным голосом.

Носки привычно впились в стремена, дрогнувшие пальцы расстегнули кобуру, а Мишка уже рвался на вершину через хлопающий кустарник.

Не выезжая на гребень, Морозка осадил лошадь.

— Обожди здесь,— сказал, соскакивая на землю и забрасывая повод на луку седла: Мишка — верный раб — не нуждался в привязи.

Морозка ползком взобрался на вершину. Справа, миновав Крыловку, правильными цепочками, разученно, как на параде, бежали маленькие одинаковые фигурки с жёлто-зелёными околышами на фуражках. Слева, в панике, расстроенными кучками метались по златоколосому ячменю люди, на бегу отстреливаясь из берданок. Разъярённый Шалдыба (Морозка узнал его по вороному коню и островерхой барсучьей папахе) хлестал плёткой во все стороны и не мог удержать людей. Видно было, как некоторые срывали украдкой красные бантики.

— Сволочи, что делают, что только делают...— всё больше и больше возбуждаясь от перестрелки, бормотал Морозка.

В задней кучке бегущих в панике людей, в повязке из платка, в кургузом городском пиджачишке, неумело волоча винтовку, бежал, прихрамывая, сухощавый парнишка. Остальные, как видно, нарочно применялись к его бегу, не желая оставить одного. Кучка быстро редела, парнишка в белой повязке тоже упал. Однако он не был убит — несколько раз пытался подняться, ползти, протягивал руки, кричал что-то неслышное.

Люди прибавляли ходу, оставив его позади, не оглядываясь.

— Сволочи, и что только делают! — снова сказал Морозка, нервно впиваясь пальцами в потный карабин.

— Мишка, сюда!.. — крикнул он вдруг не своим голосом.

Исцарапанный в кровь жеребчик, пышно раздувая ноздри, с тихим ржанием выметнулся на вершину.

Через несколько секунд, распластавшись, как птица, Морозка летел по ячменному полю. Злобно взыкали над головой свинцово-огненные пауты, падала куда-то в пропасть лошадиная спина, стремглав свистел под ногами ячмень.

— Ложись!.. — крикнул Морозка, перебрасывая повод на одну сторону и бешено пришпоривая жеребца одной ногой.

Мишка не хотел ложиться под пулями и прыгал всеми четырьмя вокруг опрокинутой стонущей фигуры с белой, окрашенной кровью повязкой на голове.

— Ложись... — хрипел Морозка, раздирая удилом лошадиные губы.

Поджав дрожащие от напряжения колени, Мишка опустился на землю.

— Больно, ой... бо-больно!.. — стонал раненый, когда ординарец перебрасывал его через седло. Лицо у парня было бледное, безусое, чистенькое, хотя и вымазанное в крови.

— Молчи, зануда!.. — прошептал Морозка.

Через несколько минут, опустив поводья, поддерживая ношу обеими руками, он скакал вокруг холма — к деревушке, где стоял отряд Левинсона.

II

МЕЧИК

Сказать правду, спасённый не понравился Морозке с первого взгляда.

Морозка не любил чистеньких людей. В его жизненной практике это были непостоянные, никчёмные люди, которым нельзя верить. Кроме того, раненый с первых же шагов проявил себя не очень мужественным человеком.

— Желторотый...— насмешливо процедил ординарец, когда бесчувственного парнишку уложили на койку в избе у Рябца.— Немного царапнули, а он и размяк.

Морозке хотелось сказать что-нибудь очень обидное, но он не находил слов.

— Известно, сопливый... — бурчал он недовольным голосом.

— Не трепись, — перебил Левинсон сурово. — Бакланов!.. Ночью отвезёте парня в лазарет.

Раненому сделали перевязку. В боковом кармане пиджака нашли немного денег, документы (звать Павлом Мечиком), свёрток с письмами и женской фотографической карточкой.

Десятка два угрюмых, небритых, чёрных от загара людей по очереди исследовали нежное, в светлых кудряшках, девичье лицо, и карточка смущённо вернулась на своё место. Раненый лежал без памяти, с застывшими, бескровными губами, безжизненно вытянув руки по одеялу.

Он не слыхал, как душным тёмно-сизым вечером его вывезли из деревни на тряской телеге, очнулся уже на носилках. Первое ощущение плавного качания слилось с таким же смутным ощущением плывущего над головой звёздного неба. Со всех сторон обступала мохнатая, безглазая темь, тянуло свежим и крепким, как бы настоянным на спирту, запахом хвои и прелого листа.

Он почувствовал тихую благодарность к людям, которые несли его так плавно и бережно. Хотел заговорить с ними, шевельнул губами и, ничего не сказав, снова впал в забытье.

7

Когда проснулся вторично, был уже день. В дымящихся лапах кедровника таяло пышное и ленивое солнце. Мечик лежал на койке, в тени. Справа стоял сухой, высокий, негнущийся мужчина в сером больничном халате, а слева, опрокинув через плечо тяжёлые золотисто-русые косы, склонилась над койкой спокойная и мягкая женская фигура.

Первое, что охватило Мечика, — что исходило от этой спокойной фигуры — от её больших дымчатых глаз, пушистых кос, от тёплых смуглых рук, — было чувство какой-то бесцельной, но всеобъемлющей, почти безграничной доброты и нежности.

— Где я? — тихо спросил Мечик.

Высокий, негнущийся мужчина протянул откуда-то сверху костлявую, жёсткую ладонь, пощупал пульс.

— Сойдёт... — сказал он спокойно. — Варя, приготовьте всё для перевязки да кликните Харченко... — Помолчал немного и неизвестно для чего добавил: — Уж заодно.

Мечик с болью приподнял веки и посмотрел на говорившего. У того было длинное и жёлтое лицо с глубоко запавшими блестящими глазами. Они безразлично уставились на раненого, и один глаз неожиданно и скучно подмигнул.

Было очень больно, когда в засохшие раны совали шершавую марлю, но Мечик всё время ощущал на себе осторожные прикосновения ласковых женских рук и не кричал.

— Вот и хорошо, — сказал высокий мужчина, кончая перевязку. — Три дырки настоящих, а в голову — так, царапина. Через месяц зарастут, или я — не Сташинский. — Он несколько оживился, быстрей зашевелил пальцами, только глаза смотрели с тем же тоскливым блеском, и правый — однообразно мигал.

Мечика умыли. Он приподнялся на локтях и посмотрел вокруг.

Какие-то люди суетились у бревенчатого барака, из трубы вился синеватый дымок, на крыше проступала смола. Огромный черноклювый дятел деловито стучал на опушке. Опершись на посошок, добродушно глядел на всё светлобородый и тихий старичок в халате.

Над старичком, над бараком, над Мечиком, окутанная смоляными запахами, плыла сытая таёжная тишина.

Недели три тому назад, шагая из города с путёвкой в сапоге и револьвером в кармане, Мечик очень смутно представлял себе, что его ожидает. Он бодро насвистывал весёленький городской мотивчик — в каждой жилке играла шумная кровь, хотелось борьбы и движения. Люди в сопках (знакомые только по газетам) вставали перед глазами как живые — в одежде из порохового дыма и героических подвигов. Голова пухла от любопытства, от дерзкого воображения, от томительно-сладких воспоминаний о девушке в светлых кудряшках.

Она, наверно, по-прежнему пьёт утром кофе с печеньем и, стянув ремешком книжки, обёрнутые в синюю бумагу, ходит учиться...

У самой Крыловки выскочило из кустов несколько человек с берданами наперевес.

— Кто такой? — спросил остролицый парень в матросской фуражке.

— Да вот... послан из города...

— Документы?

Пришлось разуться и достать путёвку.

— «...При... морской... о-бластной комитет... социлистов... ре-лю-ци-не-ров...»,[22] — читал матрос по складам, изредка взбрасывая на Мечика колючие, как бодяки, глаза. — Та-ак... — протянул неопределённо.

И вдруг, налившись кровью, схватил Мечика за отвороты пиджака и закричал натуженным, визгливым голосом:

— Как же ты, паскуда...

— Что? Что?.. — растерялся Мечик. — Да ведь это же — «максималистов»..[23] Прочтите, товарищ!

— Обыска-ать!..

Через несколько минут Мечик — избитый и обезоруженный — стоял перед человеком в островерхой барсучьей папахе, с чёрными глазами, прожигающими до пяток.

— Они не разобрали... — говорил Мечик, нервно всхлипывая и заикаясь. — Ведь там же написано — «максималистов»... Обратите внимание, пожалуйста...

— А ну, дай бумагу.

Человек в барсучьей папахе уставился на путёвку.

Под его взглядом скомканная бумажка как будто дымилась. Потом он перевёл глаза на матроса.

— Дурак... — сказал сурово. — Не видишь: «максималистов»...

9

— Ну да, ну вот! — воскликнул Мечик обрадованно. — Ведь я же говорил — максималистов! Ведь это же совсём другое...

— Выходит, зря били... — разочарованно сказал матрос. — Чудеса!

В тот же день Мечик стал равноправным членом отряда.

Окружающие люди нисколько не походили на созданных его пылким воображением. Эти были грязнее, вшивей, жёстче и непосредственней. Они крали друг у друга патроны, ругались раздражённым матом из-за каждого пустяка и дрались в кровь из-за куска сала. Они издевались над Мечиком по всякому поводу — над его городским пиджаком, над правильной речью, над тем, что он не умеет чистить винтовку, даже над тем, что он съедает меньше фунта хлеба за обедом.

Но зато это были не книжные, а настоящие, живые люди.

Теперь, лёжа на тихой таёжной прогалине, Мечик всё пережил вновь. Ему стало жаль хорошего, наивного, но искреннего чувства, с которым он шёл в отряд. С особенной, болезненной чуткостью воспринимал он теперь заботы и любовь окружающих, дремотную таёжную тишину.

Госпиталь стоял на стрелке у слияния двух ключей. На опушке, где постукивал дятел, шептались багряные маньчжурские черноклёны, а внизу, под откосом, неустанно пели укутанные в серебристый пырник ключи. Больных и раненых было немного. Тяжёлых — двое: сучанский партизан Фролов, раненный в живот, и Мечик.

Каждое утро, когда их выносили из душного барака, к Мечику подходил светлобородый и тихий старичок Пика. Он напоминал какую-то очень старую, всеми забытую картину: в невозмутимой тишине, у древнего, поросшего мхом скита сидит над озером, на изумрудном бережку, светлый и тихий старичок в скуфейке и удит рыбку. Тихое небо над старичком, тихие, в жаркой истоме ели, тихое, заросшее камышами озеро. Мир, сон, тишина...

Не об этом ли сне тоскует у Мечика душа?

Напевным голоском, как деревенский дьячок, Пика рассказывал о сыне — бывшем красногвардейце.

— Да-а... Приходит это он до меня. Я, конешно, сидю²⁴ на пасеке. Ну, не видались давно, поцеловались — дело понятное. Вижу только, сумный он штой-то...

10

«Я, говорит, бáтя, в Читý уезжáю».— «Почемý такóе?..»— «Да там, говорит,. бáтя, чехословáки объявились». [25] «Ну-к что ж, говорю, чехословáки?.. Живи здесь; смотри, говорю, благодáть-то какáя?..» И вéрно: на пáсеке у меня — тóльки што не рай: берёзка, знáишь, липа в цветý, пчёлки... в-ж-ж... в-ж-ж...

Пика снимáл с головы мягкую чёрную шапчóнку и рáдостно поводил ею вокрýг.

— И что ж ты скáжешь?.. Не остáлся! Так и не остáлся... Уéхал... Тепéрь и пáсеку «колчаки»[26]разгромили, и сына нéма.[27] Вот — жизнь!

Мéчик любил его слýшать. Нрáвился тихий певýчий гóвор старикá, его мéдленный, идýщий изнутри, жест.

Но ещё бóльше любил он, когдá приходила «милосéрдная сестрá». Она обшивáла и обмывáла весь лазарéт.[28]Чýвствовалась в ней большýщая любóвь к людям, а к Мéчику она относилась осóбенно нéжно и забóтливо. Постепéнно поправляясь, он начинáл смотрéть на неё земными глазáми. Онá былá немнóжко сутýла и бледнá, а рýки её излишне велики для жéнщины. Но ходила она какóй-то осóбенной, неплáвной, сильной похóдкой, и гóлос её всегдá что-то обещáл.

И когдá она садилась рядом на кровáть, Мéчик ужé не мог лежáть спокóйно. (Он никогдá бы не сознáлся в этом дéвушке в свéтлых кудряшках.)

— Блудливая онá — Вáрька, — сказáл однáжды Пика. — Морóзка, муж её, в отряде, а она блудит...

Мéчик посмотрéл в ту стóрону, кудá, подмигивая, укáзывал старик. Сестрá стирáла на прогáлине бельё, а óколо неё вертéлся фéльдшер Хáрченко. Он то и дéло наклонялся к ней и говорил чтó-то весёлое, и онá, всё чáще отрывáясь от рабóты, поглядывала на негó стрáнным дымчатым взглядом. Слóво «блудливая» пробудило в Мéчике óстрое любопытство.

— А óтчего онá... такáя? — спросил он Пику, старáясь скрыть смущéние.

— А шут ее знáет, с чегó она такáя лáсковая?[29]Не мóжет никомý отказáть — и всё тут...

Мéчик вспóмнил о пéрвом впечатлéнии, которое произвелá на негó сестрá, и непонятная обида шевельнýлась в нём.

С этой минýты он стал внимáтельней наблюдáть за ней. В сáмом дéле, она слишком мнóго «крутила» с мужчинами,[30]— со всяким, кто хоть немножко мог обходиться без чужой помощи. Но ведь в госпитале больше не было женщин.

Утром как-то, после перевязки, она задержалась, оправляя Мечику постель.

— Посиди со мной... — сказал он, краснея.

Она посмотрела на него долго и внимательно, как в тот день, стирая бельё, смотрела на Харченко.

— Ишь ты...[31] — сказала невольно с некоторым удивлением.

Однако, оправив постель, присела рядом.

— Тебе нравится Харченко? — спросил Мечик.

Она не слышала вопроса — ответила собственным мыслям, притягивая Мечика большими дымчатыми глазами.

— А ведь такой молоденький... — И спохватившись: — Харченко?.. Что ж, ничего. Все вы — на одну колодку...[32]

Мечик вынул из-под подушки небольшой свёрток в газетной бумаге. С поблёкшей фотографии глянуло на него знакомое девичье лицо, но оно не показалось ему таким милым, как раньше, — оно смотрело с чужой и деланной весёлостью, и хотя Мечик боялся сознаться в этом, но ему странно стало, как мог он раньше так много думать о ней. Он ещё не знал, зачем это делает и хорошо ли это, когда протягивал сестре портрет девушки в светлых кудряшках.

Сестра рассматривала его — сначала вблизи, потом отставив руку, и вдруг, выронив портрет, вскрикнула, вскочила с постели и быстро оглянулась назад.

— Хороша курва! — сказал из-за клёна чей-то насмешливый хрипловатый голос.

Мечик покосился в ту сторону и увидел странно знакомое лицо с ржавым непослушным чубом из-под фуражки и с насмешливыми зелёно-карими глазами, у которых было тогда другое выражение.

— Ну, чего испугалась? — спокойно продолжал хрипловатый голос. — Это я не на тебя — на патрет... Много я баб переменил, а вот патретов не имею. Может, ты мне когда подаришь?..

Варя пришла в себя и засмеялась.

— Ну и напугал... — сказала не своим — певучим бабьим голосом. — Откуда это тебя, чёрта патлатого...[33]—

12

И обращаясь к Мечику: — Это — Морозка, муж мой. Всегда что-нибудь устроит.

— Да мы с ним знакомы... трошки, — сказал ординарец, с усмешкой оттенив слово «трошки».

Мечик лежал как пришибленный, не находя слов от стыда и обиды. Варя уже забыла про карточку и, разговаривая с мужем, наступила на неё ногой. Мечику стыдно было даже попросить, чтобы карточку подняли.

А когда они ушли в тайгу, он, стиснув зубы от боли в ногах, сам достал вмятый в землю портрет и изорвал его в клочки.

III

ШЕСТОЕ ЧУВСТВО

Морозка и Варя вернулись за полдень, не глядя друг на друга, усталые и ленивые.

Морозка вышел на прогалину и, заложив два пальца в рот, свистнул три раза пронзительным разбойным свистом. И когда, как в сказке, вылетел из чащи курчавый, звонкокопытый жеребец, Мечик вспомнил, где он видал обоих.

— Михрютка-а..[34] сукин сы-ын... заждался?.. — ласково ворчал ординарец.

Проезжая мимо Мечика, он посмотрел на него с хитроватой усмешкой.

Потом, ныряя по косогорам в тенистой зелени балок, Морозка ещё не раз вспоминал о Мечике. «И зачем только идут такие до нас? — думал он с досадой и недоумением. — Когда зачинали, никого не было, а теперь на готовенькое — идут..[35]» Ему казалось, что Мечик действительно пришёл «на готовенькое», хотя на самом деле трудный крестный путь лежал впереди. «Придет эдакой шпендрик — размякнет, нагадит, а нам расхлёбывай..[36] И что в нём дура моя нашла?»

Он думал еще о том, что жизнь становится хитрей, старые сучанские тропы зарастают, приходится самому выбирать дорогу.

В думах, непривычно тяжёлых, Морозка не заметил, как выехал в долину. Там — в душистом пырее, в диком, кудрявом клевере звенели косы, плыл над людьми прилежный работяга-день. У людей были курчавые, как кле-

13

вер, бороды, потные и длинные, до колен, рубахи. Они шагали по прокосам размеренным, приседающим шагом, и травы шумно ложились у ног, пахучие и ленивые.

Завидев вооруженного всадника, люди не спеша бросали работу и, прикрывая глаза натруженными ладонями, долго смотрели вслед.

— Как свечечка!.. — восхищались они Морозкиной посадкой, когда, приподнявшись на стременах, склонившись к передней луке выпрямленным корпусом, он плавно шёл на рысях, чуть-чуть вздрагивая на ходу, как пламя свечи.

За излучиной реки, у баштанов сельского председателя Хомы Рябца, Морозка придержал коня. Над баштанами не чувствовалось заботливого хозяйского глаза: когда хозяин занят общественными делами, баштаны зарастают травой, сгнивает дедовский курень, пузатые дыни с трудом вызревают в духовитой полыни и пугало над баштанами похоже на сдыхающую птицу.

Воровато оглядевшись по сторонам, Морозка свернул к покосившемуся куреню. Осторожно заглянул вовнутрь. Там никого не было. Валялись какие-то тряпки, заржавленный обломок косы, сухие корки огурцов и дынь. Отвязав мешок, Морозка соскочил с лошади и, пригибаясь к земле, пополз по грядам. Лихорадочно разрывая плети, запихивал дыни в мешок, некоторые тут же съедал, разламывая на колене.

Мишка, помахивая хвостом, смотрел на хозяина хитрым, понимающим взглядом, как вдруг, заслышав шброх, поднял лохматые уши и быстро повернул к реке кудлатую голову. Из ивняка вылез на берег длиннобородый, ширококостный старик в полотняных штанах и коричневой войлочной шляпе. Он с трудом удерживал в руках ходивший ходуном нерет,[37] где громадный плоскожабрый таймень в муках бился предсмертным биением. С нерета холодными струйками стекала на полотняные штаны, на крепкие босые ступни разбавленная водой малиновая кровь.

В рослой фигуре Хомы Егоровича Рябца Мишка узнал хозяина гнедой широкозадой кобылицы, с которой, отделённый дощатой перегородкой, Мишка жил и столовался в одной конюшне, томясь от постоянного вожделения. Тогда он приветливо растопырил уши и, запрокинув голову, глупо и радостно заржал.

Морозка испуганно вскочил и замер в полусогнутом положении, держась обеими руками за мешок.

— Что же ты... делаешь? — с обидой и дрожью в голосе сказал Рябец, глядя на Морозку невыносимо строгим и скорбным взглядом. Он не выпускал из рук туго вздрагивающий нерет, и рыба билась у ног, как сердце от невысказанных, вскипающих слов.

Морозка опустил мешок и, трусливо вбирая голову в плечи, побежал к лошади. Уже на седле он подумал о том, что нужно было бы, вытряхнув дыни, захватить мешок с собой, чтобы не осталось никаких улик. Но, поняв, что уже теперь всё равно, пришпорил жеребца и помчался по дороге пыльным, сумасшедшим карьером.

— Обожди-и, найдём мы на тебя управу...[38] найдём!.. найдём!.. — кричал Рябец, навалившись на одно слово и всё еще не веря, что человек, которого он в течение месяца кормил и одевал, как сына, обкрадывает его баштаны, да ещё в такое время, когда они зарастают травой оттого, что их хозяин работает для мира.

В садике у Рябца, разложив в тени, на круглом столике, подклеенную карту, Левинсон допрашивал только что вернувшегося разведчика.

Разведчик — в стёганом мужицком надеване и в лаптях — побывал в самом центре японского расположения. Его круглое, ожжённое солнцем лицо горело радостным возбуждением только что миновавшей опасности.

По словам разведчика, главный японский штаб стоял в Яковлевке. Две роты из Спасск-Примбрска передвинулись в Сандагоу, зато Свиягинская ветка была очищена, и до Шабановского Ключа разведчик ехал на поезде вместе с двумя вооружёнными партизанами из отряда Шалдыбы.

— А куда Шалдыба отступил?

— На корейские хутора...[39]

Разведчик попытался найти их на карте, но это было не так легко, и он, не желая показаться невеждой, неопределённо ткнул пальцем в соседний уезд.

— У Крыловки их здорово потрепали, — продолжал он бойко, шмыгая носом. — Теперь половина ребят разбрелась по деревням, а Шалдыба сидит в корейском зимовье и жрёт чумизу. Говорят, пьёт здорово. Свихнулся вовсе.

Левинсо́н сопоста́вил но́вые да́нные с те́ми, что сообщи́л вчера́ даубихинский[40] спиртоно́с Сты́ркша, и с те́ми, что при́сланы бы́ли из го́рода. Чу́вствовалось что́-то нела́дное. У Левинсо́на был осо́бенный нюх по э́той ча́сти — шесто́е чутьё, как у лету́чей мы́ши.

Нела́дное чу́вствовалось в том, что вы́ехавший в Спа́сское председа́тель кооперати́ва втору́ю неде́лю не возвраща́лся домо́й, и в том, что тре́тьего дня сбежа́ло из отря́да не́сколько сандагоуских крестья́н,[41] неожи́данно загрусти́вших по до́му, и в том, что хромоно́гий хунху́з[42] Ли-фу, держа́вший с отря́дом путь на Убо́рку, по неизве́стным причи́нам сверну́л к верхо́вьям Фудзина́.

Левинсо́н сно́ва и сно́ва принима́лся расспра́шивать и сно́ва весь уходи́л в ка́рту. Он был на ре́дкость терпели́в и насто́йчив, как ста́рый таёжный волк, у кото́рого, мо́жет быть, недостаёт уже зубо́в, но кото́рый вла́стно во́дит за собо́й ста́и — непобеди́мой му́дростью мно́гих поколе́ний.

— Ну, а чего́-нибудь осо́бенного... не чу́вствовалось?

Разве́дчик смотре́л не понима́я.

— Ню́хом, ню́хом!.. — поясни́л Левинсо́н, собира́я па́льцы в шепо́тку и бы́стро поднося́ их к но́су.

— Ничего́ не уню́хал... Уж как есть...— винова́то сказа́л разве́дчик. «Что я — соба́ка, что ли?» — поду́мал он с оби́дным недоуме́нием, и лицо́ его сра́зу ста́ло кра́сным и глу́пым, как у торго́вки на сандагоуском база́ре.

— Ну, ступа́й... — махну́л Левинсо́н руко́й, насме́шливо прищу́ривая вслед голубы́е, как о́муты, глаза́.

Оди́н он в заду́мчивости прошёлся по са́ду, останови́вшись у я́блони, до́лго наблюда́л, как во́зится в коре́ крепкоголо́вый, песо́чного цве́та жучо́к, и каки́ми-то неве́домыми путя́ми пришёл вдруг к вы́воду, что в ско́ром вре́мени отря́д разго́нят япо́нцы, е́сли к э́тому не пригото́виться зара́нее.

У кали́тки Левинсо́н столкну́лся с Рябцо́м и свои́м помо́щником Бакла́новым — корена́стым парни́шкой лет девятна́дцати в суко́нной защи́тной гимнастёрке и с недре́млющим ко́льтом у по́яса.

— Что де́лать с Моро́зкой?.. — с ме́ста вы́палил Бакла́нов, собира́я над перено́сьем туги́е скла́дки брове́й и гне́вно выбра́сывая из-под них горя́щие, как у́гли, глаза́. — Ды́ни у Рябца́ крал... вот, пожа́луйста!..

Он с покло́ном повёл рука́ми от команди́ра к Рябцу́,

16

словно предлагал им познакомиться. Левинсон давно не видал помощника в таком возбуждении.

— А ты не кричи, — сказал он спокойно и убедительно, — кричать не нужно. В чём дело?..

Рябец трясущимися руками протянул злополучный мешок.

— Полбаштана изгадил, товарищ командир, истинная правда! Я, знаешь, нерета проверял — в кои веки собрался, — когда вылезаю с ивнячка...

И он пространно изложил свою обиду, особенно напирая на то, что, работая для мира, вовсе запустил хозяйство.

— Бабы у меня, знаешь, заместо того, чтоб баштаны выполоть, как это у людей ведётся, на покосе маются. Как проклятые!..

Левинсон, выслушав его внимательно и терпеливо, послал за Морозкой.

Тот явился с небрежно заломленной на затылок фуражкой и с неприступно-наглым выражением, которое всегда напускал, когда чувствовал себя неправым, но предполагал врать и защищаться до последней крайности.

— Твой мешок? — спросил командир, сразу вовлекая Морозку в орбиту своих немутнеющих глаз.

— Мой...

— Бакланов, возьми-ка у него смит...

— Как возьми?.. Ты мне его давал?! — Морозка отскочил в сторону и расстегнул кобуру.

— Не балуй, не балуй... — с суровой сдержанностью сказал Бакланов, туже сбирая складки над переносьем.

Оставшись без оружия, Морозка сразу размяк.

— Ну, сколько я там дынь этих взял!.. И что это вы, Хома Егорыч, на самом деле. Ну, ведь сущий же пустяк... на самом деле!

Рябец, выжидательно потупив голову, шевелил босыми пальцами запылённых ног.

Левинсон распорядился, чтоб к вечеру собрался для обсуждения Морозкиного поступка сельский сход вместе с отрядом.

— Пускай все узнают...

— Иосиф Абрамыч... — заговорил Морозка глухим, потемневшим голосом. — Ну, пущай — отряд... уж всё равно. А мужиков зачем?

17

— Слушай, дорогой, — сказал Левинсон, обращаясь к Рябцу и не замечая Морозки, — у меня дело к тебе... с глазу на глаз.

Он взял председателя за локоть и, отведя в сторону, попросил в двухдневный срок собрать по деревне хлеба и насушить пудов десять сухарей.

— Только смотри, чтоб никто не знал — зачем сухари и для кого.

Морозка понял, что разговор окончен, и уныло поплёлся в караульное помещение.

Левинсон, оставшись наедине с Баклановым, приказал ему с завтрашнего дня увеличить лошадям порцию овса:

— Скажи начхозу, пусть сыплет полную мерку.

VI

ОДИН

Приезд Морозки нарушил душевное равновесие, установившееся в Мечике под влиянием ровной, безмятежной жизни в госпитале.

«Почему он смотрел так пренебрежительно? — подумал Мечик, когда ординарец уехал. — Пусть он вытащил меня из огня, разве это даёт право насмехаться?.. И всё, главное... всё...» Он посмотрел на свои тонкие, исхудавшие пальцы, ноги под одеялом, скованные лубками, и старые, загнанные внутрь обиды вспыхнули в нём с новой силой, и душа его сжалась в смятении и боли.

С той самой поры, как остролицый парень с колючими, как бодяки, глазами враждебно и жестоко схватил его за воротник, каждый шёл к Мечику с насмешкой, а не с помощью, никто не хотел разбираться в его обидах. Даже в госпитале, где таёжная тишина дышала любовью и миром, люди ласкали его только потому, что в этом состояла их обязанность. И самым тяжёлым, самым горьким для Мечика было чувствовать себя одиноким после того, как и его кровь осталась где-то на ячменном поле.

Его потянуло к Пике, но старик, расстелив халат, мирно спал под деревом на опушке, подложив под голову мягкую шапчонку. От круглой, блестящей лысинки расходились во все стороны, как сияние, прозрачные серебряные волосики. Двое парней — один с перевязанной рукой, другой, прихрамывая на ногу, — вышли из тайги. Остановившись около старика, жуликовато перемигнулись. Хромой отыскал соломинку и, приподняв брови и сморщившись, словно сам собирался чихнуть, пощекотал ею в Пикином носу. Пика сонно заворчал, поёрзал носом, несколько раз отмахнулся рукой, наконец громко чихнул, к всеобщему удовольствию. Оба прыснули со смеха и, пригибаясь к земле, оглядываясь, как нашкодившие ребята, побежали к бараку — один бережно поджимая руку, другой — воровато припадая на ногу.

— Эй ты, помощник смерти! — закричал первый, увидев на завалинке Харченко и Варю. — Ты что ж это баб наших лапаешь?.. А ну, а ну, дай-ка и мне подержаться... — заворчал он масленым голосом, садясь рядом и обнимая сестру здоровой рукой. — Мы тебя любим — ты у нас одна, а этого черномазого гони — гони его к мамаше, гони его, сукиного сына!.. — Он той же рукой пытался оттолкнуть Харченко, но фельдшер плотно прижимался к Варе с другого бока и скалил ровные, пожелтевшие от «маньчжурки» зубы.[44]

— А мне иде ж притулиться? — плаксиво загнусил хромой.— И что же это такое, и где ж это правда, и кто ж это уважит раненого человека,— как это вы смотрите, товарищи, милые граждане?..— зачастил он, как заведённый,[45] моргая влажными веками и бестолково размахивая руками.

Его спутник устрашающе дрыгал ногой, не подпуская близко, а фельдшер хохотал неестественно громко, незаметно залезая Варе под кофточку. Она смотрела на них покорно и устало, даже не пытаясь выгнать Харченкову руку, и вдруг, поймав на себе растерянный взгляд Мечика, вскочила, быстро запахивая кофточку и заливаясь, как пион.

— Лезут, как мухи на мёд, кобели рваные![46] — сказала в сердцах и, низко склонив голову, убежала в барак. В дверях защемила юбку и, сердито выдернув её, снова хлопнула дверью так, что мох посыпался из щелей.

— Вот тебе и сестра-а!.. — певуче возгласил хромой. Скривился, как перед табачной понюшкой, и захихикал — тихо, мелко и пакостно.

А из-под клёна, с койки, с высоты четырёх матрацев, уставив в небо жёлтое, изнурённое болезнью лицо, чуждо и строго смотрел раненый партизан Фролов. Взгляд его был тускл и пуст, как у мёртвого. Рана Фролова была безнадёжна, и он сам знал это с той минуты, когда, корчась от смертельной боли в животе, впервые увидел в собственных глазах бесплотное, опрокинутое небо. Мечик почувствовал на себе его неподвижный взгляд и, вздрогнув, испуганно отвёл глаза.

— Ребята... шкодят... — хрипло сказал Фролов и пошевелил пальцем, будто хотел доказать кому-то, что ещё жив.

Мечик сделал вид, что не слышит.

И хотя Фролов давно забыл про него, он долго боялся посмотреть в его сторону, — казалось, раненый всё ещё глядит, ощерясь в костлявой, обтянутой улыбке.

Из барака, неловко сломившись в дверях, вышел доктор Сташинский. Сразу выпрямился, как длинный складной ножик, и стало странным, как это он мог согнуться, когда вылезал. Он большими шагами подошёл к ребятам и, забыв, зачем они понадобились, удивлённо остановился, мигая одним глазом...

— Жара... — буркнул наконец, складывая руку и проводя ею по стриженой голове против волос. Вышел же он сказать, что нехорошо надоедать человеку, который не может же заменить всем мать и жену.

— Скучно лежать? — спросил он Мечика, подходя к нему и опуская ему на лоб сухую, горячую ладонь.

Мечика тронуло его неожиданное участие.

— Мне — что?.. поправился и пошёл, — встрепенулся Мечик, — а вот вам как? Вечно в лесу.

— А если надо?..

— Что надо?.. — не понял Мечик.

— Да в лесу мне быть... — Сташинский принял руку и впервые с человеческим любопытством посмотрел Мечику прямо в глаза своими — блестящими и чёрными. Они смотрели как-то издалека и тоскливо, будто вобрали всю бессловесную тоску по людям, что долгими ночами гложет таёжных одиночек у чадных сихотэ-алинских костров.[47]

— Я понимаю, — грустно сказал Мечик и улыбнулся так же приветливо и грустно.— А разве нельзя было в деревне устроиться?.. То есть не то что вам лично,—

20

перехватил он недоуменный вопрос,— а госпиталь в деревне?

— Безопасней здесь... А вы сами откуда?

— Я из города.

— Давно?

— Да уж больше месяца.

— Крайзельмана знаете? — оживился Сташинский.

— Знаю немножко...

— Ну, как он там? А еще кого знаете? — Доктор сильнее замигал глазом и так внезапно опустился на пенёк, словно его сзади ударили под коленки.

— Вонсика знаю, Ефремова... — начал перечислять Мечик, — Гурьева, Френкеля — не того, что в очках, — с тем я незнаком, — а маленького...

— Да ведь это же все «максималисты»?! — удивился Сташинский. — Откуда вы их знаете?

— Так ведь я всё с ними больше... — неуверенно пробормотал Мечик, почему-то робея.

«А-а...» — хотел сказать как будто Сташинский и не сказал.

— Хорошее дело, — буркнул сухо, каким-то почужевшим голосом и встал. — Ну-ну... поправляйтесь... — сказал, не глядя на Мечика. И, как бы боясь, что тот позовёт его обратно, быстро зашагал к бараку.

— Васютину ещё знаю!.. — пытаясь за что-то ухватиться, прокричал Мечик вслед.

— Да... да... — несколько раз повторил Сташинский, полуоглядываясь и учащая шаги.

Мечик понял, что чем-то не угодил ему, — сжался и покраснел.

Вдруг все переживания последнего месяца хлынули на него разом,— он ещё раз попытался за что-то ухватиться и не смог. Губы его дрогнули, и он заморгал быстро-быстро, удерживая слёзы, но они не послушались и потекли, крупные и частые, расползаясь по лицу. Он с головой закрылся одеялом и, не сдерживаясь больше, заплакал тихо-тихо, стараясь не дрожать и не всхлипывать, чтобы никто не заметил его слабости.

Он плакал долго и безутешно, и мысли его, как слёзы, были солоны и терпки. Потом, успокоившись, он так и остался лежать неподвижно, с закрытой головой. Несколько раз подходила Варя. Он хорошо знал ее сильную поступь, будто до самой смерти сестра обязалась толкать перед собой нагруженный вагончик. Нерешительно постояв возле койки, она снова уходила. Потом приковылял Пика.

— Спишь? — спросил внятно и ласково.

Мечик притворился спящим. Пика выждал немного. Слышно было, как поют на одеяле вечерние комары.

— Ну, спи...

Когда стемнело, снова подошли двое — Варя и ещё кто-то. Бережно приподняв койку, понесли её в барак. Там было жарко и сыро.

— Иди... иди за Фроловым... я сейчас приду, — сказала Варя.

Она несколько секунд постояла над койкой и, осторожно приподняв с головы одеяло, спросила:

— Ты что это, Павлуша?.. Плохо тебе?..

Она первый раз назвала его Павлушей.

Мечик не мог разглядеть её в темноте, но чувствовал её присутствие так же, как и то, что они только вдвоём в бараке.

— Плохо... — сказал он сумрачно и тихо.

— Ноги болят?..

— Нет, так себе...

Она быстро нагнулась и, крепко прижавшись к нему большой и мягкой грудью, поцеловала его в губы.

V

МУЖИКИ И «УГОЛЬНОЕ ПЛЕМЯ»

Желая проверить свои предположения, Левинсон пошёл на собрание заблаговременно — потереться среди мужиков, нет ли каких слухов.

Сход собирался в школе. Народу было ещё немного: несколько человек, рано вернувшихся с поля, сумерничали на крыльце. Через раскрытые двери видно было, как Рябец возится в комнате с лампой, прилаживая закопчённое стекло.

— Осипу Абрамычу, — почтительно кланялись мужики, по очереди протягивая Левинсону тёмные, одеревеневшие от работы пальцы. Он поздоровался с каждым и скромно уселся на ступеньке.

За реко́й разноголо́со пе́ли девча́та; па́хло се́ном, отсыре́ва́ющей пы́лью и ды́мом костро́в. Слы́шно бы́ло, как бью́тся на паро́ме уста́лые ло́шади. В тёплой вече́рней мгле, в скри́пе нагру́женных теле́г, в протя́жном мыча́нии сы́тых недо́еных коро́в угаса́л мужи́чий ма́етный день.

— Малова́то что́й-то, — сказа́л Рябе́ц, выходя́ на крыльцо́. — Да мно́гих и не соберёшь се́дни, на поко́се ночу́ют мно́гие...

— А сход на что в бу́ден день? Аль сро́чное что?[48]

— Да есть тут одно́ де́льце... — замя́лся председа́тель. — Набузи́л тут оди́н и́хний, — у меня́ живёт. Оно́, как бы сказа́ть, и пустяки́, а це́льная каните́ль получи́лась...[49] — Он смущённо посмотре́л на Левинсо́на и замолча́л.

— А ко́ли пусто́е, так и не след бы собира́ть!.. — ра́зом загалде́ли мужики́. — Вре́мя тако́е — мужику́ ка́ждый час до́рог.

Левинсо́н объясни́л. Тогда́ они́ наперебо́й ста́ли выкла́дывать свои́ крестья́нские жа́лобы, верте́вшиеся бо́льше вокру́г поко́са и бестова́рья.

— Ты бы, О́сип Абра́мыч, прошёлся как-нибу́дь по поко́сам, посмотре́л, чем ко́сят лю́ди? Це́лых кос ни у кого́, хучь бы одна́ для сме́ху, — все ла́таные. Не рабо́та — ма́ета.

— Семён нады́сь каку́ю загуби́л![50] Ему́ бы всё скоре́й, — жа́дный мужи́к до де́ла, — идёт по проко́су, сопи́т, ро́вно маши́на, в ко́чку ка-ак... звездане́т!.. Тепе́рь уж, ско́лько ни чини́, не то.

— До́брая «лито́вка» была́!..

— Мой-то — как там?.. — заду́мчиво сказа́л Рябе́ц. — Упра́вились, чи не? Трава́ но́нче бога́тая — хотя́ б к воскресе́нью ле́тошний клин сня́ли. Ста́нет нам в копе́ечку война́ э́та.

В дрожа́щую полосу́ све́та па́дали из темноты́ но́вые фигу́ры в дли́нных гря́зно-бе́лых руба́хах, не́которые с узелка́ми — пря́мо с рабо́ты. Они́ приноси́ли с собо́й шумли́вый мужи́цкий го́вор, за́пахи дёгтя и по́та и свежеско́шенных трав.

— Здра́вствуйте в ва́шу ха́ту...

— Хо-хо-хо!.. Ива́н?.. А ну, кажи́ мо́рду на свет — здо́рово чмели́ покуса́ли?[51] Вида́л я, как ты бежа́л от их, за́дницей дры́гал...

— Ты чего́ ж э́то, зара́за, мой клин скоси́л?

— Как твой! Не бреши́!.. Я — по межу́, тю́телька в тю́тельку.[52] Нам чужо́го не на́дыть — своего́ хвата́ет...

— Зна́ем мы вас... «Хвата́-ет»! Свине́й ва́ших с огоро́да не сго́нишь... Ско́ро на моём башта́не порося́ться бу́дут... «Хвата́-ет»!..

Кто-то, высо́кий, сату́лый и жёсткий, с одни́м блестя́щим во тьме гла́зом, вы́рос над толпо́й, сказа́л:

— Япо́нец тре́тьего дня в Сундугу́ пришёл. Чугу́евские ребя́та ба́яли. Пришёл, за́нял шко́лу — и сра́зу по ба́бам: «Ру́ськи ба́рысня,[53] ру́ськи ба́рысня... сю-сю-сю». Тьфу, прости́ го́споди!.. — оборва́л он с не́навистью, ре́зко рвану́в руко́й наотма́шь, сло́вно отруба́я.

— Он и до нас дойдёт, это уж как пить...

— И отку́да напа́сть така́я?

— Не́ту мужику́ споко́ю...

— И всё-то на мужике́, и всё-то на ем! Хотя́ б уж на что одно́ вы́шло...

— Гла́вная вещь — и вы́ходов никаки́х! Хучь так в моги́лу, хучь так в гроб — одна́ диста́нция!..

Левинсо́н слу́шал, не вме́шиваясь. Про него́ забы́ли. Он был тако́й ма́ленький, неказистый на вид — весь состоя́л из ша́пки, ры́жей бороды́ да и́чигов вы́ше коле́н. Но, вслу́шиваясь в растрёпанные мужи́цкие голоса́, Левинсо́н ула́вливал в них вня́тные ему́ одному́ трево́жные но́тки.

«Пло́хо де́ло, — ду́мал он сосредото́ченно, — совсе́м ху́до... На́до за́втра же написа́ть Сташи́нскому, что́бы рассо́вывал ра́неных куда́ мо́жно... Замере́ть на вре́мя, бу́дто и нет нас... карау́лы усили́ть...»

— Бакла́нов! — окли́кнул он помо́щника. — Иди́-ка сюда́ на мину́тку... Де́ло вот како́е... сади́сь побли́же. Ду́маю я, ма́ло нам одного́ часово́го у поско́тины. На́до ко́нный дозо́р до са́мой Крыло́вки... но́чью осо́бенно... Уж бо́льно беспе́чны мы ста́ли.

— А что? — встрепену́лся Бакла́нов. — Ра́зве трево́жно что?.. и́ли что? — Он поверну́л к Левинсо́ну бри́тую го́лову, и глаза́ его́, косы́е и у́зкие, как у тата́рина, смотре́ли насторо́женно, пытли́во.

— На войне́, ми́лый, всегда́ трево́жно, — сказа́л Левинсо́н ла́сково и ядови́то. — На войне́, дорого́й, э́то не то, что с Мару́сей на сенова́ле.[54] — Он засмея́лся вдруг дро́бно и ве́село и ущипну́л Бакла́нова в бок.

24

— Ишь ты, какой умный... — завторил Бакланов, схватив Левинсона за руку и сразу превращаясь в драчливого, весёлого и добродушного парня. — Не дрыгай, не дрыгай — всё равно не вырвешься!.. — ласково ворчал он сквозь зубы, скручивая Левинсону руку назад и незаметно прижимая его к колонке крыльца.

— Иди, иди — вон Маруся зовёт... — хитрил Левинсон. — Да пусти ты, ч-чёрт!.. неудобно на сходке...

— Только что неудобно, а то бы я тебе показал...

— Иди, иди... вон она, Маруся-то... иди!

— Дозорного, я думаю, одного? — спросил Бакланов, вставая.

Левинсон с улыбкой смотрел ему вслед.

— Геройский у тебя помощник, — сказал кто-то. — Не пьёт, не курит, а главное дело — молодой. Заходит третьёводни в избу, хомута разжиться... «Что ж, говорю, не хочешь ли рюмашечку с перчиком?» — «Нет, говорит, не пью. Уж ежели, говорит, угостить думаешь, молочка давай — молочко, говорит, люблю, это верно». А пьёт он его, знаешь, ровно малый ребёнок — с мисочки — и хлебец крошит... Боевой парень, одно слово!..

В толпе, поблёскивая ружейными дулами, всё чаще мелькали фигуры партизан. Ребята сходились к сроку, дружно. Пришли наконец шахтёры во главе с Тимофеем Дубовым, рослым забойщиком с Сучана, теперь взводным командиром. Они так и влились в толпу отдельной, дружной массой, не растворяясь, только Морозка сумрачно сел поодаль на завалинке.

— А-а... и ты здесь? — заметив Левинсона, обрадованно загудел Дубов, будто не видел его много лет и никак не ожидал здесь встретить. — Что это там корышок наш набузил? [56] спросил он медленно и густо, протягивая Левинсону большую чёрную руку. — Проучить, проучить... чтоб другим неповадно было![57] — загудел снова, не дослушав объяснений Левинсона.

— На этого Морозку давно уж пора обратить внимание — пятно на весь отряд кладёт, — ввернул сладкоголосый парень, по прозвищу Чиж, в студенческой фуражке и чищеных сапогах.

— Тебя не спросили! — не глядя, обрезал Дубов.

Парень поджал было губы обидчиво и достойно, но, поймав на себе насмешливый взгляд Левинсона, юркнул в толпу.

25

— Видал гуся?— мрачно спросил взводный.— Зачем ты его держишь?.. По слухам, его самого за кражу с института выгнали.

— Не всякому слуху верь, — сказал Левинсон.

— Уж заходили бы, что ли ча!.. — взывал с крыльца Рябец, растерянно разводя руками, словно не ожидал, что его заросший баштан породит такое скопление народа.— Уж начинали бы... товарищ командир?.. До петухов нам толочься тут...[58]

В комнате стало жарко и зелено от дыма. Скамеек не хватало. Мужики и партизаны вперемежку забили проходы, столпились в дверях, дышали Левинсону в затылок.

— Начинай, Осип Абрамыч, — угрюмо сказал Рябец. Он был недоволен и собой и командиром — вся история казалась теперь никчёмной и хлопотной.

Морозка протискался в дверях и стал рядом с Дубовым, сумрачный и злой.

Левинсон больше упирал на то, что никогда бы не стал отрывать мужиков от работы, если бы не считал, что дело это общее, затронуты обе стороны, а кроме того, в отряде много местных.

— Как вы решите, так и будет, — закончил он веско, подражая мужичьей степенной повадке. Медленно опустился на скамью, просунулся назад и сразу стал маленьким и незаметным — сгас, как фитилёк, оставив сход в темноте самому решать дело.

Заговорили сначала несколько человек туманно и нетвёрдо, путаясь в мелочах, потом ввязались другие. Через несколько минут уж ничего нельзя было понять. Говорили больше мужики, партизаны молчали глухо и выжидающе.

— Тоже и это не порядок, — строго бубнил дед Евстафий, седой и насупистый, как летошний мох. — В старое время, при Миколашке,[59] за такие дела по селу водили. Обвешают краденым и водют под сковородную музыку![60] — Он наставительно грозил кому-то высохшим пальцем.

— А ты по-миколашкину не меряй![61] — кричал сутулый и одноглазый — тот, что рассказывал о японцах. Ему всё время хотелось размахивать руками, но было слишком тесно, и от этого он пуще злился.— Тебе бы всё Миколашку!.. Отошло времечко... тю-тю, не воротишь!..

26

— Да уж Миколашку не Миколашку, а только и это не право, — не сдавался дед. — И так всю шатию кормим. А воров плодить нам тоже несподручно.[62]

— Кто говорит — плодить? Никто за воров и не чепляется! Воров, может, ты сам разводишь!.. — намекнул одноглазый на дедова сына, бесследно пропавшего лет десять тому назад. — Только тут своя мерка нужна! Парень, может, шестой год воюет, — неужто и дынькой не побаловаться?.[63]

— И что ему шкодить было?.. — недоумевал один. — Господи твоя воля — благо бы добро какое.[64] Да зайди б ко мне, я б ему полную кайстру за глаза насыпал.[65] На, бери — свиней кормим, не жаль дерьма для хорошего человека!..[66]

В мужичьих голосах не чувствовалось злобы. Большинство сходилось на одном: старые законы не годятся, нужен какой-то особый подход.

— Пущай сами решают с председателем!.. — выкрикнул кто-то. — Нечего нам в это дело лезти.

Левинсон поднялся снова, постучал по столу.

— Давайте, товарищи, по очереди, — сказал тихо, но внятно, так, что все услышали. — Разом будем говорить — ничего не решим. А Морозов-то где?.. А ну, иди сюда... — добавил он, потемнев, и все покосились туда, где стоял ординарец.

— Мне и отсюда видать... — глухо сказал Морозка.

— Иди, иди... — подтолкнул его Дубов.

Морозка заколебался. Левинсон подался вперёд и, сразу схватив его, как клещами, немигающим взглядом, выдернул из толпы, как гвоздь.

Ординарец пробрался к столу, низко склонив голову, ни на кого не глядя. Он сильно вспотел, руки его дрожали. Почувствовав на себе сотни любопытных глаз, он попробовал было поднять голову, но наткнулся на суровое, в жёстком войлоке, лицо Гончаренки. Подрывник смотрел сочувственно и строго. Морозка не выдержал и, обернувшись к окну, замер, упёршись в пустоту.

— Вот теперь и обсудим, — сказал Левинсон по-прежнему удивительно тихо, но слышно для всех, даже за дверями. — Кто хочет говорить? Вот ты, дед, хотел, кажется?..

— Да что тут говорить, — смутился дед Евстафий, — мы так только, промеж себя...

— Разговор тут недолгий, сами решайте! — снова загалдели мужики.

— А ну, старик, мне слово дай... — неожиданно сказал Дубов с глухой и сдержанной силой, смотря на деда Евстафия, отчего и Левинсона назвал по ошибке стариком. В голосе Дубова было такое, что все головы, вздрогнув, повернулись к нему.

Он протискался к столу и стал рядом с Морозкой, загородив Левинсона большой и грузной фигурой.

— Самим решать?.. бойтесь?! — рванул гневно и страстно, грудью обламывая воздух. — Сами решим!.. — Он быстро наклонился к Морозке и впился в него горящими глазами. — Наш, говоришь, Морозка... шахтёр? — спросил напряжённо и едко. — У-у... нечистая кровь — сучанская руда!.. Не хочешь нашим быть? блудишь? позоришь угольное племя? Ладно!.. — Слова Дубова упали в тишине с тяжёлым медным грохотом, как гулкий антрацит.

Морозка, бледный как полотно, смотрел ему в глаза не отрываясь, и сердце падало в нём, словно подбитое.

— Ладно!.. — снова повторил Дубов. — Блуди! Посмотрим, как без нас проживёшь!.. А нам... выгнать его надо!.. — оборвал он вдруг, резко оборачиваясь к Левинсону.

— Смотри — прокидаешься! — выкрикнул кто-то из партизан.

— Что?! — переспросил Дубов страшно и шагнул вперёд.

— Да цыц же вы, го-споди... — жалобно прогнусил из угла перепуганный старческий голос.

Левинсон сзади схватил взводного за рукав.

— Дубов... Дубов... — спокойно сказал он. — Подвинься малость — народ загораживаешь.

Заряд Дубова сразу пропал, взводный осёкся, растерянно мигая.

— Ну, как нам выгнать его, дурака? — заговорил Гончаренко, вздымая над толпой кудрявую, опалённую голову. — Я не в защиту, потому на две стороны тут не вильнёшь, — напакостил парень, сам я с ним кажен день лаюсь..[67] Только и парень, сказать, боевой — не отымешь. Мы с ним весь Уссурийский фронт прошли, на передовых. Свой парень[68] — не выдаст, не продаст...

28

— Свой... — с горечью перебил Дубов. — А нам он, думаешь, не свой?.. В одной дыре коптили.[69] третий месяц под одной шинелькой спим!.. А тут всякая сволочь,— вспомнил он вдруг сладкоголосого Чижа,— учить будет!..

— Вот я к тому и веду, — продолжал Гончаренко, недоуменно косясь на Дубова (он принял его ругательство на свой счет). — Бросить это дело без последствий никак невозможно, а сразу прогонять тоже не резон — прокидаемся. Моё мнение такое: спросить его самого!..— И он увесисто резанул ладонью, поставив её на ребро, будто отделил всё чужое и ненужное от своего и правильного.

— Верно!.. Самого спросить!.. Пущай скажет, ежели сознательный!..

Дубов, начавший было протискиваться на место, остановился в проходе и пытливо уставился на Морозку. Тот глядел, не понимая, нервно теребя сорочку потными пальцами.

— Говори, как сам мыслишь!..

Морозка покосился на Левинсона.

— Да разве б я.[70] — начал он тихо и смолк, не находя слов.

— Говори, говори!.. — закричали поощрительно.

— Да разве б я... сделал такое... — Он опять не нашёл нужного слова и кивнул на Рябца... — Ну, дыни эти самые... сделал бы, ежели б подумал... со зла или как? А то ведь сызмальства это у нас — все знают, так вот и я... А как сказал Дубов, что всех я ребят наших... да разве же я, братцы!.. — вдруг вырвалось у него изнутри, и весь он подался вперёд, схватившись за грудь, и глаза его брызнули светом, тёплым и влажным... — Да я кровь отдам по жилке за каждого, а не то чтобы позор или как!..

Посторонние звуки с улицы толкнулись в комнату: собака лаяла где-то на Сниткинском кутку, пели девчата, рядом у попа стучало что-то размеренно и тупо, будто в ступке толкли.[71] «Заводи-и!..» — протяжно кричали на пароме.

— Ну, как я сам себя накажу?.. — с болью, но уже значительно твёрже и менее искренне продолжал Морозка... — Только слово дать могу... шахтёрское... уж это верное будет — мараться не стану...

— А если не сдержишь? — осторо́жно спроси́л Ле-
винсо́н.
— Сдержу́ я... — И Моро́зка сморщи́лся, стыдя́сь пе́-
ред мужика́ми.
— А е́сли нет?..
— Тогда́ что хоти́те... хоть расстреля́йте...
— И расстреля́ем! — стро́го сказа́л Ду́бов, но глаза́ его́
блесте́ли уже́ без вся́кого гне́ва, любо́вно и насме́шливо.
— Зна́чит, и шаба́ш! Амба́!.. — закрича́ли со скаме́й.
— Ну вот, и дело́в-то всех... — заговори́ли мужики́,
ра́дуясь тому́, что кани́тельное собра́ние прихо́дит к кон-
цу́. — Де́ло-то пустяко́вое, а разгово́ров на год...
— На э́том и реши́м, что ли?.. Други́х предложе́ний
не бу́дет?..
— Да закрыва́й ты, ч-чёрт!.. — шуме́ли партиза́ны,
прорва́вшись по́сле неда́внего напряже́ния. — И то на-
дое́ло уж... Жрать охо́та, — кишка́ кишке́ шиш пока́зы-
вает!.[72]
— Нет, обожди́те, — сказа́л Левинсо́н, подня́в ру́ку и
сде́ржанно щу́рясь. — С э́тим вопро́сом поко́нчено, те-
пе́рь друго́й...
— Что там ещё?!
— Да, ду́маю я, ну́жно нам таку́ю резолю́цию при-
ня́ть... — он огляну́лся вокру́г... — а секретаря́-то у нас и
не́ было!.. — засмея́лся он вдруг ме́лко и доброду́шно.—
Иди́-ка, Чиж, запиши́... таку́ю резолю́цию приня́ть: чтоб
в свобо́дное от вое́нных де́йствий вре́мя не соба́к по у́ли-
цам гоня́ть, а помога́ть хозя́евам, хоть немно́го... — Он
сказа́л это так убеди́тельно, бу́дто сам ве́рил, что хоть
кто-нибу́дь ста́нет помога́ть хозя́евам.
— Да мы того́ не тре́буем!.. — кри́кнул кто-то из му-
жико́в.
Левинсо́н поду́мал: «Клю́нуло...»
— Цыц, ты-ы... — оборва́ли мужика́ остальны́е. —
Слу́хай лу́чше. Пуща́й и впра́вду порабо́тают — ру́ки не
отва́лятся!.[73]
— А Рябцу́ мы осо́бо отрабо́таем...
— Почему́ осо́бо? — заволнова́лись мужики́. — Что
он за ши́шка?.. Невели́к труд — председа́телем вся́кий
мо́жет!..
— Конча́ть, конча́ть!.. согла́сны!.. запи́сывай!.. —
Партиза́ны срыва́лись с мест и, уже́ не слу́шаясь коман-
ди́ра, вали́ли из ко́мнаты.

30

— И-эх... Ва́ня-а!.. — подскочи́л к Моро́зке лохма́тый, востроно́сый па́рень и, дро́бно посту́кивая сапожка́ми, потащи́л его́ к вы́ходу. — Ма́льчик ты мой разлюбе́зный, сыно́чек ты мой, сопли́вая ноздря́... И-эх! — выта́птывал он на крыльце́, ли́хо зала́мывая фура́жку и обнима́я Моро́зку друго́й руко́й.

— Иди́ ты, — беззло́бно пхнул его́ ордина́рец.

Ми́мо бы́стро прошли́ Левинсо́н и Бакла́нов.

— Ну, и здоро́вый э́тот Ду́бов, — говори́л помо́щник, возбуждённо бры́згая слюно́й и разма́хивая рука́ми. — Вот их с Гончаре́нкой страви́ть![74] Кто кого́, как ты ду́маешь?

Левинсо́н, за́нятый други́м, не слу́шал его́. Отсыре́вшая пыль сдава́ла под нога́ми зыбу́че и мя́гко.

Моро́зка незаме́тно отста́л. После́дние мужики́ обогна́ли его́. Они́ говори́ли тепе́рь споко́йно, не торопя́сь, то́чно шли с рабо́ты, а не со схо́дки.

На буго́р ползли́ приве́тливые огоньки́ хат, зва́ли у́жинать. Река́ шуме́ла в тума́не на со́тни журли́вых голосо́в.

«Ми́шку ещё не пои́л...» — встрепену́лся Моро́зка, входя́ постепе́нно в привы́чный вы́меренный круг.

В коню́шне, почу́яв хозя́ина, Ми́шка заржа́л ти́хо и недово́льно, бу́дто спра́шивая: «Где э́то ты шля́ешься?» Моро́зка нащу́пал в темноте́ жёсткую гри́ву и потяну́л его́ из пу́ни.

— Ишь обра́довался, — оттолкну́л он Ми́шкину го́лову, когда́ тот наха́льно уткну́лся в ше́ю вла́жными ноздря́ми. — То́лько блуди́ть уме́ешь, а отдува́ться — гак мне одному́...

VI

ЛЕВИНСОН

Отря́д Левинсо́на стоя́л на о́тдыхе уже́ пя́тую неде́лю—обро́с хозя́йством: заводны́ми лошадьми́, подво́дами, ку́хонными котла́ми, вокру́г кото́рых юти́лись обо́рванные, сгово́рчивые дезерти́ры из чужи́х отря́дов, — наро́д разлени́лся, спал бо́льше, чем сле́дует, да́же в карау́лах. Трево́жные ве́сти не позволя́ли Левинсо́ну сдви́нуть с ме́ста всю э́ту громо́здкую махи́ну: он боя́лся сде́лать опроме́тчивый шаг — но́вые фа́кты то подтверждали, то высмеивали его опасения. Не раз он обвинял себя в излишней осторожности — особенно, когда стало известно, что японцы покинули Крыловку и разведка не обнаружила неприятеля на многие десятки вёрст.[75]

Однако никто, кроме Сташинского, не знал об этих колебаниях Левинсона. Да и никто в отряде не знал, что Левинсон может вообще колебаться: он ни с кем не делился своими мыслями и чувствами, преподносил уже готовые «да» или «нет». Поэтому он казался всем — за исключением таких людей, как Дубов, Сташинский, Гончаренко, знавших истинную его цену, — человеком особой, правильной породы. Каждый партизан, особенно юный Бакланов, старавшийся во всём походить на командира, перенимавший даже его внешние манеры, думал примерно так: «Конечно, я, грешный человек, имею много слабостей; я многого не понимаю, многого не умею в себе преодолеть; дома у меня заботливая и тёплая жена или невеста, по которой я скучаю; я люблю сладкие дыни, или молочко с хлебцем, или же чищеные сапоги, чтобы покорять девчат на вечерке. А вот Левинсон — это совсем другое. Его нельзя заподозрить в чём-нибудь подобном: он всё понимает, всё делает как нужно, он не ходит к девчатам, как Бакланов, и не ворует дынь, как Морозка; он знает только одно — *дело*. Поэтому нельзя не доверять и не подчиняться такому правильному человеку...»

С той поры как Левинсон был выбран командиром, никто не мог себе представить его на другом месте: каждому казалось, что самой отличительной его чертой является именно то, что он командует их отрядом. Если бы Левинсон рассказал о том, как в детстве он помогал отцу торговать подержанной мебелью, как отец его всю жизнь хотел разбогатеть, но боялся мышей и скверно играл на скрипке, — каждый счёл бы это едва ли уместной шуткой. Но Левинсон никогда не рассказывал таких вещей. Не потому, что был скрытен, а потому, что знал, что о нём думают именно как о человеке «особой породы», знал также многие свои слабости и слабости других людей и думал, что вести за собой других людей можно, только указывая им на их слабости и подавляя, пряча от них свои. В равной мере он никогда не пытался высмеивать юного Бакланова за подражание. В его годы

Левинсо́н то́же подража́л лю́дям, учи́вшим его́, причём они каза́лись ему́ таки́ми же пра́вильными, каки́м он — Бакла́нову. Впосле́дствии он убеди́лся, что э́то не так, и всё же был о́чень благода́рен им. Ведь Бакла́нов перенима́л у него́ не то́лько вне́шние мане́ры, но и ста́рый жи́зненный о́пыт — на́выки борьбы́, рабо́ты, поведе́ния. И Левинсо́н знал, что вне́шние мане́ры отсе́ются с года́ми, а на́выки, пополни́вшись ли́чным о́пытом, перейду́т к но́вым Левинсо́нам и Бакла́новым, а э́то — о́чень ва́жно и ну́жно.

...В сыру́ю по́лночь в нача́ле а́вгуста пришла́ в отря́д ко́нная эстафе́та. Присла́л её ста́рый Сухове́й-Ковту́н — нача́льник шта́ба партиза́нских отря́дов. Ста́рый Сухове́й-Ковту́н писа́л о нападе́нии япо́нцев на Ану́чино, где бы́ли сосредото́чены гла́вные партиза́нские си́лы, о сме́ртном бо́е под Изве́сткой, о со́тнях заму́ченных люде́й, о том, что сам он пря́чется в охо́тничьем зимо́вье, ра́ненный девятью́ пу́лями, и что уж, ви́дно, ему́ недо́лго оста́лось жить...

Слух о пораже́нии шёл по доли́не с злове́щей быстрото́й, и все же эстафе́та обогна́ла его́. Ка́ждый ордина́рец чу́вствовал, что э́то са́мая стра́шная эстафе́та, каку́ю то́лько приходи́лось вози́ть с нача́ла движе́ния. Трево́га люде́й передава́лась лошадя́м. Мохна́тые партиза́нские ко́ни, оска́лив зу́бы, карье́ром рва́лись от села́ к селу́ по хму́рым, размо́кшим просёлкам, разбры́згивая ко́мья сби́той копы́тами гря́зи.

Левинсо́н получи́л эстафе́ту в полови́не пе́рвого но́чи, а че́рез полчаса́ ко́нный взвод пастуха́ Мете́лицы, минова́в Крыло́вку, разлете́лся ве́ером по та́йным сихотэ́-али́нским тропа́м, разнося́ трево́жную весть в отря́ды Свия́гинского боево́го уча́стка.

Четы́ре дня собира́л Левинсо́н разро́зненные све́дения из отря́дов, мысль его́ рабо́тала напряжённо и о́щупью— бу́дто прислу́шиваясь. Но он по-пре́жнему споко́йно разгова́ривал с людьми́, насме́шливо щу́рил голубы́е, незде́шние глаза́, дра́знил Бакла́нова за ша́шни с «задри́панной Мару́ською».[76] А когда́ Чиж, осмеле́вший от стра́ха, спроси́л одна́жды, почему́ он ничего́ не предпринима́ет, Левинсо́н ве́жливо щёлкнул его́ по лбу и отве́тил, что э́то «не пти́чьего ума́ де́ло».[77] Всем свои́м ви́дом Левинсо́н как бы пока́зывал лю́дям, что он прекра́сно понима́ет, отчего́ всё происхо́дит и куда́ ведёт, что в э́том нет ничего необычного или страшного и он, Левинсон, давно уже имеет точный, безошибочный план спасения. На самом деле он не только не имел никакого плана, но вообще чувствовал себя растерянно, как ученик, которого заставили сразу решить задачу со множеством неизвестных. Он ждал еще вестей из города, куда за неделю до тревожной эстафеты уехал партизан Канунников.

Тот явился на пятый день после эстафеты, обросший щетиной, усталый и голодный, но такой же увертливый и рыжий, как до поездки, — в этом отношении он был неисправим.

— В городе провал, и Крайзельман в тюрьме... — сказал Канунников, доставая письмо из неведомого рукава с ловкостью карточного шулера, и улыбнулся одними губами: ему было совсем не весело, но он не умел говорить без того, чтобы не улыбаться. — Во Владимиро-Александровском и на Ольге — японский десант.[78] Весь Сучан разгромлен. Та-бак дело!..[79] Закуривай... — и протянул Левинсону позолоченную сигаретку, так что нельзя было понять — относится ли «закуривай» к сигаретке или к делам, которые плохи, «как табак».

Левинсон бегло взглянул на адреса — одно письмо спрятал в карман, другое распечатал. Оно подтверждало слова Канунникова. Сквозь официальные строки, полные нарочитой бодрости, слишком ясно проступала горечь поражения и бессилия.

— Плохо, а?.. — участливо спросил Канунников.
— Ничего... Письмо кто писал — Седых?

Канунников утвердительно кивнул.

— Это заметно: у него всегда по разделам... — Левинсон насмешливо подчеркнул ногтем «Раздел IV: Очередные задачи», понюхал сигаретку. — Дрянной табак, правда? Дай прикурить... Ты только там среди ребят не трепись... насчёт десанта и прочего... Трубку мне купил? — И, не слушая объяснений Канунникова, почему тот не купил трубки, снова уткнулся в бумагу.

Раздел «Очередные задачи» состоял из пяти пунктов; из них четыре показались Левинсону невыполнимыми. Пятый же пункт гласил:

«...Самое важное, что требуется сейчас от партизанского командования — чего нужно добиться во что бы то ни стало, — это сохранить хотя бы небольшие, но крепкие и дисциплинированные боевые единицы, вокруг которых впоследствии...»

— Позови Бакланова и начхоза, — быстро сказал Левинсон.

Он сунул письмо в полевую сумку, так и не дочитав, что будет впоследствии вокруг боевых единиц. Где-то из множества задач вырисовывалась одна — «самая важная». Левинсон выбросил потухшую сигаретку и забарабанил по столу... «Сохранить боевые единицы...» Мысль эта никак не давалась, стояла в мозгу в виде трёх слов, писанных химическим карандашом на линованной бумаге. Машинально нащупал второе письмо, посмотрел на конверт и вспомнил, что это от жены. «Это потом, — подумал он и снова спрятал его. — Сохранить боевые е-ди-ни-цы».

Когда пришли начхоз и Бакланов, Левинсон знал уже, что будут делать он и люди, находящиеся в его подчинении: они будут делать *всё*, чтобы сохранить отряд как боевую единицу.

— Нам придётся скоро отсюда уходить, — сказал Левинсон. — Всё ли у нас в порядке?.. Слово за начхозом...

— Да, за начхозом, — как эхо повторил Бакланов и подтянул ремень с таким суровым и решительным видом, будто заранее знал, к чему всё это клонится.

— Мне — что, за мной дело не станет, я всегда готов... Только вот, как быть с овсом... — И начхоз стал очень длинно рассказывать о подмоченном овсе, о рваных вьюках, о больных лошадях, о том, что «всего овса им никак не поднять», — словом, о таких вещах, которые показывали, что он ни к чему еще не готов и вообще считает передвижение вредной затеей. Он старался не смотреть на командира, болезненно морщился, мигал и крякал, так как заранее был уверен в своём поражении.

Левинсон взял его за пуговицу и сказал:

— Дуришь...

— Нет, правда, Осип Абрамыч, лучше нам здесь укрепиться...

— Укрепиться?.. здесь?.. — Левинсон покачал головой, как бы сочувствуя глупости начхоза. — А уж седина в волосах. Да ты чем думаешь, головой ли?

— Я...

— Никаки́х разгово́ров! — Левинсо́н вразуми́тельно
подёргал его за пу́говицу. — В любо́й моме́нт быть гото́-
вым. Я́сно?.. Бакла́нов, ты проследи́шь за э́тим... — Он
отпусти́л пу́говицу. — Сты́дно!.. Пустяки́ там вы́йки твои́,
пустяки́! — Глаза́ его похолоде́ли, и под их жёстким
взгля́дом начхо́з оконча́тельно убеди́лся, что вы́йки —
это, то́чно, пустяки́.

— Да, коне́чно... ну, что ж, я́сно... не в э́том суть... —
забормота́л он, гото́вый тепе́рь согласи́ться да́же на то,
чтобы везти́ овёс на со́бственной спине́, е́сли команди́р найдёт это необходи́мым. — Что нам мо́жет поме-
ша́ть? Да до́лго ли тут? Фу-у... хоть сего́дня — в два
счёта.[80]

— Вот, вот... — засмея́лся Левинсо́н, — да уж ла́дно,
ла́дно, иди́! — И он легонько подтолкну́л его́ в спину́. —
Чтоб в любо́й момент.

«Хи́трый, сте́рва», — с доса́дой и восхище́нием ду́мал
начхо́з, выходя́ из ко́мнаты.

К ве́черу Левинсо́н собра́л отря́дный сове́т и взвод-
ных команди́ров.

К изве́стиям Левинсо́на отнесли́сь разли́чно. Ду́бов
весь ве́чер просиде́л мо́лча, пощи́пывая густы́е, тяжело́
нави́сшие усы́. Ви́дно бы́ло, что он зара́нее согла́сен
с Левинсо́ном. Осо́бенно возража́л про́тив ухо́да команди́р 2-го взвода Кубра́к. Это был са́мый ста́рый, са́мый
заслу́женный и са́мый неу́мный команди́р во всём уе́зде.
Его́ никто́ не поддержа́л: Кубра́к был ро́дом из Крыло́в-
ки, и вся́кий понима́л, что в нём говоря́т крыло́вские
па́шни, а не интере́сы де́ла.

— Кры́шка! Стоп!.. — переби́л его́ пасту́х Метёлица. — Пора́ забыва́ть про ба́бий подо́л,[81] дя́дя Кубра́к! —
Он, как всегда́, неожи́данно вспыли́л от со́бственных
слов, уда́рил кулако́м по столу́, и его́ ря́бое лицо́ сра́зу
вспоте́ло. — Здесь нас, как куря́т, — стоп, и кры́шка!.. —
И он забе́гал по ко́мнате, ша́ркая мохна́тыми у́лами и
плётью раски́дывая табуре́тки.

— А ты поти́ше немно́жко, не то ско́ро уста́нешь, —
посове́товал Левинсо́н. Но вта́йне он любова́лся поры́-
вистыми движе́ниями его́ ги́бкого те́ла, ту́го скру́ченного,
как ремённый бич. Этот челове́к мину́ты не мог проси-
де́ть споко́йно — весь был ого́нь и движе́ние, и хи́щные
его́ глаза́ всегда́ горе́ли ненасы́тным жела́нием кого́-то
догоня́ть и дра́ться.

36

Метелица выставил свой план отступления, из которого видно было, что его горячая голова не боится больших пространств и не лишена военной смётки.

— Правильно!.. У него котелок варит![82]— воскликнул Бакланов, восхищённый и немножко обиженный слишком смелым полётом Метелицыной самостоятельной мысли. — Давно ли коней пас, а годика через два, гляди, всеми нами командовать будет...

— Метелица?.. У-у... да ведь это — сокровище! — подтвердил Левинсон. — Только смотри — не зазнавайся...

Однако, воспользовавшись жаркими прениями, где каждый считал себя умнее других и никого не слушал, Левинсон подменил план Метелицы своим — более простым и осторожным. Но он сделал это так искусно и незаметно, что его новое предложение голосовалось как предложение Метелицы и всеми было принято.

В ответных письмах в город и Сташинскому Левинсон извещал, что на днях переводит отряд в деревню Шибиши, в верховьях Ирохедзы, а госпиталю предписывал оставаться на месте до особого приказа. Сташинского Левинсон знал ещё по городу, и это было второе тревожное письмо, которое он писал ему.

Он кончил работу глубокой ночью, в лампе догорал керосин. В открытое окно тянуло сыростью и прелью. Слышно было, как шуршат за печкой тараканы и Рябец храпит в соседней избе. Левинсон вспомнил о письме жены и, долив лампу, перечёл его. Ничего нового и радостного. По-прежнему нигде не принимают на службу, продано всё, что можно, приходится жить за счет «Рабочего Красного Креста», у детей — цинга и малокровие. А через всё — одна бесконечная забота о нём. Левинсон задумчиво пощипал бороду и стал писать ответ. Вначале ему не хотелось ворошить круг мыслей, связанных с этой стороной его жизни, но постепенно он увлёкся, лицо его распустилось, он исписал два листка мелким, неразборчивым почерком, и в них много было таких слов, о которых никто не мог бы подумать, что они знакомы Левинсону.

Потом, разминая затёкшие члены, он вышел во двор. В конюшне переступали лошади, сочно хрустели травой. Дневальный, обняв винтовку, крепко спал под навесом. Левинсон подумал: «Что, если так же спят часовые?..»

Он постоял немного и, с трудом преодолев желание лечь спать самому, вывел из конюшни жеребца. Оседлал. Дневальный не проснулся. «Ишь сукин сын», — подумал Левинсон. Осторожно снял с него шапку, спрятал её под сено и, вскочив в седло, уехал проверять караулы.

Придерживаясь кустов, он пробрался к поскотине.

— Кто там? — сурово окликнул часовой, брякнув затвором.

— Свой...

— Левинсон? Что это тебя по ночам носит?

— Дозорные были?

— Минут с пятнадцать один уехал.

— Нового ничего?

— Пока что спокойно... Закурить есть?..

Левинсон отсыпал ему «маньчжурки» и, переправившись через реку вброд, выехал в поле.

Глянул подслеповатый месяц, из тьмы шагнули бледные кусты, поникшие в росе. Река звенела на перекате чётко — каждая струя в камень. Впереди на бугре неясно заплясали четыре конные фигуры. Левинсон свернул в кусты и затаился. Голоса послышались совсем близко. Левинсон узнал двоих: дозорные.

— А ну, обожди, — сказал он, выезжая на дорогу. Лошади, фыркнув, шарахнулись в сторону. Одна узнала жеребца под Левинсоном и тихо заржала.

— Так можно напугать, — сказал передний встревоженно-бодрым голосом. — Трр, стерва!..

— Кто это с вами? — спросил Левинсон, подъезжая вплотную.

— Особкинская разведка... японцы в Марьяновке...

— В Марьяновке? — встрепенулся Левинсон.— А где Особкин с отрядом?

— В Крыловке, — сказал один из разведчиков. — Отступили мы: бой страшный был: не удержались. Вот послали до вас, для связи. Завтра на корейские хутора уходим... — Он тяжело склонился на седле, точно жестокий груз собственных слов давил его. — Всё прахом пошло. Сорок человек потеряли. За всё лето убытку такого не было.[83]

— Снимаетесь рано из Крыловки? — спросил Левинсон. — Поворачивайте назад — я с вами поеду...

...В отряд он вернулся почти днём, похудевший, с воспалёнными глазами и головой, тяжёлой от бессонницы.

Разговор с Осокиным окончательно подтвердил правильность принятого Левинсоном решения — уйти заблаговременно, заметая следы. Ещё красноречивей сказал об этом вид самого осокинского отряда: он разлезался по всем швам,[84] как старая бочка с прогнившими клёпками и ржавыми обручами, по которой крепко стукнули обушком. Люди перестали слушаться командира, бесцельно слонялись по дворам, многие были пьяны. Особенно запомнился один, кудлатый и тощий, — он сидел на площади возле дороги, уставившись в землю мутными глазами, и в слепом отчаянии слал патрон за патроном в белёсую утреннюю мглу.

Вернувшись домой, Левинсон тотчас же отправил свои письма по назначению, не сказав, однако, никому, что уход из села намечен им на ближайшую ночь.

<h1 style="text-align:center">VII</h1>

<h2 style="text-align:center">ВРАГИ</h2>

В первом письме к Сташинскому, отправленном ещё на другой день после памятного мужицкого схода, Левинсон делился своими опасениями и предлагал постепенно разгружать лазарет, чтобы не было потом лишней обузы. Доктор перечитал письмо несколько раз, и оттого, что мигал он особенно часто, а на жёлтом лице всё резче обозначались челюсти, каждому стало нехорошо, сумно. Будто из маленького серого пакетика, что держал Сташинский в сухих руках, выползла, шипя, смутная Левинсонова тревога и с каждой. травины, с каждого душевного донышка[85] вспугнула уютно застоявшуюся тишь.

...Как-то сразу сломалась ясная погода, солнце зачередовало с дождём, уныло запели маньчжурские черноклёны, раньше всех чувствуя дыхание недалёкой осени. Старый черноклювый дятел забил по коре с небывалым ожесточением,— заскучал Пика, стал молчалив и неласков. Целыми днями бродил он по тайге, приходил усталый, неудовлетворённый. Брался за шитво — нитки путались и рвались, садился в шашки играть — проигрывал; и было у него такое ощущение, будто тянет он через тонкую соломинку гнилую болотную воду. А люди уже расходились по деревням — свёртывали безрадостные солдатские узелки, — грустно улыбаясь, обходили каждого «за ручку». Сестра, осмотрев перевязки, целовала «братишек» на последнее прощанье, и шли они, утопая во мху новенькими лапоточками, в безвестную даль и слякоть.

Последним Варя проводила хромого.

— Прощай, братуха, — сказала, целуя его в губы. — Видишь, бог тебя любит — хороший денёк устроил... Не забывай нас, бедных...

— А где он, бог-то? — усмехнулся хромой. — Нет бога-то... нет, нет, ядрёна вошь!.. — Он хотел добавить ещё что-то, привычно-весёлое и сдобное, но вдруг, дрогнув в лице, махнул рукой и, отвернувшись, заковылял по тропинке, жутко побрякивая котелком.

Теперь из раненых остались только Фролов и Мечик, да ещё Пика, который, собственно, ничем не болел, но не хотел уходить. Мечик, в новой шагреневой рубахе, сшитой ему сестрой, полусидел на койке, подмостив подушку и Пикин халат. Он был уже без повязки на голове, волосы его отросли, вились густыми желтоватыми кольцами, шрам у виска делал все лицо серьёзней и старше.

— Вот и ты поправишься, уйдёшь скоро, — грустно сказала сестра.

— А куда я пойду? — спросил он неуверенно и сам удивился. Вопрос выплыл впервые и породил неясные, но уже знакомые представления, — не было в них радости. Мечик поморщился. — Некуда идти мне, — сказал он жёстко.

— Вот тебе и на!.. — удивилась Варя.— В отряд пойдёшь, к Левинсону. Верхом ездить умеешь? Конный отряд наш... Да ничего, научишься...

Она села рядом на койку и взяла его за руку. Мечик не глядел на неё, и мысль о том, что рано или поздно придётся всё-таки уйти, показалась ему ненужной сейчас, горчила, как отрава.

— А ты не бойся, — как бы поняв его, сказала Варя. — Такой красивый и молоденький, а робкий... Робкий ты, — повторила она с нежностью и, неприметно оглядевшись, поцеловала его в лоб. В ласке её было что-то материнское. — ...Это у Шалдыбы там, а у нас ничего...— быстро зашептала она на ухо, не договаривая слов. — У него там деревенские, а у нас больше шахтёры, свои ребята — можно ладить... Ты ко мне наезжай почаще...

— А как же Морозка?

— А как же та? На карточке? — ответила она вопросом и засмеялась, отпрянув от Мечика, потому что Фролов повернул голову.

— Ну... Я уж и думать забыл... Порвал я карточку,— добавил он торопливо, — видала бумажки тогда?..

— Ну, а с Морозкой и того мене — он поди привык[86] Да он и сам гуляет... Да ты ничего, не унывай, — главное, приезжай почаще. И никому спуску не давай.[87] сам не давай. Ребят наших бояться не нужно — это они на вид злые: палец в рот положи — откусят... А только всё это не страшно — видимость одна. Нужно только самому зубы показывать...

— А ты показываешь разве?

— Моё дело женское, мне, может, этого не надо — я и на любовь возьму. А мужчине без этого нельзя... Только не сможешь ты, — добавила она, подумав. И снова, склонившись к нему, шепнула: — Может, я и люблю тебя за это... не знаю...

«А правда, несмелый я совсем, — подумал Мечик, подложив руки под голову и уставившись в небо неподвижным взглядом. — Но неужели я не смогу? Ведь надо как-то, умеют же другие...» В мыслях его, однако, не было теперь грусти — тоскливой и одинокой. Он мог уже на всё смотреть со стороны — разными глазами. Происходило это потому, что в болезни его наступил перелом, раны быстро зарастали, тело крепло и наливалось. А шло это от земли — земля пахла спиртом и муравьями — да ещё от Вари — глаза у неё были чуткие, как дым, и говорила она всё от хорошей любви — хотелось верить.

«...И чего мне унывать в самом деле? — думал Мечик, и ему действительно казалось теперь, что нет никаких поводов к унынию. — Надо сразу поставить себя на равную ногу: спуску никому не давать... самому не давать — это она очень правильно сказала. Люди здесь другие, надо и мне как-то переломиться... И я сделаю это, — подумал он с небывалой решимостью, чувствуя почти сыновнюю благодарность к Варе, к ее словам, к хорошей ее любви. — ...Всё тогда пойдёт по-новому...

И когда́ я верну́сь в го́род, никто́ меня́ не узна́ет — я бу́-
ду совсе́м друго́й...»

Мы́сли его́ отвлекли́сь далеко́ в сто́рону — к све́тлым,
бу́дущим дням, — и бы́ли они́ поэ́тому лёгкие, та́яли са́-
ми собо́й, как ро́зово-ти́хие облака́ над таёжной прога́-
линой. Он ду́мал о том, как вме́сте с Ва́рей вернётся
в го́род в кача́ющемся ваго́не с раскры́тыми о́кнами, и
бу́дут плыть за окно́м таки́е же ро́зово-ти́хие облака́ над
далёкими мре́ющими хребта́ми. И бу́дут они́ дво́е си-
де́ть у окна́, прижа́вшись друг к дру́гу: Ва́ря говори́т ему́
хоро́шие слова́, а он гла́дит её во́лосы, и ко́сы у неё бу́-
дут совсе́м золоты́е, как по́лдень... И Ва́ря в его́ мечта́х
то́же не походи́ла на суту́лую отка́тчицу из ша́хты № 1,
потому́ что всё, о чём ду́мал Ме́чик, бы́ло не настоя́щее,
а тако́е, каки́м он хоте́л бы всё ви́деть.

...Че́рез не́сколько дней пришло́ из отря́да второ́е
письмо́, — привёз его́ Моро́зка. Он натвори́л большо́го
переполо́ху — ворва́лся из тайги́ с ви́згом и ги́ком, вздыб-
ливая жеребца́ и крича́ что-то несура́зное. Сде́лал же он
э́то от избы́тка жи́зненных сил и... про́сто «для сме́ху».

— Но́сит тебя́, дья́вола,[88] — сказа́л перепу́ганный Пи́-
ка с певу́чей укори́зной. — Тут челове́к умира́ет, — кив-
ну́л он на Фроло́ва, — а ты орёшь...

— А-а... оте́ц Серафи́м! — приве́тствовал его́ Моро́з-
ка. — На́ше вам — со́рок одно́ с ки́сточкой!![89]

— Я тебе́ не оте́ц, а зову́т меня́ Ф-фёдором... — оз-
ли́лся Пика. После́днее вре́мя он ча́сто серди́лся, — де́-
лался смешны́м и жа́лким.

— Ничего́, Федосе́й, не пузы́рься, не то во́лосы вы́ле-
зут...[90] Супру́ге — почте́ние! — откланя́лся Моро́зка Ва́ре,
снима́я фура́жку и надева́я её на Пи́кину го́лову. — Ни-
чего́, Федосе́й, фура́жка тебе́ к лицу́. То́лько ты штани́ш-
ки подбира́й, не то вися́т, как на пуга́ле, о́ч-чень неин-
теллиге́нтно!

— Что — ско́ро нам у́дочки сма́тывать?[91] — спроси́л
Сташи́нский, разрыва́я конве́рт. — Зайдёшь пото́м в ба-
ра́к за отве́том, — сказа́л, пря́ча письмо́ от Ха́рченки, ко-
то́рый с опа́сностью для жи́зни вытя́гивал ше́ю из-за его́
плеча́.

Ва́ря стоя́ла пе́ред Моро́зкой, перебира́я пере́дник и
впервы́е испы́тывая нело́вкость при встре́че с му́жем.

— Чего́ не́ был давно́? — спроси́ла наконе́ц с де́лан-
ным равноду́шием.

42

— А ты небось скуча́ла?[92] — переспроси́л он насме́шливо, чу́вствуя её непоня́тную отчуждённость. — Ну, ничего́, тепе́рь нара́дуешься — в лес вот пойдём... — Он помолча́л и доба́вил е́дко: — Страда́ть...

— Тебе́ то́лько и делов́,[93] — отве́тила она́ су́хо, не глядя́ на него́ и ду́мая о Ме́чике.

— А тебе́?.. — Морбзка выжида́тельно поигра́л пле́тью.

— И мне не впервой́, чать не чужи́е...[94]

— Так идём?.. — сказа́л он осторо́жно, не дви́гаясь с ме́ста.

Она́ опусти́ла пере́дник и, запроки́нув ко́сы, пошла́ вперёд по тропи́нке небре́жной де́ланной похо́дкой, уде́рживаясь, что́бы не огляну́ться на Ме́чика. Она́ зна́ла, что он смо́трит вслед жа́лким, расте́рянным взгля́дом и никогда́ не поймёт, да́же пото́м, что она́ исполня́ет то́лько ску́чную обя́занность.

Она́ жда́ла, что вот-вот Моро́зка обни́мет её сза́ди, но он не приближа́лся. Так шли они́ дово́льно до́лго, сохраня́я расстоя́ние и мо́лча. Наконе́ц она́ не вы́держала и останови́лась, взгляну́в на него́ с удивле́нием и ожида́нием. Он подошёл бли́же, но так и не взял её.

— Что́-то финти́шь ты, де́вка...[95] — сказа́л вдруг хри́пло и с расстано́вкой. — Впи́лла уже́, что ли?[96]

— А ты что — спрос?[97] — Она́ подняла́ го́лову и посмотре́ла на него́ в упо́р — стропти́во и сме́ло.

Морбзка знал и ра́ньше, что она́ гуля́ет в его́ отсу́тствие так же, как гуля́ла в де́вках. Он знал э́то ещё с пе́рвого дня совме́стной жи́зни, когда́ пья́ным у́тром просну́лся с головно́й бо́лью, в гру́де тел на полу́, и уви́дел, что его́ молода́я и зако́нная жена́ спит в обни́мку с ры́жим Гера́симом — зару́бщиком из ша́хты № 4. Но — как и тогда́, так и во всей после́дующей жи́зни — он относи́лся к э́тому с по́лным безразли́чием. По су́ти де́ла, он так и не вкуси́л по́длинной семе́йной жи́зни и сам никогда́ не чу́вствовал себя́ жена́тым челове́ком. Но мысль, что любббником его́ жены́ мо́жет быть тако́й челове́к, как Ме́чик, показа́лась ему́ сейча́с о́чень оби́дной.

— В кого́ же э́то ты, жела́тельно бы узна́ть? — спроси́л он наро́чито ве́жливо, выде́рживая её взгляд с небре́жной и споко́йной усме́шкой: он не хоте́л пока́зывать оби́ды. — В э́нтого, ма́миного, что ли?[98]

— А хоть бы и в ма́миного...

— Да он ничего — чистенький, — согласился Морозка. — Послаже будет. Ты ему платков нашей — сопли утирать.

— Если надо будет, и нашью и утру... сама утру! слышишь? — Она приблизила лицо вплотную и заговорила быстро и возбуждённо: — Ну, чего ты храбришься, что толку в лихости твоей? За три года ребёнка не сделал — только языком трепишься, а туда же... Богатырь шиновый!.²⁹

— Заделаешь тебе, как же, ежели тут целый взвод работает.¹⁰⁰ Да ты не кричи, — оборвал он её, — не то...

— Ну, что — «не то»?.. — сказала она вызывающе. — Может, бить будешь?.. А ну, попробуй, посмотрю я...

Он удивлённо приподнял плётку, словно мысль эта явилась для него неожиданным откровением, и снова опустил.

— Нет, бить я не стану... — сказал неуверенно и с сожалением, будто раздумывая ещё, не вздуть ли в самом деле. — Оно и следовало бы, да не привык я бить вашего брата. — В голосе его скользнули незнакомые ей нотки. — Ну, да что ж — живи. Может, барыней будешь... — Он круто повернул и зашагал к бараку, на ходу сбивая плётью цветочные головки.

— Слушай, обожди!.. — крикнула она, вдруг переполняясь жалостью. — Ваня!..

— Не надо мне барских объедков, — сказал он резко. — Пущай моими пользуются...

Она заколебалась, бежать ли за ним или нет, и не побежала. Выждала, пока он скроется за поворотом, и тогда, облизывая высохшие губы, медленно пошла вслед.

Завидев Морозку, слишком скоро вернувшегося из тайги (ординарец шёл, сильно размахивая руками, с тяжёлым хмурым развальцем), Мечик понял, что у Морозки с Варей «ничего не вышло» и причиной этому — он, Мечик. Неловкая радость и чувство беспричинной виновности ненужно шевельнулись в нём, и стало страшно встретиться с Морозкиным истребляющим взглядом...

У самой койки с хрустом пощипывал травку мохнатый жеребчик: казалось, ординарец идёт к нему, на самом деле тёмная перекошенная сила влекла его к Мечику, но Морозка скрывал это даже от себя, полный неутолимой гордости и презрения. С каждым его шагом чувство виновности в Мечике росло, а радость улетучивалась, он смотрел на Морозку малодушными, уходящими вовнутрь глазами и не мог оторваться. Ординарец схватил жеребца под уздцы, тот оттолкнул его мордой, повернув к Мечику будто нарочно, и Мечик захлебнулся внезапно чужим и тяжёлым, мутным от ненависти взглядом. В эту короткую секунду он чувствовал себя так приниженно, так невыносимо гадко, что вдруг заговорил одними губами, без слов — слов у него не было.

— Сидите тут в тылу,— с ненавистью сказал Морозка в такт своим тёмным мыслям, не желая вслушиваться в беззвучные пояснения Мечика.— Рубахи шагреневые понадевали...

Ему стало обидно, что Мечик может подумать, будто злоба его вызвана ревностью, но он сам не сознавал её истинных причин и выругался длинно и скверно.

— Чего ты ругаешься? — вспыхнув, переспросил Мечик, почувствовав непонятное облегчение после того, как Морозка выругался. — У меня ноги перебиты, а не — в тылу... — сказал он с гневной самолюбивой дрожью и горечью. В эту минуту он верил сам, что ноги у него перебиты, и вообще чувствовал себя так, словно не он, а Морозка носит шагреневые рубахи. — Мы тоже знаем таких фронтовиков,— добавил, краснея,— я б тебе тоже сказал, если бы не был тебе обязан... на своё несчастье...

— Ага-а... заело? — чуть не подпрыгнув, завопил Морозка, по-прежнему не слушая его и не желая понимать его благородства.— Забыл, как я тебя из полымя вытащил?.. Таскаем мы вас на свою голову!![101]— закричал он так громко, словно каждый день таскал из «полымя» раненых, как каштаны,— на свою голову!.. вот вы где у нас сидите!..— И он ударил себя по шее с невероятным ожесточением.

Сташинский и Харченко выскочили из барака. Фролов повернул голову с болезненным удивлением.

— Вы что кричите? — спросил Сташинский, с жуткой быстротой мигая одним глазом.

— Совесть моя где?! — кричал Морозка в ответ на вопрос Мечика, где у него совесть.— Вот она где, совесть, — вот, вот! — рубил он с остервенением, делая неприличные жесты. Из тайги, с разных сторон, бежали сестра и Пика, крича что-то наперерыв. Морозка вскочил на жеребца и сильно вытянул его плетью, что случа́лось, с ним то́лько в мину́ты велича́йшего возбужде́ния. Ми́шка взви́лся на дыбы́ и пры́гнул в сто́рону как ошпа́ренный.

— Обожди́, письмо́ захва́тишь!.. Моро́зка!..— расте́рянно кри́кнул Сташи́нский, но Моро́зки уже́ не́ было. Из потрево́женной ча́щи доноси́лся бе́шеный то́пот удаля́вшихся копы́т.

VIII
ПЕРВЫЙ ХОД

Доро́га бежа́ла навстре́чу, как бесконе́чная упру́гая ле́нта, ве́тви бо́льно хлеста́ли Моро́зку по лицу́, а он всё гнал и гнал очуме́вшего жеребца́, по́лный неи́стовой зло́бы, оби́ды, мще́ния. Отде́льные моме́нты неле́пого разгово́ра с Ме́чиком — оди́н хле́ще друго́го — вновь и вновь рожда́лись в разгорячённом мозгу́, и всё же Моро́зке каза́лось, что он недоста́точно кре́пко вы́разил своё презре́ние к подо́бным лю́дям.

Он мог бы, наприме́р, напо́мнить Ме́чику, как тот жа́дными рука́ми цепля́лся за него́ на ячме́нном по́ле, как в обезуме́вших его́ глаза́х би́лся ко́мнатный страх за свою́ ма́ленькую жизнь. Он мог бы жесто́ко вы́смеять любо́вь Ме́чика к кудря́вой ба́рышне, портре́т кото́рой, мо́жет, ещё храни́тся у него́ в карма́не пиджака́, во́зле се́рдца, и надари́ть э́ту краси́вую, чи́стенькую ба́рышню са́мыми паску́дными имена́ми... Тут он вспо́мнил, что Ме́чик ведь «спу́тался» с его́ жено́й и навря́д ли оскорби́тся тепе́рь за чи́стенькую ба́рышню, и вме́сто злора́дного торжества́ над униже́нием проти́вника Моро́зка сно́ва чу́вствовал свою́ непоправи́мую оби́ду.

...Ми́шка, разоби́женный вконе́ц несправедли́востью хозя́ина, бежа́л до тех пор, пока́ в натру́женных губа́х не ослабе́ли удила́; тогда́ он заме́длил ход и, не слы́ша но́вых понука́ний, пошёл показно́-бы́стрым ша́гом, совсе́м как челове́к, оскорблённый, но не теря́ющий со́бственного досто́инства. Он не обраща́л внима́ния да́же на со́ек,— они́ сли́шком мно́го крича́ли в э́тот ве́чер, но, как всегда́, по́пусту, и бо́льше обы́чного каза́лись ему́ суетли́выми и глу́пыми.

Тайга́ расступи́лась вече́рней берёзовой опу́шкой, и в ря́дные ее просве́ты, пря́мо в лицо́, би́ло со́лнце. Здесь было уютно, прозрачно, весело,— так непохоже на сóбачью людскую суету. Гнев Морозки остыл. Обидные словá, которые он сказáл или хотéл сказáть Мéчику, давнó утрáтили мстительно-яркое оперéние, предстáли во всей своéй общипанной неприглядности: они были ненужно крикливы и легковéсны. Он сожалéл ужé, что связáлся с Мéчиком — не «выдержал мáрку» до концá.[102] Он чувствовал тепéрь, что Вáря вóвсе не так безразлична ему, как это казáлось рáньше, и вмéсте с тем твёрдо знал, что никогдá ужé не вернётся к ней. И оттогó, что Вáря была наиболее близким человéком, котóрый связывал егó с прéжней жизнью на руднике, когдá он жил, «как все», когда всё казáлось ему простым и ясным,— тепéрь, рассáвшись с ней, он испытывал такóе чувство, тóчно эта большáя и цéльная полосá его жизни завершилась, а нóвая еще не началáсь.

Сóлнце заглядывало Морозке под козырёк — онó ещё стояло над хребтóм бесстрáстным, немигáющим глáзом, но поля вокрýг были тревóжно-безлюдны.

Он видел неубранные ячмéнные снопы на недожáтых полосáх, бáбий передник, забытый второпях на суслóне *, грáбли, комлем вóткнутые в межý. На покривившемся стогý уныло, по-сирóтски, примостилась ворóна и молчáла. Но всё это проплывáло мимо сознáния. Морозка разворошил давнишнюю слежáвшуюся пыль воспоминáний и обнаружил, что это совсéм не весёлый, а óчень безрáдостный, проклятый груз. Он почувствовал себя забрóшенным и одинóким. Казáлось, он сам плывёт над огрóмным вымороченным пóлем, и тревóжная пустотá послéднего тóлько сильнéй подчёркивала егó одинóчество.

Очнýлся он от дрóбного кóнского тóпота, внезáпно вырвавшегося из-за бугрá. Едвá вскинул гóлову — перед ним выросла стрóйная, перетянутая в поясе фигурка дозóрного на глазáстой бедóвой лошáдке,— от неожиданности она так и сéла на задние нóги.

— Ну, ты-ы, коблó, вот коблó!..— выругался дозóрный, поймáв на летý сбитую толчкóм фурáжку. — Морóзка, что ли? Вали скорéй до дóму, до дому вали: там у нас такóе — не разбери-поймёшь, ей-бóгу...

— А что?

_____
* Суслон — составленные на жнивье снопы.

47

— Да дезертиры тут прошли, наговорили цельный воз, цельный воз — японцы-де вот-вот будут! Мужики с поля, бабы в рёв, бабы в рёв... Нагнали у парома телег, что твой базар,— потеха!.. Мало паромщика не убили, доси поди всех не переправил — нет, не переправил!.. А Гришка наш сгонял вёрст за десять — японцев и слыхом не слыхать, не слыхать[103] — брехня. Набрехали, суки!.. Стрелять за такие дела — и то патронов жалко, и то жалко, ей-богу...— Дозорный брызгал слюной, размахивал плетью и то снимал, то надевал фуражку, лихо потряхивая кудерьками, словно, помимо всего прочего, хотел ещё сказать: «Смотри, дорогой, как девки меня любят».

Морозка вспомнил, как месяца два тому назад этот парень украл у него жестяную кружку, а после божился, что она у него «ещё с германского фронта». Кружки было не жаль теперь, но воспоминание это — сразу, быстрей слов дозорного, которого Морозка не слушал, занятый своим, — втолкнуло его в привычную колею отрядной жизни. Срочная эстафета, приезд Канунникова, отступление Осокина, слухи, которыми питался отряд последнее время,— всё это хлынуло на него тревожной волной, смывая чёрную накипь прошедшего дня.

— Какие дезертиры, чего ты трепишься? — перебил он дозорного. Тот удивлённо приподнял бровь и застыл с занесённой фуражкой, которую только что снял и снова собирался надеть.— Тебе бы только фасон давить, женя с ручкой![104] — презрительно сказал Морозка; сердито дёрнул под уздцы и через несколько минут был уже у парома.

Волосатый паромщик, с подвёрнутой штаниной, с огромным чирьём на колене, и впрямь замучился, гоняя перегруженный паром взад и вперёд, и все же многие ещё толпились на этой стороне. Едва паром приставал к берегу, на него обрушивалась целая лавина людей, мешков, телег, голосивших ребят, люлек — каждый старался поспеть первым; всё это толкалось, кричало, скрипело, падало,— паромщик, потеряв голос, напрасно раздирал глотку, стараясь водворить порядок. Курносая баба, успевшая лично поговорить с дезертирами, терзаемая неразрешимым противоречием между желанием скорее попасть домой и досказать свои новости остающимся,— в третий раз опаздывала на паром, тыкала вслед громадным, больше себя, мешком с ботвой для свиней и то молила: «Господи, господи», то снова принималась рассказывать, чтобы опоздать в четвёртый раз.

Морозка, попав в эту сумятицу, хотел было, по старой привычке («для смеху»), попугать еще сильнее, но почему-то раздумал и, соскочив с лошади, принялся успокаивать.

— И охота брехать тебе, никаких там японцев нету,— перебил вконец осатаневшую бабу,— расскажет тоже: «Га-азы пущают...»[105] Какие там газы? Корейцы, может, солому палили, а ей — га-азы...

Мужики, забыв про бабу, обступили его,— он вдруг почувствовал себя большим, ответственным человеком и, радуясь необычной своей роли и даже тому, что подавил желание «попугать»,— до тех пор опровергал и высмеивал россказни дезертиров, пока окончательно не расхолодил собравшихся. Когда причалил следующий паром, не было уже такой давки. Морозка сам направлял подводы по очереди, мужики сетовали, что рано уехали с поля, и, в досаде на себя, ругали лошадей. Даже курносая баба с мешком попала наконец в чью-то телегу между двумя конскими мордами и широким мужичьим задом.

Морозка, перегнувшись через перила, смотрел, как бегут меж лодок белые кружочки пены — ни один не обгонял другого,— их естественный порядок напомнил ему, как сам он только что сорганизовал мужиков; напоминание это было приятно.

У поскотины он встретил дозорную смену — пятерых ребят из взвода Дубова. Они приветствовали его смехом и добродушной матерщиной, потому что всегда были рады его видеть, а говорить им было не о чём, и потому ещё, что все это были здоровые и крепкие ребята, а вечер наступал прохладный, бодрый.

— Катись колбаской!..[106] — проводил их Морозка и с завистью посмотрел вслед. Ему захотелось быть вместе с ними, с их смехом и матерщиной — вместе мчаться в дозор прохладным и бодрым вечером.

Встреча с партизанами напомнила Морозке, что, уезжая из госпиталя, он не захватил письма Сташинского, а за это может попасть. Картина сходки, когда он чуть не вылетел из отряда, внезапно встала перед глазами, и сразу что-то защемило. Морозка только теперь почувст-

49

вовал, что это событие было, может, самым важным для него за последний месяц — гораздо важнее того, что произошло в госпитале.

— Михрютка,— сказал он жеребцу и взял его за холку.— Надоело мне всё, браток, до бузовой матери!..[107]— Мишка мотнул головой и фыркнул.

Подъезжая к штабу, Морозка принял твёрдое решение «наплевать на всё» и отпроситься во взвод к ребятам, сложив с себя обязанности ординарца.

На крыльце у штаба Бакланов допрашивал дезертиров,— они были безоружны и под охраной. Бакланов, сидя на ступеньке, записывал фамилии.

— Иван Филимонов...— лепетал один жалобным голосом, изо всех сил вытягивая шею.

— Как?..— грозно переспрашивал Бакланов, поворачиваясь к нему всем туловищем, как это делал обычно Левинсон. (Бакланов думал, что Левинсон поступает так, желая подчеркнуть особую значительность своих вопросов, на самом же деле Левинсон поворачивался так потому, что когда-то был ранен в шею и иначе вообще не мог повернуться.)

— Филимонов?.. Отчество!..

— Левинсон где? — спросил Морозка. Ему кивнули на дверь. Он поправил чуб и вошёл в избу.

Левинсон занимался за столом в углу и не заметил его. Морозка в нерешительности поиграл плёткой. Как и всем в отряде, командир казался Морозке необыкновенно правильным человеком. Но так как жизненный опыт подсказывал ему, что правильных людей не существует, то он старался убедить себя, что Левинсон, наоборот,— величайший жулик и «себе на уме».[108] Тем не менее он тоже был уверен, что командир «всё видит насквозь»[109] и обмануть его почти невозможно: когда приходилось просить о чём-либо, Морозка испытывал странное недомогание.

— А ты всё в бумагах возишься, как мыша,— сказал он наконец.— Отвёз я пакет в полной справности.

— Ответа нет?

— Не-ету... -

— Ладно.— Левинсон отложил карту и встал.

— Слушай, Левинсон...— начал Морозка. — У меня просьба к тебе... Сполнишь — вечным другом будешь,[110] правда...

50

— Вечным другом? — с улыбкой переспросил Левинсон.— Ну, говори, что там за просьба.

— Пусти меня во взвод...

— Во взво-од?.. С чего это тебе приспичило?[111]

— Да долго рассказывать — очертело мне, поверь совести... Точно и не партизан я, а так...— Морозка махнул рукой и нахмурился, чтобы не выругаться и не испортить дела.

— А кто же ординарцем?

— Да Ефимку можно приспособить,— уцепился Морозка.— Ох, и ездок, скажу тебе,— в старой армии призы брал!

— Так, говоришь, вечным другом? — снова переспросил Левинсон таким тоном, точно это соображение могло иметь как раз решающее значение.

— Да ты не смейся, холера чёртова!..— не выдержал Морозка.— К нему с делом, а он хаханьки...[113]

— А ты не горячись. Горячиться вредно... Скажешь Дубову, чтоб прислал Ефимку, и... можешь отправляться.

— Вот эт-то удружил, .вот удружил!..— обрадовался Морозка.— Вот поставил марку... Левинсон... эт-то н-номер!..[114] — Он сорвал с головы фуражку и хлопнул ею об пол.

Левинсон поднял фуражку и сказал:

— Дура.

...Морозка приехал во взвод — уже стемнело. Он застал в избе человек двенадцать. Дубов, сидя верхом на скамейке, при свете ночника разбирал наган.

— А-а, нечистая кровь...— пробасил он из-под усов. Увидев свёрток в руках Морозки, удивился.— Ты чего это со всеми причиндалами? Разжаловали, что ли?

— Шабаш! — закричал Морозка. — Отставка!.. Перо в зад, без пенсии... Снаряжай Ефимку — командир приказывает...

— Видно, ты удружил? — едко спросил Ефимка, сухой и жёлчный парень, заросший лишаями.

— Вали, вали — там разберёмся... Одним словом — с повышением, Ефим Семёнович!.. Магарыч с вас.[115]

От радости, что снова находится среди ребят, Морозка сыпал прибаутками, дразнился, щипал хозяйку, крутился по избе, пока не налетел на взводного и не опрокинул ружейного масла.

— Калека, вертило немазаное! — выругался Дубов

51

и хлопнул его по спине так, что Морозкина голова мало не отделилась от туловища.

И хоть было очень больно, Морозка не обиделся — ему даже нравилось, как ругается Дубов, употребляя свои, никому не известные слова и выражения: всё здесь он принимал как должное.

— Да... пора, пора уж...— говорил Дубов.— Это хорошо, что ты снова к нам присмыкнулся. А то испохабел вовсе — заржавел, как болт неприткнутый,[116]из-за тебя срам...

Все соглашались с тем, что это хорошо, но по другой причине: большинству нравилось в Морозке как раз то, что не нравилось Дубову.

Морозка старался не вспоминать о поездке в госпиталь. Он очень боялся, что кто-нибудь спросит: «А как жинка твоя поживает?..»

Потом вместе со всеми он ездил на реку поить лошадей... Глухо, нестрашно кричали в забоке сычи, в тумане над водой расплывались конские головы, тянулись молча, насторожив уши; у берега ёжились темноликие кусты в холодной медвяной росе. «Вот это жизнь...» — думал Морозка и ласково подсвистывал жеребцу.

Дома чинили сёдла, протирали винтовки; Дубов читал вслух письма с рудника, а ложась спать, назначил Морозку дневальным «по случаю возвращения в Тимофеево лоно».[117]

Весь вечер Морозка чувствовал себя исправным солдатом и хорошим, нужным человеком.

Ночью Дубов проснулся от сильного толчка в бок.

— Что? что?..— спросил испуганно и сел. Не успел продрать глаза на тусклый ночничок — услышал, вернее, почувствовал, отдалённый выстрел, через некоторое время другой.

У кровати стоял Морозка, кричал:

— Вставай скорей! Стреляют за рекой!..

Редкие одиночные выстрелы следовали один за другим с почти правильными промежутками.

— Буди ребят,— распорядился Дубов,— сейчас же крой по всем халупам!..[118]Скоро!..

Через несколько секунд в полном боевом снаряжении он выскочил во двор. Небо расступилось — безветренно-холодное. По мглистым нехоженым тропам Млечного Пути в смятении бежали звёзды. Из тёмной дыры сено-

52

вала выскакивали — один за другим — взъерошенные партизаны, ругаясь, застегивая на ходу патронташи, выводили лошадей. С насестов с неистовым кудахтаньем летели куры, лошади бились и ржали.

— В ружьё!.. по коням! — командовал Дубов.— Митрий, Сеня!.. Бежите по хатам, будите людей... Скоро!..

С площади у штаба взвилась динамитная ракета и покатилась по небу с дымным шипеньем. Сонная баба высунулась в окно и быстро нырнула обратно.

— Завязывай...— сказал кто-то упавшим, в дрожи, голосом.

Примчавшийся из штаба Ефимка кричал в ворота:

— Тревога!.. Все на сборное место в полном готове!.— Взметнул над венцом оскаленной лошадиной пастью и, крикнув ещё что-то непонятное, исчез.

Когда вернулись посланные, оказалось, что больше половины взвода не ночует дома: с вечера ушли на гулянку и, видно, остались у девчат. Растерявшийся Дубов, не зная — выступать ли с наличным составом или съездить в штаб самому узнать, в чём дело,— ругаясь в бога и священный синод, послал во все концы разыскивать поодиночке. Два раза приезжали ординарцы с приказом немедленно прибыть всем взводом, а он всё не мог найти людей, метался по двору, как пойманный зверь, готов был в отчаянии пустить себе пулю в лоб и, может быть, пустил бы, если б не чувствовал всё время своей тяжёлой ответственности. Многие в эту ночь пострадали от его безжалостных кулаков.

Наконец, напутствуемый надрывным собачьим воем, взвод ринулся к штабу, наполняя придавленные страхом улицы бешеным конским топотом и звоном стали.

Дубов очень удивился, застав весь отряд на площади. Вдоль по главному тракту вытянулся готовый в путь обоз,— многие, спешившись, сидели возле лошадей и курили. Он отыскал глазами маленькую фигурку Левинсона, тот стоял возле освещённых факелом брёвен и спокойно разговаривал с Метелицей.

— Что ж ты так поздно? — набросился Бакланов.— А говоришь ещё: «Мы-ы... шахтё-еры...» — Он был вне себя, иначе никогда бы не сказал Дубову подобной фразы. Взводный только рукой махнул. Самым обидным для него было сознание, что этот вот молодой парень Бакланов имеет теперь законное право всячески хулить его, но даже хула́ та не бу́дет досто́йной пла́той за его́, Ду́бова, вину́. Кро́ме того́, Бакла́нов уязви́л его́ в са́мое больно́е ме́сто: в глубине́ души́ Ду́бов полага́л, что зва́ние шахтёра са́мое высо́кое и почётное, како́е то́лько мо́жет носи́ть челове́к на земле́. Тепе́рь он был уве́рен, что его́ взвод опозо́рил и себя́, и Суча́нский рудни́к, и всё шахтёрское пле́мя, по кра́йней ме́ре, до седьмо́го коле́на.[119]

Изруга́вшись вво́лю, Бакла́нов уе́хал снима́ть дозо́ры. От пятеры́х ребя́т, верну́вшихся из-за реки́, Ду́бов узна́л, что никако́го неприя́теля нет, а стреля́ли они́ «в бе́лый свет, как в копе́йку», по приказа́нию Левинсо́на. Он по́нял тогда́, что Левинсо́н хоте́л прове́рить боеву́ю гото́вность отря́да, и ему́ ста́ло ещё го́рше от созна́ния, что он не оправда́л дове́рия команди́ра, не стал приме́ром для други́х.

Когда́ взво́ды постро́ились и сде́лали перекли́чку, обнару́жилось, что мно́гих всё же недостаёт. Осо́бенно мно́го дезерти́ров оказа́лось у Кубрака́. Сам Кубра́к е́здил днём проща́ться с родне́й и до сих пор не протрезви́лся. Не́сколько раз он обраща́лся к своему́ взво́ду с ре́чью — «мо́гут ли его́ уважа́ть, е́сли он тако́й подле́ц и свинья́»,— и пла́кал. И весь отря́д ви́дел, что Кубра́к пьян. То́лько Левинсо́н бу́дто не замеча́л э́того, ина́че пришло́сь бы снять Кубрака́ с до́лжности, а его́ не́кем бы́ло замени́ть.

Левинсо́н прое́хал по стро́ю и, верну́вшись на середи́ну, по́днял ру́ку. Она́ пови́сла хо́лодно и стро́го. Слы́шны ста́ли та́йные ночны́е шу́мы.

— Това́рищи...— на́чал Левинсо́н, и го́лос его́, негро́мкий, но вня́тный, был услы́шан ка́ждым, как бие́ние своего́ се́рдца.— Мы ухо́дим отсю́да... куда́ — э́того не сто́ит сейча́с говори́ть. Япо́нские си́лы — хотя́ их не ну́жно преувели́чивать — всё же таки́е, что нам лу́чше укры́ться до поры́, до вре́мени. Это не зна́чит, что мы совсе́м ухо́дим от опа́сности. Нет. Она́ постоя́нно виси́т над на́ми, и ка́ждый партиза́н об э́том зна́ет. Опра́вдываем ли мы своё партиза́нское зва́ние?.. Сего́дня ника́к не оправда́ли... Мы распусти́лись, как де́вочки!.. Ну что, е́сли бы на са́мом де́ле бы́ли япо́нцы?.. Да они́ ведь передуши́ли б нас, как цыпля́т!.. Срам!.. — Левинсо́н бы́стро перегну́лся вперёд, и после́дние его́ слова́ хлестну́ли сра́зу развёрнутой пружи́ной так, что ка́ждый вдруг почу́вствовал себя́ захва́ченным врасплóх цыплёнком, кото́рого ду́шат в темноте́ неумоли́мые желе́зные па́льцы.

Даже ничего не понявший Кубрак сказал убежденно:

— Пррáвильно... Всё ето... пррáвильно...— крутнул квадратной головой и громко икнул.

Дубов ждал с минуты на минуту, что Левинсон скажет: «Вот, например, Дубов — он пришёл сегодня к шапочному разбору, а ведь я надеялся на него больше всех,— срам!..» Но Левинсон никого не упомянул по имени. Он вообще говорил немного, но упорно бил в одно место, будто вколачивал массивный гвоздь, которому предстоит служить на вечные времена. Только убедившись, что слова его дошли по назначению, он посмотрел в сторону Дубова и неожиданно сказал:

— Дубова взвод пойдёт с обозом... Уж больно прыткий...— вытянулся на стременах и, взмахнув плетью, скомандовал: — Сми-и-ирно... справа по три... а-а-арш!..

Согласно брякнули мундштуки, шумно скрипнули сёдла, и, колыхаясь в ночи, как огромная в омуте рыба, густая вереница людей поплыла туда, где из-за древних сихотэ-алинских отрогов — такой же древний и молодой — вздымался рассвет.

IX

МЕЧИК В ОТРЯДЕ

Сташинский узнал о выступлении от помощника начхоза, прибывшего в лазарет заготовлять продовольствие.

— Он, Левинсон-то, смекалистый,— говорил помощник, подставляя солнцу выцветшую горбатую спину.— Без его мы бы все пропали... Вот и здесь рассуди: дорогу в лазарет никто не знает, в случае чего загонют нас — мы сюда всем отрядом шасть!.. И поминай, как нас звали... а уж тут и провиант и фураж припасены. Лбовко придумано!..— Помощник в восхищении крутил головой, и Сташинский видел, что хвалит он Левинсона не только потому, что тот на самом деле «смекалистый», а ещё и из приятности, которую доставляет помощнику приписывание другому человеку несвойственных ему самому хороших качеств.

В этот же день Мечик впервые встал на ноги. Поддерживаемый под руки, прошёлся по лужайке, удивлённо-радостно ощущая упругий дёрн под ногами, и беспричинно смеялся. А после, лёжа на койке, чувствовал неугомонное биение сердца не то от усталости, не то от этого радостного ощущения земли. Ноги ещё дрожали от слабости, и по всему телу бродил весёлый, прыгающий зуд.

Пока Мечик гулял, на него с завистью смотрел Фролов, и Мечик никак не мог перебороть чувства какой-то вины перед ним. Фролов болел уже так долго, что исчерпал всё сострадание окружающих. В их непременной ласке и заботливости он слышал постоянный вопрос: «Когда же ты всё-таки умрёшь?» — но умирать не хотел. И видимая нелепость его цепляний за жизнь давила всех, как могильная плита.

До последнего дня пребывания Мечика в госпитале между ним и Варей тянулись странные отношения, похожие на игру, где каждый знал, чего хочет одна и боится другой, но ни один не решался сделать смелый, исчерпывающий ход.

За трудную и терпеливую свою жизнь, где мужчин было так много, что невозможно было отличить их по цвету глаз, волос, даже по именам,— Варя ни одному не могла сказать: «желанный, любимый». Мечик был первый, которому она вправе была — и сказала эти слова. Ей казалось, что только он, такой красивый, скромный и нежный, способен удовлетворить её тоску материнства и что полюбила она его именно за это. В тревожной немоте она звала его по ночам, искала каждый день неутолимо, жадно, стараясь увести от людей, чтобы подарить свою позднюю любовь, но никогда не решалась почему-то сказать этого прямо.

И хоть Мечику хотелось того же со всем пылом и воображением только что созревшей юности, он упорно избегал оставаться с ней наедине — то таскал за собой Пику, то жаловался на нездоровье. Он робел потому, что никогда не был близок с женщиной; ему казалось, что это выйдет у него не так, как у людей, а очень стыдно. Если же удавалось преодолеть робость, перед ним вставала вдруг гневная фигура Морозки, как он идёт из тайги, размахивая плетью, и Мечик испытывал тогда смесь страха и сознания своего неоплатного долга перед этим человеком.

В этой игре он похудел и вырос, но так до последней минуты и не превозмог слабости. Ушли они вместе с Пикой, неловко простившись со всеми, словно с чужими. Варя нагнала их на тропе.

— Давай уж хоть простимся как следует, — сказала, зардевшись от бега и смущения.— Там я постеснялась как-то... никогда этого не было, а тут постеснялась,— и виновато сунула ему вышитый кисет, как делали все молодые девушки на руднике.

Её смущение и подарок так не вязались с ней,— Мечику стало жаль её и стыдно перед Пикой, он едва коснулся ее губами, а она смотрела на него последним дымчатым взглядом, и губы ее кривились.

— Смотри же, наезжай!..— крикнула она, когда они уже скрылись в чаще. И, не слыша ответа, тут же, опустившись в траву, заплакала.

Дорогой, оправившись от грустных воспоминаний, Мечик почувствовал себя настоящим партизаном, даже подвернул рукава, желая загореть: ему казалось, что это очень необходимо в той новой жизни, которую он начал после памятного разговора с сестрой.

Устье Ирохедзы[121] было занято японскими войсками и колчаковцами. Пика трусил, нервничал, жаловался всю дорогу на несуществующие боли. Мечик никак не мог уговорить его обойти село долиной. Пришлось карабкаться по хребтам, по безвестным козьим проторям. Они спустились к реке на вторую ночь скалистыми кручами, едва не убившись,— Мечик ещё нетвёрдо чувствовал себя на ногах. Почти к утру попали в корейскую фанзу; жадно глотали чумизу без соли, и, глядя на истерзанную, жалкую фигуру Пики, Мечик никак не мог восстановить пленявший его когда-то образ тихого и светлого старичка над тихим камышовым озером. Раздавленным своим видом Пика как бы подчёркивал непрочность и лживость этой тишины, в которой нет отдыха и спасения.

Потом шли редкими хуторами, где никто не слыхал о японцах. На вопрос — проходил ли отряд? — им указывали в верховья, расспрашивали новости, поили медовым квасом, дёбки заглядывались на Мечика. Началась уже бабья страда. Дороги тонули в густой колосистой пшенице, росились по утрам опустевшие паутины, и воздух был полон пчелиного предосенне-жалобного гуда.[122]

В Шибиши они пришли под вечер; деревушка стояла под лесистой горой, на пригреве,— закатное солнце било с противоположной стороны. У дряхлой, заросшей грибами часовенки группа весёлых, горластых парней с красными бантами во всю фуражку играла в городки.[123] Только что пробил маленький человечек, в высоких ичигах и с рыжей, длинным клином, бородой, похожий на гнома, каких рисуют в детских сказках,— позорно промахнув все палки. Над ним смеялись. Человечек конфузливо улыбался, но так, что все видели, что ему нисколько не конфузно, а тоже очень весело.

— Вот он, Левинсон-то,— сказал Пика.

— Где?

— Да вон — рыжий...— Бросив недоумевающего Мечика, Пика с неожиданной, бесовской прытью посеменил к маленькому человечку.

— Глянь, ребята,— Пика!..

— Пика и есть...

— Приплёлся, чёрт лысый!..

Парни, побросав игру, обступили старика. Мечик остался в стороне, не зная — подойти или ждать, пока позовут.

— Кто это с тобой? — спросил наконец Левинсон.

— А парень один с госпиталя... ха-роший парень!..

— Раненый это, что Морозка привёз,— вставил кто-то, узнав Мечика. Тот, услышав, что говорят о нём, подошёл ближе.

У маленького человечка, так плохо игравшего в городки, оказались большие и ловкие глаза,— они схватили Мечика и, вывернув его наизнанку, подержали так несколько мгновений, будто взвешивали всё, что там оказалось.

— Вот пришёл к вам в отряд,— начал Мечик, краснея за свои засученные рукава, которые забыл отвернуть.— Раньше был у Шалдыбы... до ранения,— добавил для вескости.

— А у Шалдыбы с каких пор?

— С июня — так, с середины...

Левинсон снова окинул его пытливым, изучающим взглядом.

— Стрелять умеешь?

— Умею...— неуверенно сказал Мечик.

— Ефимка... Принеси драгунку...

Пока́ бе́гали за винто́вкой, Ме́чик чу́вствовал, как щу́пают его́ со всех сторо́н деся́тки любопы́тных глаз, немо́е упо́рство кото́рых он начина́ет принима́ть за враж-де́бность.

— Ну вот... Во что бы тебе́ вы́стрелить? — Левинсо́н поиска́л глаза́ми.

— В крест! — ра́достно предложи́л кто-то.

— Нет, в крест не сто́ит... Ефи́мка, поста́вь городо́к на столб, вон туда́...

Ме́чик взял винто́вку и едва́ не зажму́рился от жу́ти, кото́рая им овладе́ла (не потому́, что ну́жно бы́ло стреля́ть, а потому́, что каза́лось, бу́дто все хотя́т его́ прома́ха).

— Ле́вой руко́й побли́же возьми́ — ле́гше так, — посове́товал кто-то.

Э́ти слова́, ска́занные с я́вным сочу́вствием, мно́го помогли́ Ме́чику. Осмеле́в, он надави́л куро́к и в гро́хоте вы́стрела — тут он всё-таки зажму́рился — успе́л заме́-тить, как городо́к слете́л со столба́.

— Уме́ешь... — засмея́лся Левинсо́н. — С ло́шадью обраща́ться приходи́лось?

— Нет, — созна́лся Ме́чик, гото́вый по́сле тако́го успе́ха приня́ть на себя́ да́же чужи́е грехи́.

— Жаль, — сказа́л Левинсо́н. Ви́дно бы́ло, что ему́ действи́тельно жаль. — Бакла́нов, дашь ему́ Зю́чиху. — Он лука́во прищу́рился. — Береги́ ее, ло́шадь безоби́дная. Как бере́чь, взво́дный нау́чит... В како́й взвод мы его́ напра́вим?

— Я ду́маю, к Кубраку́ — у него́ недоста́ча, — сказа́л Бакла́нов. — Вме́сте с Пи́кой бу́дут.

— И то... — согласи́лся Левинсо́н. — Вали́...

...Пе́рвый же взгляд на Зю́чиху заста́вил Ме́чика забы́ть свою́ уда́чу и вы́званные е́ю мальчи́шески-го́рдые наде́жды. Э́то была́ слезли́вая, ско́рбная кобы́ла, гря́зно-бе́лого цве́та, с прода́вленной спино́й и мяки́нным брю́-хом[124] — поко́рная крестья́нская лоша́дка, испаха́вшая в свое́й жи́зни не одну́ деся́тину.[125] Вдоба́вок ко всему́ она́ была́ жеребо́й, и стра́нное ее про́звище приста́ло к ней, как к шепеля́вой стару́хе госпо́дне благослове́ние.

— Э́то мне, да?.. — спроси́л Ме́чик упа́вшим го́лосом.

— Ло́шадь неказ́истая, — сказа́л Кубра́к, хло́пнув её по за́ду. — Копы́та у её сла́бые — не то, сказа́ть, от воспита́ния, не то от боле́зненного отноше́ния. Е́здить, однако, можно... — Он повернул к Мечику квадратную, в седоватом ёжике, голову[126] и повторил с тупой убеждённостью: — Можно ездить...

— Разве других у вас нет? — спросил Мечик, сразу проникаясь бессильной ненавистью к Зючихе и к тому, что на ней можно ездить.

Кубрак, не ответив, принялся скучно и монотонно рассказывать, что должен делать Мечик утром, в обед и вечером с этой обшарпанной кобылой, чтобы уберечь её от неисчислимых опасностей и болезней.

— Вернулся с походу — сразу не расседлывай,— поучал взводный,— пущай постоит, остынет. А как только расседлал, вытри ей спину ладошкой или сеном, и перед тем как седлать, тоже вытирай...

Мечик с дрожью в губах смотрел куда-то поверх лошади и не слушал. Он чувствовал себя так, словно эту обидную кобылу с разляпанными копытами дали ему нарочно, чтобы унизить с самого начала. Последнее время всякий свой поступок Мечик рассматривал под углом той новой жизни, которую он должен был начать. И ему казалось теперь, что не может быть речи о какой-то новой жизни с этой отвратительной лошадью: никто не будет видеть, что он уже совсем другой, сильный, уверенный в себе человек, а будут думать, что он прежний, смешной Мечик, которому нельзя доверить даже хорошей лошади.

— У кобылы у етой, помимо протчего,— ящур...— неубедительно говорил взводный, не желая знать, как Мечик обижен и доходят ли слова по назначению.— Лечить бы его надо купоросом, одначе купоросу у нас нету. Ящур лечим мы куриным помётом — средство тоже очень искреннее. Наложить надо на тряпочку и обернуть округ удилов перед зануздкой — очень помогаить...

«Что я — мальчишка, что ли? — думал Мечик, не слушая взводного.— Нет, я пойду и скажу Левинсону, что я не желаю ездить на такой лошади... Я вовсе не обязан страдать за других (ему приятно было думать, будто он стал жертвой за кого-то другого). Нет, я всё скажу ему прямо, пускай он не думает...»

Только когда взводный кончил и лошадь была вверена всецело попечению Мечика, он пожалел, что не слушал объяснений. Зючиха, понурив голову, лениво перебирала белыми губами, и Мечик понял, что вся её жизнь

60

находится теперь в его руках. Но он по-прежнему не знал, как распоряжаться нехитрой лошадиной жизнью. Он не сумел даже хорошенько привязать эту безропотную кобылу, она бродила по всем конюшням, тычась в чужое сено, раздражая лошадей и дневальных.

— Да где он, холера, новенький этот?.. Чего кобылу свою не вяжет!..— кричал кто-то в сарае. Слышались яростные удары плети.— Пошла, пошла-а, стерва!.. Дневальный, убери кобылу, ну ее к...

Мечик, вспотев от быстрой ходьбы и внутреннего жара, перебирая в голове самые злые выражения, натыкаясь на колючий кустарник, шагал по тёмным, дремлющим улицам, отыскивая штаб. В одном месте чуть не попал на гулянку—хриплая гармонь исходила «саратовской»,[127] пыхали цигарки, звенели шашки и шпоры, девчата визжали, дрожала земля в сумасшедшем плясе. Мечик постеснялся спросить у них[128] дорогу и обошёл стороной. Он проплутал бы всю ночь, если бы навстречу не вынырнула из-за угла одинокая фигура.

— Товарищ! Где пройти к штабу?— окликнул Мечик, подходя ближе. И узнал Морозку.— Здравствуйте...— сказал с сильным смущением.

Морозка остановился в замешательстве, издав какой-то неопределённый звук...

— Второй двор направо,— ответил наконец, не придумав ничего большего. Странно блеснул глазами и прошёл мимо, не оборачиваясь...

«Морозка... да... ведь он здесь...» — подумал Мечик и, как в прежние дни, почувствовал себя одиноким, окружённым опасностями, в виде Морозки, тёмных, незнакомых улиц, безропотной кобылы, с которой неизвестно как обращаться.

Когда он подошёл к штабу, решимость его окончательно ослабела, он не знал уже, зачем пришёл, что будет делать и говорить.

Человек двадцать партизан лежали вокруг костра, разведённого посреди пустого, огромного, как поле, двора. Левинсон сидел у самого костра, поджав по-корейски ноги, околдованный дымным шипучим пламенем, и ещё больше напомнил Мечику гнома из детской сказки. Мечик приблизился и стал позади, — никто не оглянулся на него. Партизаны по очереди рассказывали скверные побасёнки, в которых неизменно участвовал недогадливый поп с блудливой попадьёй и удалой парень, легко ходивший по земле, ловко надувавший попа из-за ласковых милостей попадьи. Мечику казалось, что рассказываются эти вещи не потому, что они смешны на самом деле, а потому, что больше нечего рассказывать; смеются же по обязанности. Однако Левинсон всё время слушал со вниманием, смеялся громко и будто искренне. Когда его попросили, он тоже рассказал несколько смешных историй. И так как был среди собравшихся самый грамотный, истории его получались самыми замысловатыми и скверными. Но Левинсон, как видно, нисколько не стеснялся, а говорил насмешливо-спокойно, и скверные слова шли, будто не задевая его, как чужие.

Глядя на него, Мечику невольно захотелось рассказать самому — в сущности, он любил слушать такие вещи, хотя считал их стыдными и старался делать вид, будто стоит выше их, — но ему казалось, что все посмотрят на него с удивлением и выйдет очень неловко.

Он так и ушёл, не присоединившись, унося в сердце досаду на себя и обиду на всех, больше на Левинсона. «Ну и пусть, — думал Мечик, обидчиво поджимая губы, — всё равно я не буду за ней ухаживать, пускай подыхает.[129] Посмотрим, что он запоёт, а я не боюсь...»[130]

В последующие дни он действительно перестал обращать внимание на лошадь, брал её только на конное учение, изредка на водопой. Если бы он попал к более заботливому командиру, возможно, его скоро бы подтянули, но Кубрак никогда не интересовался, что делается во взводе, предоставляя всему идти положенным ходом. Зючиха обросла паршами, ходила голодная, непоеная, изредка пользуясь чужой жалостью, а Мечик снискал всеобщую нелюбовь, как «лодырь и задавала».[131]

Из всего взвода только два человека были ему более или менее близки — Пика и Чиж. Но сошёлся он с ними не потому, что они удовлетворяли его, а потому, что больше ни с кем не умел сойтись. Чиж сам подошёл к нему, стараясь снискать его расположение. Улучив момент, когда Мечик, после ссоры с отделённым из-за нечищенной винтовки, лежал один под навесом, тупо уставившись в потолок, Чиж приблизился к нему развязной походкой со словами:

— Рассердились?.. Бросьте! Тупой, малограмотный человек, стоит ли обращать внимание?

— Я не сержусь,— сказал Мечик со вздохом.

— Значит, скучаете? Это другое дело, это я могу понять...— Чиж опустился на снятый передок телеги и привычным жестом подтянул свои густо смазанные сапоги.— Что ж, знаете, и мне скучно — интеллигентных людей тут мало. Разве только Левинсон, да он тоже...—Чиж махнул рукой и многозначительно посмотрел на ноги.

— А что?..— спросил Мечик с любопытством.

— Да что ж, знаете, вовсе не такой уж образованный человек. Просто хитрый. На нашем горбу капиталец себе составляет.[132] Не верите? — Чиж горько улыбнулся. — Ну да! Вы, конечно, думаете, что он очень храбрый, талантливый полководец. — Слово «полководец» он произнёс с особым смаком. — Бросьте!.. Всё это мы сами сочинили. Я вас уверяю... Да вот возьмём хотя бы конкретный случай нашего ухода: вместо того чтобы стремительным ударом опрокинуть неприятеля, мы ушли куда-то в трущобу. Из высших, видите ли, стратегических соображений! Там, может быть, товарищи наши погибают, а у нас — стратегические соображения... — Чиж, не замечая, вынул из колеса чекушку и досадливо сунул её обратно.

Мечику не верилось, чтобы Левинсон был действительно таков, каким изображал его Чиж, но слушать было интересно: он давно не слыхал такой грамотной речи, и ему хотелось почему-то, чтобы в ней была доля правды.

— Неужели это верно? — сказал он, приподымаясь.— А он показался мне очень порядочным человеком.

— Порядочным?! — ужаснулся Чиж. Голос его утратил обычные сладковатые нотки, и в нём звучало теперь сознание своего превосходства.—Какое заблуждение. Да вы посмотрите, каких он подбирает людей!.. Ну что такое Бакланов? Мальчишка! Много о себе думает, а какой из него помощник командира? Разве нельзя было других найти? Конечно, я сам больной, израненный человек — я ранен семью пулями и оглушён снарядом,— я вовсе не гонюсь за такой хлопотной должностью, но, во всяком случае, я был бы не хуже его — скажу не хвалясь...

— Может быть, он не знал, что вы хорошо понимаете в военном деле?

— Господи, не знал! Да все об этом знают, спросите у любого. Конечно, многие завидуют и наговорят вам по злобе, но это же факт!..

Постепенно Мечик оживился тоже и стал делиться своими настроениями. Весь день они провели вместе. И хотя после нескольких таких встреч Чиж стал просто неприятен Мечику, всё же он не мог от него отвязаться. Он даже сам искал его, когда долго не видал. Чиж научил его отвиливать от дневальства, от кухни — всё это уже утеряло прелесть новизны, стало нудной обязанностью.

И с этих пор кипучая жизнь отряда пошла мимо Мечика. Он не видел главных пружин отрядного механизма и не чувствовал необходимости всего, что делается. В таком отчуждении потонули все его мечты о новой, смелой жизни, хотя он научился огрызаться, не бояться людей, загорел и опустился в одежде, внешне сравнявшись со всеми.

X

НАЧАЛО РАЗГРОМА

Морозка, повстречав Мечика, к удивлению своему, не ощутил ни прежней злобы, ни ненависти. Осталось только недоумение, зачем снова попадается на пути этот вредный человек, и подсознательное убеждение, что он, Морозка, должен на него сердиться. Всё же встреча так подействовала на него, что захотелось немедленно поделиться с кем-нибудь.

— Иду сейчас проулком,— сказал он Дубову,— только из-за угла выскочил, а прямо на меня — парень шалдыбинский, что привёз я, помнишь?

— Ну?..

— Да ничего... «Где, говорит, к штабу тут пройти?..» — «А вон, говорю, второй дом направо...»

— И что же?—допытывался Дубов, не находя во всём этом ничего удивительного и думая, что оно ещё будет.

— Ну, встретил — и всё!.. Что же ещё? — ответил Морозка с непонятным раздражением.

Ему стало вдруг скучно и расхотелось говорить с людьми. Вместо того чтобы идти на вечёрку, как собирался, он завалился на сеновал, но уснуть не смог. Неприятные воспоминания навалились на него тяжёлой грудой; казалось, Мечик нарочно встал на дороге, стараясь сбить его с какой-то правильной линии.

Весь следующий день он бродил, не находя места, с трудом подавляя желание снова повидать Мечика.

— Ну что мы сидим без дела? — досадливо приставал к взводному.— Сгниешь тут от скуки... О чём там Левинсон думает?

— О том и думает, как бы это Морозку повеселить. Все штаны продрал, над этим сидючи.

Дубов и не подозревал о сложных Морозкиных переживаниях. А Морозка, не получая поддержки, исходил зловещей тоской и знал, что скоро запьёт, если не удастся рассеяться на горячем деле. Первый раз в жизни он сам боролся со своими желаниями, но силы его были слабы. Только случайное обстоятельство уберегло его от падения.

Забравшись в глухое место, Левинсон почти потерял связь с другими отрядами. Отрывочные сведения, которые удавалось иногда собрать, рисовали жестокую картину развала. Тревожный улахинский ветер нёс дымные запахи крови.

По вкрадчивым таёжным тропам, где много лет уж не ступала человеческая нога, Левинсон связался с железной дорогой. Ему сообщили, что вскоре должен пройти эшелон с оружием и обмундированием. Железнодорожники обещали точно указать день и час. Зная, что рано или поздно отряд всё равно откроют, а зимовать в тайге без патронов и тёплой одежды невозможно, Левинсон решил сделать первую вылазку. Гончаренко спешно начинил фугасы. Туманной ночью, пробравшись незамеченным сквозь неприятельское пекло, взвод Дубова внезапно появился на линии.

...Товарные вагоны, прицепленные к почтовому поезду, Гончаренко оторвал, не задев пассажирских. В грохоте взрыва, в динамитной гари взметнулись над головой лопнувшие рельсы и, вздрагивая, рухнули под откос. Берданный затвор от фугаса, зацепившись шнурком, повис на телеграфном проводе, заставив впоследствии многих ломать голову над тем, кто и зачем его повесил.

Пока рыскали вокруг кавалерийские разъезды, Дубов с навьюченными до отказа лошадьми выжидал на Свиягинской лесной даче, а ночью увильнул в «щеки» *.

---

* Щ е к и — ущелье.

Через несколько суток был в Шибиши, не потеряв ни одного человека.

— Ну, Бакланыч, теперь держись...— сказал Левинсон, и в зыбком его взгляде нельзя было прочесть, шутит ли он или всерьёз. В тот же день он раздробил хозяйственную часть, раздав по рукам шинели, патроны, шашки, сухари, оставив сколько могут поднять заводные лошади.

Вся Улахинская долина, вплоть до Уссури, была занята неприятелем. К устью Ирохедзы стягивались новые силы, японская разведка шарила по всем направлениям и не раз натыкалась на дозорных Левинсона. В конце августа японцы двинулись кверху. Шли медленно, с большими остановками, от хутора к хутору, ощупывая каждый шаг, разбрасывая по флангам частые охранения. В железном упорстве их движения, несмотря на его медлительность, чувствовалась уверенная в себе, разумная и в то же время слепая сила.

Разведчики Левинсона возвращались с дикими глазами, а сведения их противоречили одно другому.

— Как же так? — холодно переспрашивал Левинсон.— Вчера, говоришь, они были в Соломенной, а сегодня утром в Монакине,— что же они, назад идут?..

— Н-не знаю,— заикался разведчик.— Может, то передовые были в Соломенной...

— А откуда ты знаешь, что в Монакине главные, а не передовые?

— Мужики сказывали...

— Дались тебе мужики!.. Как тебе было приказано?

Разведчик тут же сочинял замысловатую историю, почему не удалось проникнуть вглубь. На самом деле, напуганный бабьими россказнями, он не доехал до неприятеля вёрст десять, просидел в кустах, раскуривая табачок и дожидаясь, когда удобнее будет вернуться. «Ты бы сам сунулся»,— думал он про Левинсона, глядя на него затаённо-мигающим мужицким взглядом.[133]

— Придётся тебе самому съездить,— сказал Левинсон Бакланову.— Иначе нас тут, как мух, прихлопают. Ничего не поделаешь с этим народом. Возьми кого-нибудь с собой и поезжай чуть свет.

— А кого взять? — спросил Бакланов. Он старался быть серьёзным и озабоченным, хотя всё внутри билось в тревожной боевой радости: как и Левинсон, он считал нужным прятать истинные свои чувства.

— Возьми кого хочешь... хотя бы новенького, что у Кубрака,— Мечика, что ли? Кстати проверишь, что он за парень. А то говорят про него нехорошее, может, и зря...

Разведка подвернулась Мечику как нельзя кстати.[134] За короткое пребывание в отряде он скопил такое количество невыполненных дел, несдержанных обещаний и неосуществлённых хотений, что каждое из них в отдельности, даже выполненное, потеряло бы уже всякий смысл и значение. Но вместе они давили всё тяжелей, и глуше, и больнее, не давая вырваться из своего до нелепости узкого круга. Теперь ему казалось, что он сможет разорвать этот бессмысленный круг одним смелым движением.

Они выехали ещё до рассвета. Чуть розовели на отроге таёжные маковки, в деревне под горой кричали вторые петухи. Было холодно, темно и немножко жутко. Необычность обстановки, предвкушение опасности, надежда на удачу порождали в обоих то приподнято-боевое настроение, при котором всё остальное не важно. В теле — лёгкая зыбь крови, пружинят мускулы, а воздух кажется холодным и жгучим, даже хрустит.

— Эк у тебя кобыла опаршивела,— говорит Бакланов.— Не ухаживаешь, что ли? Плохо... Это Кубрак, дурило, не показал, видно, что с ней делать? — Бакланов никогда бы не подумал, что у человека, умеющего обращаться с лошадью, хватит совести довести её до такого состояния.— Не показал, да?

— Да как сказать...— смутился Мечик.— Он вообще мало помогает. Не знаешь, к кому обратиться.

Стыдясь своей лжи, он ёрзал на седле и не смотрел на Бакланова.

— А ты у каждого спрашивай. У нас там много понимающих. Ребята есть боевые...

Вопреки мнению Чижа, которое Мечик тоже почти усвоил, Бакланов начинал ему нравиться. Он был такой плотный и круглый, сидел на седле как пришитый. Глаза у него были коричневые и сметливые, он всё схватывал на лету, тут же отделяя достойное внимание от пустяков, затем следовали практические выводы.

— Э-э, парень, а я всё смотрю, чего у тебя седло ездит! За́днюю подпру́гу ты до отка́за натяну́л, а пере́дняя виси́т. Наоборо́т на́до. Дава́й перетя́нем.

Ме́чик не успе́л ещё сообрази́ть, в чём де́ло, а уж Бакла́нов, спеши́вшись, вози́лся у седла́.

— Ну-у... да у тебя́ и по́тник заверну́лся... Слеза́й, слеза́й — ло́шадь загу́бишь. Наскво́зь переседла́ем.[135]

По́сле не́скольких вёрст Ме́чик оконча́тельно уве́рил себя́ в том, что Бакла́нов гора́здо лу́чше и умне́й его́, что Бакла́нов, кро́ме того́, о́чень сме́лый и си́льный челове́к и что он, Ме́чик, до́лжен всегда́ безро́потно ему́ подчиня́ться. Бакла́нов же, подходи́вший к Ме́чику без вся́кой предвзя́тости, хотя́ и почу́вствовал вско́ре своё превосхо́дство, но разгова́ривал с ним как с ра́вным, стара́ясь просты́м наблюде́нием определи́ть действи́тельную его́ це́ну.

— В со́пки тебя́ кто напра́вил?

— Да я, со́бственно, сам пошёл, а путёвку мне максимали́сты да́ли...

По́мня стра́нное поведе́ние Сташи́нского, Ме́чик стара́лся ка́к-нибудь сма́зать значе́ние посла́вшей его́ организа́ции.

— Максимали́сты?.. Зря ты с ни́ми пу́таешься — трепачи́...

— Да мне ведь всё равно́... Про́сто там есть не́сколько мои́х това́рищей по гимна́зии, вот я...

— Гимна́зию-то ко́нчил? — переби́л Бакла́нов.

— Что? Да, ко́нчил...

— Это хорошо́. Я то́же учи́лся в реме́сленном. На то́каря. Не пришло́сь ко́нчить. По́здно, ви́дишь, на́чал, — поясни́л он, то́чно опра́вдываясь.— До того́ я на судострои́тельном рабо́тал, пока́ брати́шка не подро́с, а тут вот вся э́та ка́ша...

Немно́го погодя́ он сно́ва заду́мчиво протяну́л:

— Да-а... Гимна́зия... Я то́же мальцо́м хотел, да уж тако́е де́ло...

Ви́дно, слова́ Ме́чика наве́яли на него́ мно́го нену́жных воспомина́ний. Ме́чик с неожи́данной стра́стностью стал дока́зывать, что во́все не пло́хо, а да́же хорошо́, что Бакла́нов не учи́лся в гимна́зии. Незаме́тно для себя́ он убежда́л Бакла́нова в том, како́й тот хоро́ший и у́мный, несмотря́ на свою́ необразо́ванность. Бакла́нов, одна́ко, не ви́дел большо́го досто́инства в свое́й неучёности, а бо́лее сло́жных рассужде́ний Ме́чика не по́нял во́все. Задушевного разговора не получалось. Оба прибавили рыси и долго ехали молча.

Всю дорогу попадались разведчики и врали по-прежнему. Бакланов только головой крутил. На хуторе, в трёх вёрстах от деревушки Соломенной, они оставили лошадей и пошли пешком. Солнце давно уже перевалило к западу, усталые поля пестрели бабьими платками, от жирных суслонов ложились тени, спокойно-густые и мягкие. У встречной подводы Бакланов спросил, были ли в Соломенной японцы.

— С утра, говорят, человек пять приезжало, а сегодня штой-то не слыхать... Хоть бы хлеба убрать, ну их к лешему...

Сердце у Мечика забилось, но страха он не чувствовал.

— Значит, они и впрямь в Монакине,— сказал Бакланов.— Это разведка приезжала. Крой смело...

Они вошли в село, встреченные ленивым собачьим лаем. На постоялом дворе — с пучком сена, привязанным к шесту, и подводой у ворот — напились молока «по-баклановски»: из мисочки и с хлебцем. Впоследствии,. с жутью вспоминая весь этот поход, Мечик неизменно видел перед собой.Бакланова, как он вышел на улицу с расплывшимся счастливым лицом и остатками молока на верхней губе. Они не сделали и нескольких шагов, как из переулка, подобрав юбки, выбежала толстая баба и, столкнувшись с ними, остановилась в столбняке. Глаза её полезли под платок, а ртом она хватала воздух, как пойманная рыба. И вдруг завопила самым пронзительным и тонким голосом:

— А родненькие ж вы мой, а куда ж вы идётя?.. Агромяту-ущая сила гапонцив биля школы![136]Сюда идуть, а текайте ж, сюда идуть!..

Мечик не успел еще восчувствовать её слова, как из того же переулка, маршируя в ногу, вышли четыре японских солдата с ружьями на плечах. Бакланов, вскрикнув, стремительно выхватил кольт и выстрелил — почти в упор — в двоих. Мечик видел, как сзади у них вылетели кровавые клочки и оба они рухнули на землю. Третий патрон попал в перекос,[137] и кольт перестал действовать. Один из оставшихся японцев бросился бежать, а другой сорвал винтовку, но в то же время Мечик, повинуясь новой силе, которая управляла им больше, чем страх, выстрелил в него несколько раз подряд. Последние пули попали в японца, когда уже он лежал, корчась в пыли.

— Бежим!..— крикнул Бакланов.— К подводе!..

Через несколько минут, отвязав лошадь, бившуюся у постояла, они мчались по улице, вздымая жаркие клубы пыли. Бакланов стоял на телеге, изо всех сил хлестал концами вожжей, то и дело оглядываясь назад,— нет ли погони. Где-то в центре не менее пяти горнистов играли тревогу.

— Здесь они... все-е!..— кричал Бакланов с каким-то торжественным озлоблением.— Все-е... Главные!.. Слышишь, играют?..

Мечик ничего не слышал. Припав на дно, он чувствовал дикую радость избавления и то, как в горячей пыли корчится убитый им японец, исходя последними смертными муками. И когда он посмотрел на Бакланова, перекошенное лицо последнего показалось ему противным и страшным.

Через некоторое время Бакланов уже смеялся:

— Ловко получилось! Да? Они в село и мы — разом. А ты, брат, молодец! Даже не ожидал от тебя, право. Если бы не ты, он бы нас вот как изрешетил!..

Мечик, стараясь не смотреть на него, лежал, подвернув голову, весь жёлтый и бледный, в тёмных пятнах, как хлебный колос, сгнивающий на корню.

Отъехав версты две и не слыша погони, Бакланов остановил лошадь возле одинокого ильмака, согнувшегося над дорогой.

— Ты здесь оставайся, а я влезу на дерево, будем караулить...

— Зачем?..— сказал Мечик прерывающимся голосом.— Поедем скорей. Надо сообщить... ясно, что тут главные...— Он заставлял себя верить в то, что говорит, и не мог. Теперь ему страшно было оставаться вблизи неприятеля.

— Нет, уж лучше обождём. Не затем киселя хлебали, чтоб трёх этих дураков пришить.[138] Разнюхаем точно.

Через полчаса из Соломенной выехали шагом человек двадцать конных. «А что, ежели заметят? — подумал Бакланов с тайной дрожью.— Не уйти нам на подводе». Превозмогая себя, он решил ждать до последней крайности. Конница, не видная Мечику за холмом, проехала уже с полдороги, когда со своего наблюдательного пункта Бакланов заметил пехоту: она только выходила из села густыми колоннами, пыльно отсвечивая оружием... В стремительном гоне до хутора они едва не загнали лошадь, там пересели на своих и через несколько минут мчались уже по дороге в Шибиши. Предусмотрительный Левинсон ещё до их приезда (приехали они ночью) выставил усиленное охранение — спешенный взвод Кубрака. Треть взвода осталась с лошадьми, а остальные дежурили возле села, за валом старой монгольской крепостцы. Мечик, передав кобылу Бакланову, остался со взводом.

Несмотря на сильное переутомление, спать не хотелось. Туман стлался от реки, было холодно. Пика ворочался и стонал во сне, под ногами часовых загадочно шуршали травы. Мечик лежал на спине, глазами нащупывая звёзды; они едва проступали из чёрной пустоты, которая чудилась там, за туманной завесой; и эту же пустоту, еще мрачней и глуше, потому что без звёзд, Мечик ощущал в себе. Он подумал, что такую же пустоту должен всё время ощущать Фролов, и ему стало жутко от внезапной мысли, что судьба этого человека может быть похожа на его. Он старался отогнать от себя эту страшную мысль, но образ Фролова не шёл из головы. Он видел его лежащим на койке, с безжизненно опущенными руками и высохшим лицом, и клёны тихо шумели над ним. «Да ведь он умер!..» — с ужасом подумал Мечик. Но Фролов пошевелил пальцем и, повернувшись к нему, сказал с костлявой улыбкой: «Ребята... шкодят...» Вдруг он задёргался на постели, из него полетели какие-то клочки, и Мечик увидел, что это совсем не Фролов, а японец. «Это ужасно...» — снова подумал он, вздрагивая всем телом, но Варя склонилась над ним и сказала: «А ты не бойся». Она была холодной и мягкой. Мечику сразу стало легче. «Ты не сердись, что я с тобой плохо простился,— сказал он ласково.— Я люблю тебя». Она прижалась к нему, и сразу всё пропало, ухнуло куда-то, а через несколько мгновений он уже сидел на земле, мигая глазами, нащупывая рукой винтовку, и было совсем светло. Вокруг суетились люди, свёртывая шинели; Кубрак, просунувшись в кусты, смотрел в бинокль, все лезли к нему и спрашивали:

— Где?.. Где?..

Мечик, нащупав наконец винтовку, вылез на гребень и понял, что речь идёт о неприятеле, но, не видя его, тоже стал спрашивать:

— Где?..

— Чего сгрудились?[139] зашипел вдруг взводный и сильно толкнул кого-то.— Раскладывайся цепью!..

Пока расползались по валу, Мечик, вытягивая шею, всё ещё старался увидеть неприятеля.

— Да где он?..— несколько раз спросил у соседа. Тот, лёжа на животе и не слушая его, всё время хватался почему-то за ухо, и нижняя губа у него отвисла. Вдруг он повернулся и свирепо выругался. Мечик не успел огрызнуться — послышалась команда:

— Взво-од...

Он высунул винтовку и, по-прежнему ничего не видя и сердясь на то, что все видят, а он нет,— выстрелил наугад при слове «пли». (Он не знал, что добрая половина взвода тоже ничего не видит, но скрывает это во избежание насмешек в будущем.)

— Пли!..[140] — снова скомандовал Кубрак, и снова Мечик выстрелил.

— Ага-а, текают!..— закричали кругом; все вдруг заговорили громко и бестолково, лица стали весёлыми и возбуждёнными.

— Будя, будя!..[141] — кричал взводный.— Кто там стреляет? Патронов не жалко!..[142]

Из расспросов Мечик узнал, что подъезжала японская разведка. Многие из тех, кто тоже её не видел, смеялись над Мечиком и хвастали, как слетали с сёдел японцы, в которых они целились. В это время ударил гулкий орудийный выстрел, заполнив долину ответным эхом. Несколько человек в страхе попадали на землю; Мечик тоже съёжился, как ушибленный: это был первый орудийный выстрел, который он слышал в своей жизни. Снаряд разорвался где-то за деревней. Потом в безумной одышке залаяли пулемёты, посыпались частые ружейные выстрелы, но партизаны не отвечали.

Через минуту, а может быть, через час — время до боли скрадывалось,[143] Мечик почувствовал, что партизан стало больше, и увидел Бакланова и Метелицу — они спускались с вала. Бакланов нёс бинокль, у Метелицы дёргалась щека и сильно раздувались ноздри.

— Лежишь? — спросил Бакланов, распуская складки на лбу.— Ну как?

Мечик мучительно улыбнулся и, сделав невероятное напряжение над собой, спросил:

— А где наши лошади?..

— Лбшади наши в тайге, скбро и мы там будем, только бы задержать немножко... Нам-то ничего,— добавил он, видно желая подбодрить Мечика,— а вот Дубова взвод на равнине... А, чёрт!..— выругался вдруг, вздрогнув от близкого взрыва.— Левинсбн тоже там...— И побежал куда-то вдоль цепи, держась за бинокль обеими руками.

Следующий раз, когда пришлось стрелять, Мечик уже видел японцев: они наступали несколькими цепями, перебегая меж кустов, и были так близко, что Мечику казалось, что от них невозможно теперь убежать, даже если придётся. То, что он испытывал, было не страх, а мучительное ожидание: когда же всё кончится. В одно из таких мгновений неизвестно откуда вынырнул Кубрак и закричал:

— Куда ты палишь?..

Мечик оглянулся и понял, что слова взводного относятся не к нему, а к Пике, которого он до сих пор почему-то не видел. Пика лежал ниже, уткнувшись лицом в землю и, как-то нелепо, над головой, перебирая затвором, стрелял в дерево перед собой. Он продолжал это занятие и после того, как Кубрак окликнул его, с той лишь разницей, что обойма уже кончилась и затвор щёлкал впустую. Взводный несколько раз ударил его сапогом, и всё же Пика не поднял головы.

Потом все бежали куда-то, сначала в беспорядке, затем реденьким гуськом. Мечик тоже бежал со всеми, не понимая, что к чему, но чувствовал даже в минуты самого отчаянного смятения, что всё это не так уж случайно и бессмысленно и что целый ряд людей, не испытывающих, может, того, что испытывает он сам, направляет его и окружающих действия. Людей этих он не замечал, но чувствовал в себе их волю и, когда очнулся в селе — теперь они шли шагом, длинной цепочкой,— невольно стал отыскивать глазами, кто же всё-таки распоряжается его судьбой? Впереди шёл Левинсбн, он выглядел таким маленьким и так потешно размахивал огромным маузером, что трудно было поверить, будто он и является главной направляющей силой. Пока Мечик силился разрешить это противоречие, снова густо и злобно посыпались пули; казалось, они задевают волосы, даже пушок на ушах. Цепочка ринулась вперёд, несколько человек упало. Мечик почувствовал, что, если вновь придётся отстреливаться, он уже ничем не будет отличаться от Пики.

Смутным впечатлением этого дня осталась ещё фигура Морозки на оскаленном жеребце с развевающейся огненной гривой, промчавшаяся так быстро, что трудно было отличить, где кончался Морозка и начиналась лошадь. Впоследствии он узнал, что Морозка был в числе конных, выделенных для связи со взводами во время боя.

Окончательно Мечик пришёл в себя только в тайге, на горной тропинке, разворочённой недавно прошедшими лошадьми. Здесь было темно и тихо, и строгий кедрач прикрывал их покойными, обомшелыми лапами.

XI

СТРАДА

Укрывшись после боя в глухом, заросшем хвощом и папоротником овраге, Левинсон осматривал лошадей и наткнулся на Зючиху.

— Это что такое?

— А что? — пробормотал Мечик.

— А ну, расседлай, покажи спину...

Мечик дрожащими пальцами распустил подпругу.

— Ну да, конечно... Сбита спина,— сказал Левинсон таким тоном, словно и не ожидал ничего хорошего.— Или ты думаешь, что на лошади только ездить нужно, а ухаживать — дядя?..

Левинсон старался не повышать голоса, но это давалось ему с трудом,— он сильно устал, борода его вздрагивала, и он нервно комкал руками сорванную где-то веточку.

— Взводный! Иди сюда... Ты чем смотришь?..

Взводный, не мигая, уставился в седло, которое Мечик держал почему-то в руках. Сказал мрачно и медленно:

— Ему, дураку, сколько раз говорено...

— Я так и знал! — Левинсон выбросил веточку. Взгляд его, направленный на Мечика, был холоден и строг. — Пойдёшь к начхозу и будешь ездить с вьючными лошадьми, пока не вылечишь...

— Слушайте, товарищ Левинсон... — забормотал Мечик голосом, дрожащим от унижения, которое он испытывал не оттого, что скверно ухаживал за лошадью, а оттого, что как-то нелепо и унизительно держал в руках тяжёлое седло. — Я не виноват... Выслушайте меня... постойте... Теперь вы можете мне поверить... Я буду хорошо с ней обращаться.

Но Левинсон, не оглядываясь, прошёл к следующей лошади.

Вскоре недостаток продовольствия заставил их выйти в соседнюю долину. В течение нескольких дней отряд метался по улахинским притокам, изнывая в боях и мучительных переходах. Незанятых хуторов оставалось всё меньше, каждая крошка хлеба, овса добывалась с боем; вновь и вновь растравлялись раны, не успевшие зажить. Люди черствели, делались суше, молчаливей, злей.

Левинсон глубоко верил в то, что движет этими людьми не только чувство самосохранения, но и другой, не менее важный инстинкт, скрытый от поверхностного глаза, не осознанный даже большинством из них, по которому всё, что приходится им переносить, даже смерть, оправдано своей конечной целью и без которого никто из них не пошёл бы добровольно умирать в улахинской тайге. Но он знал также, что этот глубокий инстинкт живёт в людях под спудом[144] бесконечно маленьких, каждодневных, насущных потребностей и забот о своей — такой же маленькой, но живой — личности, потому что каждый человек хочет есть и спать, потому что каждый человек слаб. Обременённые повседневной мелочной суетой, чувствуя свою слабость, люди как бы передоверили самую важную свою заботу более сильным, вроде Левинсона, Бакланова, Дубова, обязав их думать о ней больше, чем о том, что им тоже нужно есть и спать, поручив им напоминать об этом остальным.

Левинсон теперь всегда был на людях[145] — водил их в бой самолично, ел с ними из одного котелка, не спал ночей, проверяя караулы, и был почти единственным человеком, который ещё не разучился смеяться. Даже

75

когда́ разгова́ривал с людьми́ о са́мых обы́денных веща́х, в ка́ждом его́ сло́ве слы́шалось: «Смотри́те, я то́же страда́ю вме́сте с ва́ми — меня́ то́же мо́гут за́втра уби́ть и́ли я сдо́хну с го́лоду, но я по-пре́жнему бодр и насто́йчив, потому́ что всё э́то не так уж ва́жно...»

И всё же... с ка́ждым днём ло́пались неви́димые провода́, свя́зывавшие его́ с партиза́нским нутро́м... И чем ме́ньше станови́лось э́тих проводо́в, тем трудне́е бы́ло ему́ убежда́ть, — он превраща́лся в си́лу, стоя́щую над отря́дом.

Обы́чно, когда́ глуши́ли ры́бу на обе́д, никто́ не хоте́л ла́зить за не́ю в холо́дную во́ду, гоня́ли наибо́лее сла́бых, ча́ще всего́ бы́вшего свинопа́са Лавру́шку — челове́ка безве́стной фами́лии, ро́бкого и заика́ющегося. Он отча́янно боя́лся воды́, дрожа́ и крестя́сь сполза́л с бе́рега, и Ме́чик всегда́ с бо́лью смотре́л на его́ то́щую спи́ну. Одна́жды Левинсо́н заме́тил э́то.

— Обожди́...— сказа́л он Лавру́шке. — Почему́ ты сам не сла́зишь? — спроси́л у криво́го, сло́вно ущемлённого с одно́й стороны́ две́рью па́рня, загоня́вшего Лавру́шку пинка́ми.

Тот по́днял на него́ злы́е, в бе́лых ресни́цах, глаза́ и неожи́данно сказа́л:

— Слазь сам, попро́буй...

— Я-то не поле́зу,— споко́йно отве́тил Левинсо́н,— у меня́ и други́х дел мно́го, а вот тебе́ придётся... Снима́й, снима́й штаны́... Вот уж и ры́ба уплыва́ет.

— Пуща́й уплыва́ет... а я то́же не ры́жий.[146]— Па́рень поверну́лся спино́й и ме́дленно пошёл от бе́рега. Не́сколько деся́тков глаз смотре́ли одобри́тельно на него́ и насме́шливо на Левинсо́на.

— Ну и моро́ка с таки́м наро́дом...[147]— на́чал бы́ло Гончаре́нко, сам расстёгивая руба́ху, и останови́лся, вздро́гнув от непривы́чно гро́мкого о́клика команди́ра:

— Верни́сь!..— В го́лосе Левинсо́на бря́кнули вла́стные но́тки неожи́данной си́лы.

Па́рень останови́лся и, жале́я уже́, что ввяза́лся в исто́рию, но не жела́я срами́ться пе́ред други́ми, сказа́л сно́ва:

— Ска́зано, не поле́зу...

Левинсо́н тяжёлыми шага́ми дви́нулся к нему́, держа́сь за ма́узер, не спуска́я с него́ глаз, уше́дших вовну́трь и ста́вших необыкнове́нно колю́чими и ма́ленькими. Парень медленно, будто нехотя, стал расстёгивать штаны.

— Живей! — сказал Левинсон с мрачной угрозой.

Парень покосился на него и вдруг перепугался, заторопился, застрял в штанине и, боясь, что Левинсон не учтёт этой случайности и убьёт его, забормотал скороговоркой:

— Сейчас, сейчас... зацепилась вот... а, чёрт!.. Сейчас, сейчас...

Когда Левинсон оглянулся вокруг, все смотрели на него с уважением и страхом, но и только: сочувствия не было. В эту минуту он сам почувствовал себя силой, стоящей над отрядом. Но он готов был идти и на это: он был убеждён, что сила его правильная.

С этого дня Левинсон не считался уже ни с чем, если нужно было раздобыть продовольствие, выкроить лишний день отдыха. Он угонял коров, обирал крестьянские поля и огороды, но даже Морозка видел, что это совсем не похоже на кражу дынь с Рябцова баштана.

После многовёрстного перехода через Удегинский отрог, во время которого отряд питался только виноградом и попаренными над огнём грибами, Левинсон вышел в Тигровую падь, к одинокой корейской фанзушке в двадцати вёрстах от устья Ирохёдзы. Их встретил огромный, волосатый, как его унты, человек без шапки, с ржавым смитом у пояса. Левинсон признал даубихинского спиртоноса Стыркшу.

— Ага, Левинсон!.. — приветствовал Стыркша хриплым от неизлечимой простуды голосом. Из буйной поросли с обычной горькой усмешкой выглядывали его глаза.— Жив ещё? Хорошее дело... А тут тебя ищут.

— Кто ищет?

— Японцы, колчаки... кому ты ещё нужен?

— Авось не найдут... Жрать тут будет нам?

— Может, и найдут,— загадочно сказал Стыркша.— Они тоже не дураки — голова-то твоя в цене... На сходах вон приказ читают: за поимку живого или мёртвого — награда.

— Ого!.. и дорого дают?..

— Пятьсот рублей сибирками.[148]

— Дешёвка! — усмехнулся Левинсон.— Пожрать-то, я говорю, будет нам?

— Чёрта с два... кореец сам на одной чумизе. Свинья

тут у них пудов на десять,[149] так они на неё молятся — мясо на всю зиму.

Левинсон пошёл отыскивать хозяина. Трясущийся седоватый кореец, в продавленной проволочной шляпе, с первых же слов взмолился, чтобы не трогали его свинью. Левинсон, чувствуя за собой полтораста голодных ртов и жалея корейца, пытался доказать ему, что иначе поступить не может. Кореец, не понимая, продолжал умоляюще складывать руки и повторял:

— Не надо куши-куши... Не надо...

— Стреляйте, всё равно,— махнул Левинсон и сморщился, словно стрелять должны были в него.

Кореец тоже сморщился и заплакал.

Вдруг он упал на колени и, ёрзая в траве бородой,[150] стал целовать Левинсону ноги, но тот даже не поднял его — он боялся, что, сделав это, не выдержит и отменит своё приказание.

Мечик видел всё это, и сердце его сжималось. Он убежал за фанзу и уткнулся лицом в солому, но даже здесь стояло перед ним заплаканное старческое лицо, маленькая фигурка в белом, скорчившаяся у ног Левинсона. «Неужели без этого нельзя?» — лихорадочно думал Мечик, и перед ним длинной вереницей проплывали покорные и словно падающие лица мужиков, у которых тоже отбирали последнее. «Нет, нет, это жестоко, это слишком жестоко»,— снова думал он и глубже зарывался в солому.

Мечик знал, что сам никогда не поступил бы так с корейцем, но свинью он ел вместе со всеми, потому что был голоден.

Ранним утром Левинсона отрезали от гор, и после двухчасового боя, потеряв до тридцати человек, он прорвался в долину Ирохедзы. Колчаковская конница преследовала его по пятам, он побросал всех вьючных лошадей и только в полдень попал на знакомую тропу, к госпиталю.

Тут он почувствовал, что едва сидит на лошади. Сердце после невероятного напряжения билось медленно-медленно, казалось — оно вот-вот остановится. Ему захотелось спать, он опустил голову и сразу поплыл на седле — всё стало простым и неважным. Вдруг он вздрогнул от какого-то толчка изнутри и оглянулся... Никто не заметил, как он спал. Все видели перед собой его привы́чную, чуть согну́тую спину́. А ра́зве мог поду́мать кто-ли́бо, что он уста́л, как все, и хо́чет спать?.. «Да... хва́тит ли сил у меня́?» — поду́мал Левинсо́н, и вы́шло э́то так, сло́вно спра́шивал не он, а кто-то друго́й. Левинсо́н тряхну́л голово́й и почу́вствовал ме́лкую проти́вную дрожь в коле́нях.

— Ну вот... скоро и жи́нку[151] свою́ уви́дишь,— сказа́л Моро́зке Ду́бов, когда́ они́ подъезжа́ли к госпита́лю. Моро́зка промолча́л. Он счита́л, что де́ло э́то ко́нчено, хотя́ ему́ все дни хоте́лось повида́ть Ва́рю. Обма́нывая себя́, он принима́л своё жела́ние за есте́ственное любопы́тство посторо́ннего наблюда́теля: «Как э́то у них полу́чится».

Но когда́ он уви́дел её — Ва́ря, Сташи́нский и Ха́рченко стоя́ли во́зле бара́ка, смея́сь и протя́гивая ру́ки,— всё в нём переверну́лось. Не заде́рживаясь, он вме́сте со взво́дом прое́хал под клёны и до́лго вози́лся по́дле жеребца́, ослабля́я подпру́ги.

Ва́ря, оты́скивая Ме́чика, бе́гло отвеча́ла на приве́тствия, улыба́лась всем смущённо и рассе́янно. Ме́чик встре́тился с ней глаза́ми, кивну́л и, покрасне́в, опусти́л го́лову: он боя́лся, что она́ сра́зу подбежи́т к нему́ и все догада́ются, что тут что-то нела́дно. Но она́ из вну́треннего та́кта не подала́ ви́ду, что ра́да ему́.

Он на́скоро привяза́л Зю́чиху и улизну́л в ча́щу. Пройдя́ не́сколько шаго́в, наткну́лся на Пи́ку. Тот лежа́л во́зле свое́й ло́шади; взгляд его́, сосредото́ченный в себе́, был вла́жен и пуст.

— Сади́сь...— сказа́л, уста́ло.

Ме́чик опусти́лся ря́дом.

— Куда́ мы пойдем тепе́рь?..

Ме́чик не отве́тил.

— Я бы сича́с ры́бу лови́л...— заду́мчиво сказа́л Пи́ка.— На па́секе... Ры́ба сича́с кни́зу идёт... Устро́ил бы водопа́д и лови́л... То́льки подбира́й.— Он помолча́л и доба́вил гру́стно: — Да ведь нет па́секи-то... нет! А то б хорошо́ бы́ло... Ти́хо там, и пчела́ тепе́рь ти́хая...

Вдруг он приподня́лся на ло́кте и, косну́вшись Ме́чика, заговори́л дрожа́щим, в тоске́ и бо́ли, го́лосом:

— Слу́хай, Павлу́ша... слу́хай, ма́льчик ты мой, Павлу́ша!.. Ну ра́зве ж нет тако́го ме́ста, нет, а? Ну как же жить бу́дем, как жить-то бу́дем, ма́льчик ты мой, Павлу́ша?.. Ведь никого́ у меня́... сам я... оди́н... ста́рик... помира́ть ско́ро...— Не находя́ слов, он беспо́мощно глота́л во́здух и су́дорожно цепля́лся за траву́ свобо́дной руко́й.

Ме́чик не смотре́л на него́, да́же не слу́шал, но с ка́ждым его сло́вом что-то ти́хо вздра́гивало в нём, сло́вно чьи-то ро́бкие па́льцы обрыва́ли в душе́ с ещё живо́го сте́бля уже́ завя́дшие ли́стья. «Всё э́то ко́нчилось и никогда́ не вернётся...» — ду́мал Ме́чик, и ему́ жаль бы́ло свои́х завя́дших ли́стьев.

— Спать пойду́...— сказа́л он Пи́ке, что́бы как-нибу́дь отвяза́ться.— Уста́л я...

Он зашёл глу́бже в ча́щу, лёг под кусты́ и забы́лся в трево́жной дремо́те... Проснулся внеза́пно, бу́дто от толчка́. Се́рдце неро́вно би́лось, по́тная руба́ха прили́пла к те́лу. За кусто́м разгова́ривали дво́е: Ме́чик узна́л Сташи́нского и Левинсо́на. Он осторо́жно раздви́нул ве́тки и вы́глянул.

— ...Всё равно́,— су́мрачно говори́л Левинсо́н,— до́льше держа́ться в э́том райо́не немы́слимо. Еди́нственный путь — на се́вер, в Ту́до-Ва́кскую доли́ну...— Он расстегну́л су́мку и вы́нул ка́рту.— Вот... Здесь мо́жно пройти́ хребта́ми, а спу́стимся по Хаунихе́дзе. Далеко́, но что ж поде́лаешь...

Сташи́нский гляде́л не в ка́рту, а куда́-то в таёжную глубь, то́чно взве́шивал ка́ждую, обли́тую челове́ческим по́том версту́. Вдруг он бы́стро замига́л гла́зом и посмотре́л на Левинсо́на.

— А Фроло́в?.. ты опя́ть забыва́ешь...

— Да — Фроло́в...— Левинсо́н тяжело́ опусти́лся на траву́. Ме́чик пря́мо пе́ред собо́й уви́дел его бле́дный про́филь.

— Коне́чно, я могу́ оста́ться с ним...— глу́хо сказа́л Сташи́нский по́сле не́которой па́узы.— В су́щности, э́то моя́ обя́занность...

— Ерунда́! — Левинсо́н махну́л руко́й.— Не по́зже как за́втра к обе́ду сюда́ приду́т япо́нцы по све́жим следа́м... И́ли твоя́ обя́занность быть уби́тым?

— А что ж тогда́ де́лать?

— Не зна́ю...

Ме́чик никогда́ не ви́дел на лице́ Левинсо́на тако́го беспо́мощного выраже́ния.

— Ка́жется, остаётся еди́нственное... я уже́ ду́мал об э́том...— Левинсо́н запну́лся и смолк, су́рово сти́снув че́люсти.

80

— Да?..— выжидательно спросил Сташинский.

Мечик, почувствовав недоброе, сильней подался вперёд, едва не выдав своего присутствия.

Левинсон хотел было назвать одним словом то единственное, что оставалось им, но, видно, слово это было настолько трудным, что он не смог его выговорить. Сташинский взглянул на него с опаской и удивлением и... понял.

Не глядя друг на друга, дрожа и запинаясь и мучась этим, они заговорили о том, что уже было понятно обоим, но чего они не решались назвать одним словом, хотя оно могло бы сразу всё выразить и прекратить их мучения.

«Они хотят убить его...» — сообразил Мечик и побледнел. Сердце забилось в нём с такой силой, что, казалось, за кустом тоже вот-вот его услышат.

— А как он — плох? Очень?..— несколько раз спросил Левинсон.— Если бы не это... Ну... если бы не мы его... одним словом, есть у него хоть какие-нибудь надежды на выздоровление?

— Надежд никаких... да разве в этом суть?

— Всё-таки легче как-то,— сознался Левинсон. Он тут же устыдился, что обманывает себя, но ему действительно стало легче. Немного помолчав, он сказал тихо: — Придётся сделать это сегодня же... только смотри, чтобы никто не догадался, а главное, он сам... можно так?..

— Он-то не догадается... скоро ему бром давать, вот вместо брома... А может, мы до завтра отложим?..

— Чего ж тянуть... всё равно...— Левинсон спрятал карту и встал.— Надо ведь — ничего не поделаешь... Ведь надо?.. — Он невольно искал поддержки у человека, которого сам хотел поддержать.

«Да, надо...» — подумал Сташинский, но не сказал.

— Слушай,— медленно начал Левинсон,— да ты скажи прямо, готов ли ты? Лучше прямо скажи...

— Готов ли я? — сказал Сташинский.— Да, готов.

— Пойдём...— Левинсон тронул его за рукав, и оба медленно пошли к бараку.

«Неужели они сделают это?..» Мечик ничком упал на землю и уткнулся лицом в ладони. Он пролежал так неизвестно сколько времени. Потом поднялся и, цепляясь за кусты, пошатываясь, как раненый, побрёл вслед за Сташинским и Левинсоном.

Остывшие, расседланные лошади поворачивали к нему усталые головы; партизаны храпели на прогалине, некоторые варили обед. Мечик поискал Сташинского и, не найдя его, почти побежал к бараку.

Он поспел вовремя. Сташинский, стоя спиной к Фролову, протянув на свет дрожащие руки, наливал что-то в мензурку.

— Обождите!.. Что вы делаете?..— крикнул Мечик, бросаясь к нему с расширенными от ужаса глазами.— Обождите! Я всё слышал!..

Сташинский, вздрогнув, повернул голову, руки его задрожали ещё сильнее. Вдруг он шагнул к Мечику, и страшная багровая жила вздулась у него на лбу.

— Вон!..— сказал он зловещим, придушенным шёпотом.— Убью!..

Мечик взвизгнул и не помня себя выскочил из барака. Сташинский тут же спохватился и обернулся к Фролову.

— Что... что это?..— спросил тот, опасливо косясь на мензурку.

— Это бром, выпей...— настойчиво, строго сказал Сташинский.

Взгляды их встретились и, поняв друг друга, застыли, скованные единой мыслью... «Конец...» — подумал Фролов и почему-то не удивился, не ощутил ни страха, ни волнения, ни горечи. Всё оказалось простым и лёгким, и даже странно было, зачем он так много мучился, так упорно цеплялся за жизнь и боялся смерти, если жизнь сулила ему новые страдания, а смерть только избавляла от них. Он в нерешительности повёл глазами вокруг, словно отыскивал что-то, и остановился на нетронутом обеде, возле, на табуретке. Это был молочный кисель, он уже остыл, и мухи кружились над ним. Впервые за время болезни в глазах Фролова появилось человеческое выражение — жалость к себе, а может быть, к Сташинскому. Он опустил веки, и, когда открыл их снова, лицо его было спокойным и кротким.

— Случится, будешь на Сучане,— сказал он медленно,— передай, чтоб не больно уж там... убивались. Все к этому месту придут... да... Все придут,— повторял он с таким выражением, точно мысль о неизбежности смерти людей ещё не была ему совсем ясна и доказана, но она была именно той мыслью, которая лишала лич-

82

ную — *его, Фролова*, — смерть её осо́бенного, отде́льного стра́шного смы́сла и де́лала её — э́ту смерть — чём-то обыкнове́нным, сво́йственным всем лю́дям. Немно́го поду́мав, он сказа́л: — Сыни́шка там у меня́ есть на рудни́ке... Фе́дей звать... Об нём чтоб вспо́мнили, когда́ обернётся все, — помо́чь там чем и́ли как... Да дава́й, что ли!..— оборва́л он вдруг сра́зу отсыре́вшим и дрогну́вшим го́лосом.

Кривя́ побеле́вшие гу́бы, знобя́сь и стра́шно мига́я одни́м гла́зом, Сташи́нский поднёс мензу́рку. Фроло́в поддержа́л ее обе́ими рука́ми и вы́пил.

Ме́чик, спотыка́ясь о вале́жник и па́дая, бежа́л по тайге́, не разбира́я доро́ги. Он потеря́л фура́жку, во́лосы его́ свиса́ли на глаза́, проти́вные и ли́пкие, как паути́на, в виска́х стуча́ло, и с ка́ждым уда́ром кро́ви он повторя́л како́е-то нену́жное жа́лкое сло́во, цепля́ясь за него́, потому́ что бо́льше не за что бы́ло ухвати́ться. Вдруг он наткну́лся на Ва́рю и отскочи́л, ди́ко блесну́в глаза́ми.

— А я-то и́щу тебя́...— начала́ она́ обра́дованно и смо́лкла, испу́ганная его́ безу́мным ви́дом.

Он схвати́л её за́ руку, заговори́л бы́стро, бессвя́зно:

— Слу́шай... они́ его́ отрави́ли... Фроло́ва... Ты зна́ешь?.. Они́ его́...

— Что?.. отрави́ли?.. молчи́!..— кри́кнула она́, вдруг поня́в всё сра́зу. И, вла́стно притяну́в его́ к себе́, зажа́ла ему́ рот горя́чей, вла́жной ладо́нью.— Молчи́!.. не на́до... Идём отсю́да.

— Куда́?.. Ах, пусти́!..— Он рвану́лся и оттолкну́л её, ля́згнув зуба́ми.

Она́ сно́ва схвати́ла его́ за рука́в и потащи́ла за собо́й, повторя́я насто́йчиво:

— Не на́до... идём отсю́да... уви́дят... Па́рень тут како́й-то... так и вьётся... идём скоре́е!..

Ме́чик вы́рвался еще раз, едва́ не уда́рив её.

— Куда́ ты?.. посто́й!..— кри́кнула она́, броса́ясь за ним.

В э́то вре́мя из кусто́в вы́скочил Чиж,— она́ метну́лась в сто́рону и, перепры́гнув че́рез руче́й, скры́лась в ольхо́внике.

— Что — не дала́сь? — бы́стро спроси́л Чиж, подбега́я к Ме́чику.— А ну, мо́жет, мне посчастли́вится! — Он хло́пнул себя́ по ля́жке и ки́нулся вслед за Ва́рей...

XII

ПУТИ-ДОРОГИ

Морозка с детства привык к тому, что люди, подобные Мечику, подлинные свои чувства — такие же простые и маленькие, как у Морозки, — прикрывают большими и красивыми словами и этим отделяют себя от тех, кто, как Морозка, не умеют вырядить свои чувства достаточно красиво. Он не сознавал, что дело обстоит именно таким образом, и не мог бы выразить это своими словами, но он всегда чувствовал между собой и этими людьми непроходимую стену из натащенных ими неизвестно откуда фальшивых крашеных слов и поступков.

Так, в памятном столкновении между Морозкой и Мечиком последний старался показать, что уступает Морозке из благодарности за спасение своей жизни. Мысль, что он подавляет в себе низменные побуждения ради человека, который даже не стоит этого, наполняла его существо приятной и терпеливой грустью. Однако в глубине души он досадовал и на себя и на Морозку, потому что на самом деле он желал Морозке всяческого зла и только сам не мог причинить его — из трусости и оттого, что испытывать терпеливую грусть много красивей и приятней.

Морозка чувствовал, что именно из-за этой красивости, которой нет в нём, в Морозке, Варя предпочла Мечика, считая, что в Мечике это не только внешняя красивость, а подлинная душевная красота. Вот почему, когда Морозка снова увидал Варю, он невольно попал в прежний безвыходный круг мыслей — о ней, о себе, о Мечике.

Он видел, что Варя всё время пропадает где-то («наверно, с Мечиком!»), и долго не мог заснуть, хотя старался уверить себя, что ему всё безразлично. При каждом шорохе он осторожно приподнимал голову, всматривался в темноту: не покажутся ли две их совестливо крадущиеся фигуры?

Однажды его разбудила какая-то возня. В костре шипели мокрые валежины, и громадные тени плясали по опушке. Окна в бараке то освещались, то гасли — кто-то чиркал спичкой. Потом из барака вышел Харченко, перекинулся словами с кем-то невидным в темноте и пошёл меж костров, кого-то разыскивая.

— Кого нужно? — хрипло спросил Морозка. Не расслышав ответа, переспросил: — Что?

— Фролов умер,— глухо сказал Харченко.

Морозка туже натянул шинель и снова заснул.

На рассвете Фролова похоронили, и Морозка в числе других равнодушно закапывал его в могилу.

Когда седлали лошадей, обнаружилось, что исчез Пика. Его маленькая горбоносая лошадка уныло стояла под деревом, всю ночь не расседланная. Вид её был жалок. «Сбежал, старость, не выдержал», — подумал Морозка.

— Да ладно, не ищите,— сказал Левинсон, морщась от боли в боку, мучавшей его с утра.— Лошадь не забудьте... Нет, нет, не навьючивать!.. Начхоз где? Готово?.. По коням!..— Он сильно вздохнул и, сморщившись опять, грузно, будто нёс в себе что-то большое и тяжёлое, отчего сам стал большим и тяжёлым, поднялся в седло.

Никто не пожалел о Пике. Только Мечик с болью почувствовал утрату. Хотя в последнее время старик не вызывал в нём ничего, кроме тоски и нудных воспоминаний, всё же осталось такое ощущение, точно вместе с Пикой ушла какая-то часть его самого.

Отряд двинулся вверх по крутому, изъеденному козами гребню. Холодное голубовато-серое небо стлалось над ним. Далеко внизу мерещились синие пади, и туда из-под ног катились с шумом тяжёлые валуны.

Обнимала их златолистая, сухотравная тайга в осенней ждущей тишине. В жёлтом ветвистом кружеве линял седобородый изюбр, пели прохладные родники, роса держалась весь день, прозрачная и чистая и тоже жёлтая от листвы. А зверь ревел с самого утра тревожно, страстно, невыносимо, и чудилось в таёжном золотом увядании мощное дыхание какого-то огромного, вечно живого тела.

Первым, кто почуял неладное между Морозкой и Варей, был ординарец Ефимка, посланный незадолго до обеденного отдыха к Кубраку с распоряжением: «Подтянуть хвост, чтобы кто-нибудь не откусил».[153]

Ефимка с трудом проехал по цепи, изодрал штаны о колючий кустарник и поругался с Кубраком: взводный

85

посоветовал ему не беспокоиться о чужом хвосте, а беречь лучше свой «щербатый нос». Между прочим, Ефимка заметил, что Морозка с Варей едут далеко друг от друга и что вчера их тоже не видно было вместе.

На обратном пути он, поравнявшись с Морозкой, спросил:

— Что-то, я смотрю, от жены ты бегаешь, чего вы там не поделили?

Морозка, смущённо и сердито посмотрев на его сухое, жёлчное лицо, сказал:

— Чего не поделили? Делить нам нечего. Бросил я её...

— Бро-осил!..— Ефимка несколько минут молча и хмуро глядел куда-то вбок, точно раздумывая, подходит ли теперь это слово, если в прежних отношениях между Морозкой и Варей тоже не было прочной семейной связи.

— Ну что ж — и так бывает,— сказал он наконец,— тоись, я говорю, как кому повезёт... Но-о, кобылка!..— Он жёстко подхлестнул лошадку, и Морозка, проводив глазами его суконную рубаху, видел, как он докладывал что-то Левинсону, потом поехал рядом с ним.

«Эх, жистянка... н-ну!..»[154] подумал Морозка с каким-то, из последних сил, отчаянием, и ему стало очень грустно оттого, что сам он будто скован чем-то и не может так же беспечно разъезжать по цепи или разговаривать с соседом. «Хорошо им — едет себе, и никаких,[155] думал он с завистью.— А с чего им тужить на самом деле? Хотя б Левинсону?[156] Человек во власти, всякий к нему с почётом — что хочу, то и делаю... Можно жить». И, не предполагая, что у Левинсона болит простуженный бок, что Левинсон несёт в себе ответственность за смерть Фролова, что голова его оценена и раньше всех может расстаться с телом,— Морозка думал о том, какие всё-таки живут на свете здоровые, спокойные и обеспеченные люди и как ему самому решительно не везёт в жизни.

Все те запутанные, надоедливые мысли, которые впервые родились в нём, когда он жарким июльским днём возвращался из госпиталя и кудрявые косари любовались его уверенной кавалерийской посадкой, те мысли, которые с особенной силой овладели им, когда он ехал по опустевшему полю после ссоры с Мечиком и одинокая бесприютная ворона сидела на покривившемся стогу,— все эти мысли приобрели теперь небывалую мучительную яркость и остроту. Морозка чувствовал себя обманутым в прежней своей жизни и снова видел вокруг себя только ложь и обман. Он не сомневался больше в том, что вся его жизнь от самых пелёнок, вся эта тяжёлая бессмысленная гульба и работа, кровь и пот, которые он пролил, и даже все его «беспечное» озорство — это не радость, нет, а беспросветный каторжный труд, которого никто не оценил и не оценит.

Он с неведомой ему — грустной, усталой, почти старческой — злобой думал о том, что ему уже двадцать семь лет, и ни одной минуты из прожитого нельзя вернуть, чтобы прожить ее по-иному, а впереди тоже не видно ничего хорошего, и он, может быть, очень скоро погибнет от пули, не нужный никому, как умер Фролов, о котором никто не пожалел. Морозке казалось теперь, что он всю жизнь всеми силами старался попасть на ту, казавшуюся ему прямой, ясной и правильной, дорогу, по которой шли такие люди, как Левинсон, Бакланов, Дубов (и даже Ефимка, казалось, ехал теперь по той же дороге), но кто-то упорно мешал ему в этом. И так как он никогда не мог подумать, что этот враг сидит в нём самом, ему особенно приятно и горько было думать о том, что он страдает из-за подлости людей — таких, как Мечик, в первую голову.

После обеда, когда он поил в ключе жеребца, к нему с таинственным видом подошёл тот самый бойкий кудрявый парень, который когда-то украл у него жестяную кружку.

— Что я скажу тебе, а что я тебе скажу...— забормотал он мигающей скороговоркой.— Вот, язви её в копыта, в копыта, право слово, Варьку-то, Варьку![157] У меня, брат, ню-ух по этой части!..

— Что?.. По какой части? — грубо спросил Морозка, подняв голову.

— Насчёт баб, очень я баб понимаю,— пояснил парень, немного смутившись.— Хоть и нет ещё ничего, нет ничего, да меня, брат, не проведёшь — нет, брат, не проведёшь... Глазами она за им так и ширяет, так и ширяет.

— А он что? — возбуждённо краснея, спросил Морозка, поняв, что речь идёт о Мечике, и забыв, что он должен делать вид, что будто ничего не знает.

— А что ж он? Он ничего...— сказал парень каким-то неискренним, оглядывающимся голосом, точно всё, о чём он говорил, не важно было по существу, а понадобилось ему только для того, чтобы загладить перед Морозкой старые свои грехи.

— Ну и хрен с ними!¹⁵⁸ Моё какое дело? — Морозка фыркнул.— Может, и ты с ней спал — я почём знаю,— добавил он с презрением и обидой.

— Вот тебе!.. Да я ведь...

— Пошёл, пошёл к федькиной матери!..— внезапно раздражаясь, закричал Морозка.— На кой ты загнулся с нюхом своим.¹⁵⁹ Пошёл, н-ну!..— И он вдруг с силой ударил парня ногой по заду.

Мишка, испуганный его резким движением, рванулся в сторону и, попав подогнутыми задними ногами в воду, так и застыл, наставив на людей уши.

— Ах ты с-су...— выдохнул парень с изумлением и гневом и, не договорив, кинулся на Морозку.

Они сцепились, как барсуки. Мишка, круто повернув, потрусил от них мелкой рысцой.

— Я тебе, драному в стос, покажу с нюхом с твоим!..¹⁶⁰ Я тебе...— рычал Морозка, сбоку суя кулаком и злясь, что парень не отпускает его, поэтому нельзя хорошо размахнуться.

— Ну, ребятишки! — сказал над ними чей-то удивлённый голос.— Вон они что делают...

Две больших узловатых руки спокойно вклинились между ними и, схватив обоих за воротники, растащили в разные стороны. Оба, не поняв, в чём дело, снова ринулись друг к другу, но на этот раз получили по такому увесистому пинку, что Морозка, отлетев, ударился спиной о дерево, а парень, зацепившись за валёжину и помахав руками, грузно осел в воду.

— Давай руку, подсоблю, — без насмешки сказал Гончаренко.— Удумали тоже!¹⁶¹

— Да как же он, стерва... гадов таких... убивать мало!..— кричал Морозка, порываясь к мокрому и оглупевшему парню. Тот, держась одной рукой за Гончаренку и обращаясь исключительно к нему, другой бил себя в грудь, голова его тряслась.

— Нет, ты скажи, нет, ты скажи,— повторял он, чуть не плача,— значит, всякому так: захотел — и в зад, захотел — и в зад?..— Заметив, что к месту происшествия

88

стека́ется наро́д, он пронзи́тельно закрича́л: — Ра́зи винова́т,[162] винова́т кто, что жена́, жена́ у его...

Гончаре́нко, опаса́ясь сканда́ла, а еще бо́льше за Моро́зкину судьбу́ (е́сли о сканда́ле узна́ет Левинсо́н), бро́сил визжа́вшего па́рня и, схвати́в Моро́зку за́ руку, потащи́л его́ за собо́й.

— Идём, идём, — стро́го говори́л он упира́вшемуся Моро́зке. — Вот вы́шибут тебя́, су́киного сы́на...

Моро́зка, поня́в наконе́ц, что э́тот си́льный и стро́гий челове́к действи́тельно сочу́вствует ему́, переста́л сопротивля́ться.

— Что, что там случи́лось? — спроси́л бежа́вший им навстре́чу голубогла́зый не́мец из взво́да Мете́лицы.

— Медве́дя пойма́ли, — споко́йно сказа́л Гончаре́нко.

— Медве́-едя?.. — Не́мец вы́пучил глаза́ и, постоя́в немно́го, вдруг ри́нулся с тако́й пры́тью, как бу́дто хоте́л пойма́ть ещё одного́ медве́дя.

Моро́зка впервы́е с любопы́тством посмотре́л на Гончаре́нку и улыбну́лся.

— Здоро́вый ты, холе́ра, — сказа́л он, почу́вствовав како́е-то удовлетворе́ние от того́, что Гончаре́нко здоро́вый.

— За что ты его́? — спроси́л подрывни́к.

— Да как же... га́дов таки́х!.. — сно́ва заволнова́лся Моро́зка. — Да его́ б на́до...

— Ну-ну, — успокои́тельно переби́л Гончаре́нко, — за де́ло, зна́чит?.. Ну-ну...

— Собира́-айсь! — крича́л где-то Бакла́нов зво́нким, срыва́ющимся с мужско́го на мальчи́шеский го́лосом.

В э́то вре́мя из кусто́в вы́сунулась мохна́тая Ми́шкина голова́. Ми́шка посмотре́л на люде́й у́мным зеленока́рим гла́зом и ти́хо заржа́л.

— Эх!.. — вы́рвалось у Моро́зки.

— Ла́дный конёк...

— Жи́зни не жа́лко! — Моро́зка восто́рженно хлопнул жеребца́ по ше́е.

— Жи́знью ты лу́чше не кида́йся — сго́дится...[163] — Гончаре́нко чуть улыбну́лся в тёмную курча́вую бо́роду. — Мне ещё коня́ пои́ть, гуля́й себе́. — И он кре́пким, размаши́стым ша́гом пошёл к свое́й ло́шади.

Моро́зка сно́ва с любопы́тством проводи́л его́ глаза́ми, разду́мывая, почему́ он ра́ньше не обраща́л внима́ния на тако́го удиви́тельного челове́ка.

Потом, когда становились взводы, он, сам того не замечая, пристроился рядом с Гончаренкой и уж всю дорогу до Хаунихедзы не расставался с ним.

Варя, Сташинский и Харченко, зачисленные во взвод Кубрака, ехали почти в самом хвосте. На поворотах хребта виден был весь отряд, растянувшийся длинной цепочкой: впереди, согнувшись, ехал Левинсон; за ним, бессознательно перенимая его позу, Бакланов.

Где-то за спиной Варя всё время чувствовала Мечика, и обида на его вчерашнее поведение шевелилась в ней, заслоняя то большое и тёплое чувство, которое она постоянно испытывала к нему.

Со времени ухода Мечика из госпиталя она ни на минуту не забывала о его существовании и жила одной мыслью о новой их встрече. С этим днём у нее связаны были самые задушевные, загаённые — о которых никому нельзя рассказывать,— но вместе с тем такие живые, земные, почти осязаемые мечты. Она представляла себе, как он появится на опушке — в шагреневой рубахе, красивый, стройный, белокурый, немножко робеющий,— она чувствовала на себе его дыхание, мягкие курчавые волосы под рукой, слышала его нежный, влюблённый говор. Она старалась не вспоминать о недоразумениях с ним, ей казалось почему-то, что такое не может больше повториться. Одним словом, она представляла себе будущие отношения к Мечику такими, какими они никогда не были, но какими они были бы ей приятны, и старалась не думать о том, что действительно могло случиться, но доставило бы ей огорчение.

Столкнувшись с Мечиком, она, по свойственной ей чуткости к людям, поняла, что он слишком расстроен и возбуждён, чтобы следить за своими поступками, и что расстроившие его события много важнее всяких её личных обид. Но именно потому, что раньше эта встреча представлялась ей по-иному, нечаянная грубость Мечика оскорбила и напугала её.

Варя впервые почувствовала, что грубость эта не случайна, что Мечик, может быть, совсем не тот, кого ждала она долгие дни и ночи, но что нет у неё никого другого.

У неё не хватало мужества сразу сознаться в этом: не так легко было выбросить всё, чем долгие дни и ночи она жила — страдала, наслаждалась,— и ощутить в душе́ внеза́пную, ниче́м не заполни́мую пустоту́. И она́ заставля́ла себя́ ду́мать так, бу́дто ниче́го осо́бенного не случи́лось, бу́дто всё де́ло в неуда́чной сме́рти Фроло́ва, бу́дто всё пойдёт по-хоро́шему, но вме́сто того́ с са́мого утра́ ду́мала то́лько о том, как Ме́чик оби́дел её и как он не име́л права́ обижа́ть её, когда́ она́ подошла́ к нему́ со свои́ми мечта́ми и со свое́й любо́вью.

Весь день она́ испы́тывала мучи́тельное жела́ние уви́деть Ме́чика и поговори́ть с ним, но ни ра́зу не огляну́лась и да́же во вре́мя обе́денного о́тдыха не подошла́ к нему́. «Что я бу́ду бе́гать за ним, как де́вочка? — ду́мала она́. — Ежели он впра́вду лю́бит меня́, как говори́л, пуща́й подойдёт пе́рвый, я ни сло́вом не попрекну́ его́. А е́жели не подойдёт, всё равно́ — одна́ оста́нусь... так ничего́ и не бу́дет».

На гла́вном станови́ке тропа́ пошла́ ши́ре, и ря́дом с Ва́рей пристро́ился Чиж. Вчера́ ему́ не удало́сь пойма́ть её, но он был насто́йчив в таки́х дела́х и не теря́л надёжды. Она́ чу́вствовала прикоснове́ние его́ ноги́, он дыша́л ей на у́хо каки́е-то сты́дные слова́, но, погру́женная в свои́ мы́сли, она́ не слу́шала его́.

— Ну как же вы, а? — пристава́л Чиж (он говори́л «вы» всем ли́цам же́нского по́ла, незави́симо от их во́зраста, положе́ния и отноше́ния к нему́).— Согла́сны — нет?..

«...Я всё понима́ю, ра́зве я тре́бую от него́ что́-нибудь? — ду́мала Ва́ря.— Но неу́жто ему́ тру́дно бы́ло уважи́ть меня́?.. А мо́жет, он сам тепе́рь страда́ет — ду́мает, я на него́ в оби́де.[164] Что, е́жели поговори́ть с ним? Как?! по́сле того́, как он прогна́л меня́?.. Нет, нет, и пуща́й ничего́ не бу́дет...»

— Да что вы, ми́лая, огло́хли, что ли? Согла́сны, говорю́?

— Чего́ согла́сны? — очну́лась Ва́ря.— Да ну тебя́ ко всем!

— Здра́вствуйте вам...— Чиж оби́женно развёл рука́ми.— Да что вы, ми́лая, представля́етесь, бу́дто в пе́рвый раз и́ли ма́ленькая.— Он приня́лся сно́ва терпели́во нашёптывать ей на у́хо, убеждённый, что она́ слы́шит и понима́ет его́, но лома́ется, что́бы, по ба́бьей привы́чке, наби́ть себе́ це́ну.[165]

Наступа́л ве́чер, овра́ги темне́ли, ло́шади уста́ло фы́ркали, тума́н густе́л над ключа́ми и ме́дленно полз в долины, а Мечик всё не подъезжал к Варе и, как видно, не собирался. И чем больше она убеждалась в том, что он так и не подъедет к ней, тем сильнее она чувствовала бесплодную тоску и горечь прежних своих мечтаний и тем труднее ей было расстаться с ними.

Отряд спускался в балку на ночлег, в сырой пугливой тьме копошились лошади и люди.

— Так вы не забудьте, миленькая,— с ласковой наглой настойчивостью проговорил Чиж.— Да, огонёк я в сторонке разложу. Имейте это в виду...— Немного погодя он кричал кому-то: — То есть как — «куда лезёшь»? А ты чего стал на дороге?

— А ты чего в чужой взвод прешься?

— Как чужой? Разуй глаза!.[166]

После короткого молчания, во время которого оба, очевидно, разували глаза, спрашивавший заговорил виноватым съехавшим голосом:

— Тьфу, и правда «кубраки».[167] А Метёлица где? — И, как бы вполне загладив виноватым голосом свою ошибку, он снова натужно закричал: — Мете-елица!

А внизу кто-то, до того раздражённый, что, казалось, не исполни его требования[168] он или покончит с собой, или начнёт убивать других, вопил:

— Огня-а давай! Огня-а-а дава-ай!..

Вдруг на самом дне балки полыхнуло бесшумное зарево костра и вырвало из темноты мохнатые конские головы, усталые лица людей в холодном блеске патронташей и винтовок.

Сташинский, Варя и Харченко отъехали в сторону и тоже спешились.

— Ничего, теперь отдохнём, ог-гонёк запалим! — с нарочитой и никого не веселящей бодростью говорил Харченко.— Ну-ка, за хворостом!..

— ...Всегда вот так — вовремя не остановимся, а потом страдаем,— рассуждал он тем же малоутешительным тоном, шаря руками в мокрой траве и действительно страдая — от сырости, от темноты, от боязни, что его укусит змея, и от угрюмого молчания Сташинского.— Помню, вот тоже с Сучана шли — давно б уж заночевать пора, хоть глаз выколи,[169] а мы...

«И зачем он говорит всё это? — думала Варя.— Сучан... куда-то они шли... глаза выкололи. Ну, кому всё это нужно теперь? Ведь всё, всё уже кончилось, и ничего не будет». Ей хотелось есть, и от этого как-то усиливалось другое ощущение — немой и сдавленной пустоты, которую она теперь ничем не могла заполнить. Она едва не расплакалась.

Однако, поев и отогревшись, все трое повеселели, и окружавший их тёмно-синий, чужой и холодный мир показался уже своим, уютным и тёплым.

— Эх, шинель ты моя, шинель,— сытым голосом говорил Харченко, развёртывая скатку.— На огне не горит и в воде не тонет. Вот бы мне бабу сюда!..— Он подмигнул и рассмеялся.

«И чего я взъелась на него?[170] думала Варя, чувствуя, как от весёлого костра, от съеденной каши, от домашних разговоров Харченки к ней возвращаются обычная её мягкость и доброта.— И ничего ведь не было, с чего я так расстроилась? И парень сидит да скучает из-за моей дурости... А ведь стоит только пойти к нему, и всё, всё пойдёт, как сначала...»

И ей вдруг так не захотелось носить в себе что-то обидное и злое и страдать от этого, когда всем вокруг так хорошо и бездумно и когда ей тоже может быть бездумно хорошо, что она тут же решила выбросить всё из головы и пойти к Мечику, и не было уже в этом ничего зазорного для неё или плохого.

«Мне ничего, ничего не нужно,— думала она, сразу повеселев,— лишь бы он только хотел и любил меня, лишь бы он возле был... нет, я бы всё отдала, ежели бы он всегда ездил, говорил, спал со мною, такой красивый и молоденький...»

Мечик и Чиж развели отдельный костёр на отлёте. Они поленились сварить себе ужин, пожарили над огнём сало и, так как налегали на него больше, чем на хлеб, истратив всё, оба сидели голодные.

Мечик ещё не пришёл в себя после смерти Фролова и исчезновения Пики. Весь день он будто плыл в тумане, сотканном из чужих и строгих, отделяющих его от остальных людей мыслей об одиночестве и смерти. К вечеру эта пелена спала,[171] но он никого не хотел видеть и всех боялся.

Варя с трудом отыскала их костёр. Вся балка жила в таких же кострах и дымных песнях.

— Вот вы куда запрятались? — сказала она, выходя из кустов с бьющимся сердцем.— Здравствуйте.

Мечик вздрогнул и, чуждо-испуганно посмотрев на неё, отвернулся к огню.

— А-а!.. — приятно осклабился Чиж... — Вас только и не хватало. Садитесь, милая, садитесь...

Он засуетился, распахнул шинель и показал ей место рядом. Но она не села с ним. Его обычная пошлость — качество, которое она сразу почувствовала в нём, хотя и не знала, что это такое,— теперь особенно неприятно резнуло её.

— Пришла прозедать тебя, а то ты нас совсем забыл,— заговорила она певучим, волнующимся голосом, обращаясь к Мечику и не скрывая, что пришла исключительно из-за него.— Там уж и Харченко справлялся,[172] как, мол, здоровье, шибко, мол, раненный парень был, а теперь будто и ничего, о себе уж я не говорю...

Мечик молча пожал плечами.

— Скажите, живём прекрасно — что за вопрос! — воскликнул Чиж, охотно принимая всё на себя.— Да вы садитесь рядом, чего стесняетесь?

— Ничего, я ненадолго,— сказала она,— так только, проходом...— Ей стало вдруг обидно, что она пришла из-за Мечика, а он пожимает плечами. Она добавила:— А вы, видать, ничего и не кушали — котелок чистый...

— Чего там не кушали? Если бы продукты хорошие давали, а то чёрт знает что!..— Чиж брезгливо поморщился.— Да вы садитесь рядом! — с отчаянным радушием повторил он снова и, схватив её за руку, притянул к себе.— Садитесь же!..

Она опустилась возле на шинель.

— Уговор-то наш помните? — Чиж интимно подмигнул.

— Какой уговор? — спросила она, с испугом припоминая что-то. «Ах, не надо, не надо было приходить»,— вдруг подумала она, и что-то большое и тревожное оборвалось в ней.

— То есть как — какой?.. А вот обождите...— Чиж быстро перегнулся к Мечику.— Хоть в обществе секретов и не полагается,— сказал он, обняв его за плечо и оборачиваясь к ней,— но...

— Какие там секреты?..— сказала она с неестественной улыбкой и, быстро мигая, начала зачем-то поправлять волосы дрожащими, непослушными пальцами.

— Какого ты чёрта сидишь, как тюлень? — быстро

94

зашепта́л Чиж на у́хо Ме́чику.— Тут всё уже́ сгово́рено, а ты...

Ме́чик отпря́нул от Чижа́, мелько́м взгляну́л на Ва́рю и гу́сто покрасне́л. «Ну что, дожда́лся? Ви́дишь тепе́рь, что де́лается»,— с уко́ром сказа́л ему́ ее плыву́щий взгляд.

— Нет, нет, я пойду́... нет, нет,— забормота́ла она́, как то́лько Чиж сно́ва поверну́лся к ней, то́чно он уже́ предлага́л ей не́что позо́рное и унизи́тельное.— Нет, нет, я пойду́...— Она́ вскочи́ла и пошла́ ме́лким, ско́рым ша́гом, ни́зко склони́в го́лову; скры́лась в темноте́.

— Опя́ть из-за тебя́ упусти́ли... Раз-зя́ва!..— прошипе́л Чиж презри́тельно и зло́бно. Вдруг он подпры́гнул, подхва́ченный како́й-то стихи́йной си́лой, и стреми́тельными скачка́ми, то́чно его́ подбра́сывал кто́-то, помча́лся вслед за Ва́рей.

Он нагна́л её в не́скольких саже́нях и, кре́пко обня́в, повлёк в кусты́, пригова́ривая:

— Ну же, ми́ленькая... ну, де́вочка...

— Пусти́ меня́... отста́нь... крича́ть бу́ду!..— проси́ла она́, слабе́я и чуть не пла́ча, но чу́вствуя, что у неё нет сил крича́ть и что крича́ть ей тепе́рь не ну́жно: не́зачем и не́ для кого́.

— Ну, ми́ленькая, ну заче́м же! — пригова́ривал Чиж, зажа́в ей рот и всё бо́льше возбужда́ясь от со́бственной не́жности.

«И пра́вда, заче́м? Ну, кому́ это ну́жно тепе́рь? — поду́мала она́ уста́ло.— Но ведь э́то Чиж... да, но ведь э́то же Чиж... отку́да он, почему́ он?.. Ах, не всё ли равно́...» И ей действи́тельно ста́ло всё безразли́чно.

XIII

г р у з

— Не люблю́ я их, мужико́в, душа́ не лежи́т,— говори́л Моро́зка, пла́вно пока́чиваясь в седле́, и в такт, когда́ Ми́шка ступа́л пра́вой пере́дней ного́й, сшиба́л пле́тью я́рко-жёлтые ли́стья берёзок. — Быва́л я то́же у де́да. Дво́е дядько́в там у меня́ — зе́млю па́шут. Нет, не лежи́т душа́! Не то, не то — кровь друга́я: скупы́е, хи́трые они́... да что там! — Моро́зка, упусти́в берёзку, чтобы не потерять такт, хлестнул себя по сапогу. — А с чего бы, кажись, хитрить, скупиться?[173] — спросил он, подымая голову. — Ну ведь ни хрена, ни хре-на же у самих нету, подметай — чисто!..[174] — И он засмеялся будто бы чужим, наивным, жалеющим смешком.

Гончаренко слушал, глядя промеж конских ушей, в серых его глазах стояло умное и крепкое выражение, какое бывает у людей, умеющих хорошо слушать, а ещё лучше — думать по поводу услышанного.

— А я думаю, каждого из нас колупни,[175] — сказал он вдруг, — *из нас,* — подчеркнул для большей прочности и посмотрел на Морозку, — меня, к примеру, или тебя, или вон Дубова, — в каждом из нас мужика найдёшь... Найдёшь, — повторил он убеждённо. — Со многими потрохами, разве что только без лаптей.[176]

— Это насчёт чего? — оглянулся Дубов.

— А то и с лаптями... Разговор у нас насчёт мужика... В каждом, говорю, из нас мужик сидит...

— Ну-у... — усомнился Дубов.

— А как же иначе?.. У Морозки, скажем, дед в деревне, дядья; у тебя...

— У меня, друг, никого, — перебил Дубов, — да и слава богу! Не люблю, признаться, это семя... Хотя Кубрака возьми: ну, сам он ещё Кубрак Кубраком (не с каждого ж ума спросить!), а взвод он набрал? — И Дубов презрительно сплюнул.

Разговор этот происходил на пятый день пути, когда отряд спустился к истокам Хаунихёдзы. Ехали они по старой зимней дороге, устланной мягким, засыхающим пырником. Хотя ни у кого не осталось ни крошки из харчей, припасённых в госпитале помощником начхоза, все были в приподнятом настроении, чувствуя близость жилья и отдыха.

— Ишь что делает? — подмигнул Морозка. — Дубов-то наш — старик, а? — И он засмеялся, удивляясь и радуясь тому, что взводный согласен с ним, а не с Гончаренкой.

— Нехорошо ты говоришь о народе, — сказал подрывник, нисколько не обескураженный. — Ладно, пущай у тебя никого, не в том дело — у меня теперь тоже никого. Рудник наш возьмём... Ну, ты, правда, еще российский, а Морозка? Он, окромя своего рудника, почти что ничего не видал...

— Как не вида́л? — оби́делся Моро́зка.— Да я на фро́нте...

— Пуша́й, пуща́й,— замаха́л на него́ Ду́бов,— ну, пуща́й не вида́л...

— Так это ж дере́вня, рудни́к ваш,— споко́йно сказа́л Гончаре́нко.— У ка́ждого огоро́д — раз. Полови́на на зи́му прихо́дит, на ле́то — обра́тно в дере́вню... Да у вас там зю́бры крича́т, как в хле́ву!.. Был я на ва́шем рудни́ке.

— Дере́вня? — удивля́лся Ду́бов, не поспева́я за Гончаре́нкой.

— А то что же? Копа́ются жи́нки ва́ши по огоро́дам, наро́д круго́м то́же все дереве́нский, а ра́зве не влия́ет?.. Влия́ет! — И подрывни́к привы́чным же́стом рассе́к во́здух ладо́нью, поста́вленной на ребро́.

— Влия́ет... Коне́чно...— неуве́ренно сказа́л Ду́бов, разду́мывая, нет ли в э́том чего́-нибудь позо́рного для «у́гольного пле́мени».

— Ну, вот... Возьмём тепе́рь го́род: велики́ ль, сказа́ть, города́ на́ши, мно́го ль городо́в у нас? Раз, два и обчёлся.¹⁷⁷На ты́сячи вёрст — сплошна́я дере́вня... Влия́ет, я спра́шиваю?

— Обожди́, обожди́,— растеря́лся взво́дный,— на ты́сячи вёрст? как сплошна́я?.. ну да—дере́вня... ну влия́ет?

— Вот и выхо́дит, что в ка́ждом из нас — тро́шки от мужика́,— сказа́л Гончаре́нко, возвраща́ясь к исхо́дной то́чке и э́тим то́чно покрыва́я всё, о чём говори́л Ду́бов.

— Ло́вко подвёл! — восхити́лся Моро́зка, кото́рого с моме́нта вмеша́тельства Ду́бова спор интересова́л то́лько как проявле́ние челове́ческой ло́вкости.— Зае́л он тебя́, ста́рик, и крыть не́чем!

— Это я к тому́,— поясни́л Гончаре́нко, не дава́я Ду́бову опо́мниться,— что горди́ться нам не ну́жно перед мужико́м, хотя́ б и Моро́зке,—без мужика́ нам то́-оже...— Он покача́л голово́й и смолк; и, ви́димо, всё, о чём говори́л пото́м Ду́бов, не в состоя́нии бы́ло его́ разубеди́ть.

«У́мный, чёрт,— поду́мал Моро́зка, сбо́ку погля́дывая на Гончаре́нку и проника́ясь всё бо́льшим уваже́нием к нему́.— Так припёр старика́ — никуда́ не де́нешься».¹⁷⁸ Моро́зка знал, что Гончаре́нко, как и все лю́ди, мо́жет ошиба́ться, поступа́ть несправедли́во,— в ча́стности, Моро́зка совсе́м не чу́вствовал на себе́ того́ мужи́цкого гру́за, о кото́ром так уве́ренно говори́л Гончаре́нко,— но всё же он верил подрывнику больше, чем кому-либо другому. Гончаренко был «свой в доску»,[179] он «мог понимать», он «сознавал», а кроме того, он не был пустословом, праздным человеком. Его большие узловатые руки были жадны к работе, исполняли её, на первый взгляд, медленно, но на самом деле споро — каждое их движение было осмысленно и точно.

И отношения между Морозкой и Гончаренкой достигли той первой, необходимой в дружбе ступени, о которой партизаны говорят: «они спят под одной шинелькой», «они едят из одного котелка».

Благодаря ежедневному общению с ним Морозка начинал думать, что сам он, Морозка, тоже исправный партизан: лошадь у него в порядке, сбруя крепко зачинена, винтовка вычищена и блестит, как зеркало, в бою он первый и надёжнейший, товарищи любят и уважают его за это. И, думая так, он невольно приобщался к той осмысленной здоровой жизни, какой, казалось, всегда живёт Гончаренко, то есть к жизни, в которой нет места ненужным и праздным мыслям...

— О-ой... стой!..— кричали впереди. Возглас передавался по цепи, и, в то время как передние уже стали, задние продолжали напирать. Цепочка смешалась.

— Э-э... ут... Метелицу зовут...— снова побежало по цепи. Через несколько секунд, согнувшись по-ястребиному, промчался Метелица, и весь отряд с бессознательной гордостью проводил глазами его не отмеченную никакими уставами цепкую пастушью посадку.[180]

— Поехать и мне, узнать, что там такое, — сказал Дубов.

Немного погодя он вернулся раздражённый, стараясь, однако, не показывать этого.

— В разведку Метелица едет, ночевать здесь будем, — сказал сдержанно, но в голосе его слышно для всех клокнули злые, голодные нотки.

— Как так, не евши?! О чём они там думают?! — закричали кругом.

— Отдохнули, называется...

— Вот язви его в свет!..[181]— присоединился Морозка. Впереди уже спешивались.

Левинсон решил заночевать в тайге, потому что не был уверен, что низовье Хаунихедзы свободно от неприятеля. Однако он надеялся, что даже в этом случае ему удастся, прощупав путь разведкой, пробраться в долину Тудо-Ваки, богатую лошадьми и хлебом.

Всю дорогу мучила его непереносная, усиливающаяся с каждым днём боль в боку, и он знал уже, что боль эту — следствие усталости и малокровия — можно вылечить только неделями спокойной и сытной жизни. Но так как ещё лучше он знал, что долго не будет для него спокойной и сытной жизни, он всю дорогу приноравливался к новому своему состоянию, уверяя себя, что эта «совсем пустяковая болезнь»,— была у него всегда и потому никак не может помешать ему выполнить то дело, которое он считал своей обязанностью выполнить.

— А на моё мнение — надо идтить...— не слушая Левинсона и глядя на его ичиги, в четвертый раз повторил Кубрак с тупым упрямством человека, который не желает ничего знать, кроме того, что ему хочется есть.

— Ну, если уж тебе так невтерпёж, иди сам... сам иди.., оставь себе заместителя и иди... А подводить весь отряд нам нет никакого расчёта...

Левинсон говорил с таким выражением, точно у Кубрака был именно этот неправильный расчёт.

— Иди-ка, брат, лучше караул снаряжай,— прибавил он, пропустив мимо ушей новое замечание взводного. Увидев, однако, что тот собирается настаивать, он вдруг нахмурился и строго спросил:— Что?..

Кубрак поднял голову и замигал.

— Вперёд по дороге пустишь конный дозор,— продолжал Левинсон с прежней, чуть заметной издёвкой в голосе,— а назад на полверсте поставишь пеший караул; лучше всего у ключа, что переезжали. Понятно?

— Понятно,— угрюмо сказал Кубрак, удивляясь, почему он говорит это, а не то, что ему хочется. «Холера двужильная»,— думал он о Левинсоне, с бессознательной, прикрытой уважением, неприязнью к нему и жалостью к себе.

Ночью, проснувшись внезапно, как он часто просыпался в последнее время, Левинсон вспомнил этот разговор с Кубраком и, закурив, пошёл проверять караулы.

Стараясь не ступать на шинели спящих, пробрался он меж тлеющих костров. Крайний справа горел ярче других, возле него на корточках сидел дневальный и грел руки, протянув их ладонями к огню. Он, видно, совсем забыл об этом,— тёмная баранья шапка сползла ему на затылок, глаза были задумчиво, широко раскрыты, и он чуть улыбался доброй детской улыбкой. «Вот ловко!..» — подумал Левинсон, почему-то именно этим словом выразив то неясное чувство тихого, немножко жуткого восторга, которое сразу овладело им при виде этих синих, тлеющих костров, улыбающегося дневального и — от всего, что смутно ждало его в ночи.

И он пошёл еще тише и аккуратней — не для того, чтобы остаться незамеченным, а для того, чтобы не вспугнуть улыбку дневального. Но тот так и не очнулся и все улыбался на огонь. Наверно, этот огонь и идущий из тайги мокрый хрустящий звук выщипываемой травы напоминали дневальному «ночное» в детстве: росистый месячный луг, далёкий крик петухов на деревне, притихший конский табун, побрякивающий путами, резвое пламя костра перед детскими зачарованными глазами... Костёр этот уже отгорел и потому казался дневальному ярче и теплее сегодняшнего.

Едва Левинсон отошёл от лагеря, как его обняла сырая, пахучая темь, ноги тонули в чём-то упругом, пахло грибами и гниющим деревом. «Какая жуть!» — подумал он и оглянулся. Позади не было уже ни одного золотистого просвета — лагерь точно провалился вместе с улыбающимся дневальным. Левинсон глубоко вздохнул и нарочито весёлым шагом пошёл по тропинке вглубь.

Через некоторое время он услышал тихое журчание ключа, постоял немного, вслушиваясь в темноту, и, улыбнувшись про себя зашагал ещё быстрее, стараясь сильнее шуршать, чтобы было слышно.

— Кто?.. Кто там?.. — раздался из темноты срывающийся голос.

Левинсон узнал Мечика и пошёл напрямик не отзываясь. В сжавшейся тишине лязгнул затвор и, запнувшись за что-то, жалобно заскрипел. Слышно было, как нервничают руки, стараясь дослать патрон.

— Почаще смазывать надо, — насмешливо сказал Левинсон.

— Ах, это вы?.. — с облегчением вырвалось у Мечика. — Нет, я смазываю... не знаю, что там случилось...— Он смущённо посмотрел на командира и, забыв про открытый затвор, опустил винтовку.

Мечик попал в караул в третью смену, в полночь. Прошло не более получаса, как отшуршали в траве неспешные шаги разводящего, но Мечику казалось, что он стоит уже очень долго. Он был наедине со своими мыслями в большом враждебном мире, где все шевелилось, медленно жило чужой, сторожкой и хищной жизнью.

В сущности, всё это время его занимала только одна мысль, которая неизвестно когда и откуда родилась в нём, но теперь он неизменно возвращался к ней, о чём бы ни думал. Он знал, что никому не скажет об этой мысли, знал, что мысль эта чем-то плоха, очень постыдна, но он также знал, что теперь уж не расстанется с ней — всеми силами постарается выполнить её, потому что это было последнее и единственное, что ему оставалось.

Мысль эта сводилась к тому, чтобы тем или иным путём, но как можно скорее уйти из отряда.

И прежняя жизнь в городе, казавшаяся раньше такой безрадостной и скучной, теперь, когда он думал о том, что снова сможет вернуться к ней, выглядела такой счастливой и беззаботной и единственно возможной.

Увидев Левинсона, Мечик смутился не столько оттого, что винтовка была не в порядке, сколько оттого, что с этими своими мыслями он был захвачен врасплох.

— Ну и вояка! — сказал Левинсон добродушно. После улыбающегося дневального ему не хотелось сердиться. — Жутко стоять, да?

— Нет... чего же, — смешался Мечик, — я уж привык...

— А я вот никак не могу привыкнуть, — усмехнулся Левинсон. — Уж сколько один хожу и езжу — днём и ночью, — а всё жутко... Ну, как тут, спокойно?

— Спокойно, — сказал Мечик, глядя на него с удивлением и некоторой робостью.

— Ну, ничего, скоро вам легче будет, — отозвался Левинсон как бы не на слова Мечика, а на то, что крылось под ними. — Только бы на Тудо-Ваку выйти, а там легче... Куришь? Нет?

— Нет, не курю... так, иногда балуюсь, — поспешно добавил Мечик, вспомнив про Варин кисет, хотя Левинсон и не мог знать про существование этого кисета.

— А не скучно без курева?.. «Табак дело», как сказал бы Канунников, — был у нас такой хороший партизан. Не знаю, пробрался ли он в город...

— А зачем он пошёл туда? — спросил Мечик, и от какой-то неясной мысли у него забилось сердце.

— Послал я его с донесением, да время очень тревожное, а там вся наша сводка.

— Так можно ведь и ещё послать, — сказал Мечик неестественным голосом, стараясь делать вид, будто нет ничего особенного в его словах. — Не думаете ещё послать?

— А что? — насторожился Левинсон.

— Да так... Если думаете — могу я свезти... Мне там всё знакомо...

Мечику показалось, что он слишком поторопился и Левинсону теперь всё стало ясно.

— Нет, не думаю... — в раздумье протянул Левинсон. — У вас там что? родные?

— Нет, я вообще там работал... то есть у меня есть там родные, но я не потому... нет, вы можете на меня положиться: когда я работал в городе, мне не раз приходилось перевозить секретные пакеты.

— А с кем вы работали?

— Работал я с максималистами, но я думал тогда, что это всё равно...

— То есть, как всё равно?

— Да с кем ни работать.

— А теперь?

— А теперь меня как-то с толку сбили, — тихо сказал Мечик, не зная, что же наконец от него требуется.

— Так... — протянул Левинсон, словно это и было как раз то, что требуется. — Нет, нет, не думаю... не думаю отправлять, — повторил он снова.

— Нет, вы знаете, почему я ещё заговорил об этом?.. — начал Мечик с внезапной нервной решимостью, и голос его задрожал. — Вы только не подумайте обо мне плохо и вообще не думайте, что я скрываю что-нибудь, — я буду с вами совсем откровенным...

«Сейчас я скажу ему всё», — подумал он, чувствуя, что действительно сейчас всё скажет, не зная, хорошо ли это или плохо.

— Я заговорил об этом ещё потому, что мне кажется, что я никуда не годный и никому не нужный партизан, и будет лучше, если вы меня отправите... Нет, вы не подумайте, что я боюсь или прячу от вас что-нибудь, но ведь я же на самом деле ничего не умею и ничего не понимаю... Ведь я ни с кем, ни с кем здесь не могу сойтись, ни от кого не вижу поддержки, а разве я виноват в этом?

Я ко всем подходил с открытой душой, но всегда натыкался на грубость, насмешки, издевательства, хотя я был в боях вместе со всеми и был тяжело ранен — вы это знаете... Я теперь никому не верю... я знаю, что, если бы я был сильнее, меня бы слушались, меня бы боялись, потому что каждый здесь только с этим и считается, каждый смотрит только за тем, чтобы набить своё брюхо, хотя бы для этого украсть у своего товарища, и никому нет дела до всего остального... Мне даже кажется иногда, что, если бы они завтра попали к Колчаку, они так же служили бы Колчаку и так же жестоко расправлялись бы со всеми, а я не могу, а я не могу этого делать!..

Мечик чувствовал, как с каждым словом разрывается в нём какая-то мутная пелена, слова с необыкновенной лёгкостью вылетают из растущей дыры, и от этого ему самому становилось легче. Хотелось говорить ещё и ещё, и было уже совсем безразлично, как отнесётся к этому Левинсон.

«Вот тебе и на... ну — каша!..» — думал Левинсон, всё с большим любопытством вслушиваясь в то, что нервно билось под словами Мечика.

— Постой, — сказал он наконец, тронув его за рукав, и Мечик с особенной ясностью почувствовал на себе его большие и тёмные глаза. — Ты, брат, наговорил — не проворотишь!..[182] Остановимся пока на этом. Возьмём самое важное... Ты говоришь, что каждый здесь смотрит только за тем, чтобы набить своё брюхо...

— Да нет же! — воскликнул Мечик: ему казалось, что самое важное в его словах было не это, а то, как ему плохо здесь живётся, как все его несправедливо обижают и как он хорошо делает, говоря об этом откровенно, начистоту. — Я хотел сказать...

— Нет, обожди уж, теперь я скажу, — мягко перебил Левинсон. — Ты сказал, что каждый здесь смотрит только за тем, чтобы набить своё брюхо, и, если бы мы попали к Колчаку...

— Нет, я не говорил о вас лично!.. Я...

— Это всё равно... Если бы они попали к Колчаку, то они так же жестоко и бессмысленно исполняли бы то дело, какое угодно было Колчаку? Но это же совсем неверно!.. — И Левинсон стал привычными словами разъяснять, почему это кажется ему неверным.

Но чем дальше он говорил, тем яснее ему становилось, что он тратит слова впустую. По тем отрывистым замечаниям, которые вставлял Мечик, он чувствовал, что нужно бы было говорить о чём-то другом, более основном и изначальном, к чему он сам не без труда подошёл в своё время и что вошло теперь в его плоть и кровь. Но об этом не было возможности говорить теперь, потому что каждая минута сейчас требовала от людей уже осмысленного и решительного действия.

— Ну, что ж с тобой сделаешь, — сказал он наконец с суровой и доброй жалостью,— пеняй тогда сам на себя. А идти тебе некуда. Глупо. Убьют тебя, и всё... Лучше подумай как следует, особенно над тем, что я сказал... Об этом не вредно подумать...

— Я только об этом и думаю, — глухо сказал Мечик, и прежняя нервная сила, заставлявшая его говорить так много и смело, сразу покинула его.

— А главное — не считай своих товарищей хуже себя. Они не хуже, нет...— Левинсон достал кисет и медленно стал свёртывать папироску.

Мечик с вялой тоской наблюдал за ним.

— А затвор ты замкни всё-таки, — сказал вдруг Левинсон, и видно было, что он во всё время их разговора помнил о раскрытом затворе. — Пора бы уж привыкнуть к таким вещам — не дома. — Он чиркнул спичкой, и на мгновение выступили из темноты его полузакрытые веки с длинными ресницами, тонкие ноздри, бесстрастная рыжая борода. — Да, как кобыла твоя? Ты всё на ней ездишь?

— На ней...

Левинсон подумал.

— Вот что: завтра я тебе Нивку дам, знаешь? Пика на ней ездил... А Зючиху начхозу сдашь. Сойдёт?

—, Сойдёт, — грустно сказал Мечик.

«Экий непроходимый путаник»,[183] думал потом Левинсон, мягко и осторожно ступая в тёмную траву и часто пыхая цигаркой. Он был немножко взволнован всем этим разговором. Он думал о том, как Мечик всё-таки слаб, ленив, безволен и как же на самом деле безрадостно, что в стране плодятся ещё такие люди — никчёмные и нищие. «Да, до тех пор пока у нас, на нашей земле, — думал Левинсон, заостряя шаг и чаще пыхая цигаркой, — до тех пор пока миллионы людей живут ещё в грязи и бедности, по медленному, ленивому солнцу, пашут первобытной сохой, верят в злого и глупого бога — до тех пор могут рождаться на ней такие ленивые и безвольные люди, такой никчёмный пустоцвет...»

И Левинсон волновался, потому что всё, о чём он думал, было самое глубокое и важное, о чём он только мог думать, потому что в преодолении этой скудости и бедности заключался основной смысл его собственной жизни, потому что не было бы никакого Левинсона, а был бы кто-то другой, если бы не жила в нём огромная, не сравнимая ни с каким другим желанием жажда нового, прекрасного, сильного и доброго человека. Но какой может быть разговор о новом, прекрасном человеке до тех пор, пока громадные миллионы вынуждены жить такой первобытной и жалкой, такой немыслимо скудной жизнью.

«Но неужели и я когда-нибудь был такой или похожий?» — думал Левинсон, мысленно возвращаясь к Мечику. И он пытался представить себя таким, каким он был в детстве, в ранней юности, но это давалось ему с трудом: слишком прочно и глубоко залегли — и слишком значительны для него были — напластования последующих лет, когда он был уже тем Левинсоном, которого все знали именно как *Левичсона*, как человека, всегда идущего во главе.

Он только и смог вспомнить старинную семейную фотографию, где тщедушный еврейский мальчик — в чёрной курточке, с большими наивными глазами — глядел с удивительным, недетским упорством в то место, откуда, как ему сказали тогда, должна была вылететь красивая птичка. Она так и не вылетела, и, помнится, он чуть не заплакал от разочарования. Но как много понадобилось еще таких разочарований, чтобы окончательно убедиться в том, что «так не бывает»!

И когда он действительно убедился в этом, он понял, какой неисчислимый вред приносят людям лживые басни о красивых птичках, — о птичках, которые должны откуда-то вылететь и которых многие бесплодно ожидают всю свою жизнь... Нет, он больше не нуждался в них! Он беспощадно задавил в себе бездейственную, сладкую тоску по ним — все, что осталось в наследство от ущемлённых поколений, воспитанных на лживых баснях о красивых птичках!.. «Видеть всё так, как оно есть, — для того чтобы изменять то, что есть, приближать то, что рожда́ется и должно́ быть», — вот к како́й — са́мой просто́й и са́мой нелёгкой — му́дрости пришёл Левинсо́н.

«...Нет, всё-таки я был кре́пкий па́рень, я был мно́го кре́пче его́, — ду́мал он тепе́рь с необъясни́мым, ра́достным торжество́м, кото́рого никто́ не мог бы поня́ть, да́же предположи́ть в нём, — я не то́лько мно́гого хоте́л, но я мно́гое мог — в э́том всё де́ло...» Он шёл, уже́ не разбира́я доро́ги, и холо́дные роси́стые ве́тви освежа́ли его́ лицо́, он чу́вствовал прили́в необыкнове́нных сил, вздыма́вших его́ на недосяга́емую высоту́, и с э́той обши́рной, земно́й, челове́ческой высоты́ он госпо́дствовал над свои́ми неду́гами, над сла́бым свои́м те́лом...

Когда́ Левинсо́н вы́шел к ла́герю, костры́ уже́ повя́ли, дзева́льный бо́льше не улыба́лся — слы́шно бы́ло, как он во́зится где́-то с ло́шадью, приглушённо руга́ясь. Левинсо́н пробра́лся к своему́ костру́; костёр едва́ тлел, во́зле него́ кре́пким и безмяте́жным сном спал Бакла́нов, заку́тавшись в шине́ль. Левинсо́н подложи́л сухо́й травы́ и хво́росту и разду́л пла́мя. От си́льного напряже́ния у него́ закружи́лась голова́. Бакла́нов почу́вствовал тепло́, заворо́чался и зачмо́кал во сне, — лицо́ его́ бы́ло откры́то, гу́бы по-де́тски вы́пячены, фура́жка, прижа́тая виско́м, стоя́ла торчмя́, и весь он походи́л на большо́го, сы́того и до́брого щенка́. «Ишь ты», — любо́вно поду́мал Левинсо́н и улыбну́лся; по́сле разгово́ра с Ме́чиком почему́-то осо́бенно прия́тно бы́ло смотре́ть на Бакла́нова.

Пото́м он, кряхтя́, улёгся ря́дом, и то́лько закры́л глаза́ — закружи́л, закача́лся, поплы́л куда́-то, не чу́вствуя своего́ те́ла, пока́ не у́хнул сра́зу в бездо́нную чёрную я́му.

XIV

РАЗВЕ́ДКА МЕТЕ́ЛИЦЫ

Отправля́я Мете́лицу в разве́дку, Левинсо́н наказа́л ему́ во что бы то ни ста́ло верну́ться э́той же но́чью. Но дере́вня, куда́ по́слан был взво́дный, на са́мом де́ле лежа́ла мно́го да́льше, чем предполага́л Левинсо́н: Мете́лица поки́нул отря́д о́коло четырёх часо́в пополу́дни и на со́весть гнал жеребца́, согну́вшись над ним, как хи́щная пти́ца, жесто́ко и ве́село раздува́я то́нкие но́здри, то́чно опьянённый э́тим бе́шеным бе́гом по́сле пяти́ медлительных и скучных дней,— но до самых сумерек бежала вслед, не убывая, осенняя тайга — в шорохе трав, в холодном и грустном свете умирающего дня. Уже совсем стемнело, когда он выбрался наконец из тайги и придержал жеребца возле старого и гнилого, с провалившейся крышей омшаника, как видно давным-давно заброшенного людьми.

Он привязал лошадь и, хватаясь за рыхлые, осыпающиеся под руками, края сруба, взобрался на угол, рискуя провалиться в тёмную дыру, откуда омерзительно и жутко пахло осклизлым деревом и задушенными травами. Приподнявшись на цепких полусогнутых ногах, стоял он минут десять не шелохнувшись, зорко вглядываясь и вслушиваясь в ночь, не видный на тёмном фоне леса и ещё более похожий на хищную птицу. Перед ним лежала хмурая долина в тёмных стогах и рощах, зажатая двумя рядами сопок, густо черневших на фоне неласкового звёздного неба.

Метелица впрыгнул в седло и выехал на дорогу. Её чёрные, давно не езженные колеи едва проступали в траве. Тонкие стволы берёз тихо белели во тьме, как потушенные свечи.

Он поднялся на бугор: слева по-прежнему шла чёрная гряда сопок, изогнувшаяся, как хребет гигантского зверя; шумела река. Вёрстах в двух, должно быть возле самой реки, горел костёр, — он напомнил Метелице о сиром одиночестве пастушьей жизни; дальше, пересекая дорогу, тянулись жёлтые, немигающие огни деревни. Линия сопок справа отворачивала в сторону, теряясь в синей мгле; в этом направлении местность сильно понижалась. Как видно, там пролегало старое речное русло; вдоль него чернел угрюмый лес.

«Болото там, не иначе»,[185] — подумал Метелица. Ему стало холодно: он был в расстёгнутой солдатской фуфайке поверх гимнастёрки с оторванными пуговицами, с распахнутым воротом. Он решил ехать сначала к костру. На всякий случай вынул из кобуры револьвер и сунул за пояс под фуфайку, а кобуру спрятал в сумку за седлом. Винтовки с ним не было. Теперь он походил на мужика с поля: после германской войны многие ходили так, в солдатских фуфайках.

Он был уже совсем близко от костра, — вдруг конское тревожное ржание раздалось во тьме. Жеребец рва-

нулся и, вздрагивая могучим телом, прядая ушами, завторил страстно и жалобно. В то же мгновение у огня
качнулась тень. Метелица с силой ударил плетью и
взвился вместе с лошадью.

У костра, вытаращив испуганные глазенки, держась
одной рукой за кнут, а другую, в болтающемся рукаве,
приподняв, точно защищаясь, стоял худенький черного-
ловый мальчишка — в лаптях, в изорванных штанишках,
в длинном, не по росту, пиджаке, обёрнутом вокруг тела
и подпоясанном пенькой. Метелица свирепо осадил жеребца перед самым носом мальчишки, едва не задавив
его, и хотел уже крикнуть ему что-то повелительное и
грубое, как вдруг увидел перед собой эти испуганные
глаза над болтающимся рукавом, штанишки с просвечи-
вающими голыми коленками и этот убогий, с хозяйского
плеча, пиджак,[186] из которого так виновато и жалко смотрела тонкая и смешная детская шея...

— Чего же ты стоишь?.. Напугался? Ах ты воробей,
воробей, — вот дурак-то тоже! — смутившись, заговорил
Метелица невольно с той ласковой грубостью, с которой
никогда не говорил с людьми, а только с лошадьми. —
Стоит — и крышка!.. А ежели б задавил тебя?.. Ах, вот
дурак-то тоже! — повторил он, размягчаясь вовсе, чувствуя, как при виде этого мальчишки и всей этой убого-
сти пробуждается в нём что-то — такое же жалкое,
смешное, детское... Мальчишка от испугу едва перевёл
дух и опустил руку.

— А чего ж ты налетел, как бузуй?[187] — сказал он, стараясь говорить резонно и независимо, как взрослый, но
все еще робея. — Напужался — тут у меня кони...

— Ко-они? — насмешливо протянул Метелица. —
Скажите на милость![188] Он упёрся в бока, откинулся назад, рассматривая парнишку, прищурившись и чуть пошевеливая атласными подвижными бровями, и вдруг засмеялся так откровенно громко, на таких высоких добрых и весёлых нотах, что даже сам удивился, как это вы-
ходят из него такие звуки.

Парнишка смущённо, недоверчиво шмыгнул носом,
но, поняв, что страшного ничего нет, а всё, наоборот, выходит ужасно весело, сморщился так, что нос его вздёр-
нулся кверху, и тоже— совсем по-детски— залился озор-
но и тоненько. От неожиданности Метелица прыснул
еще громче, и оба они, невольно подзадоривая друг

108

друга, хохотали так несколько минут: один — раскачиваясь на седле взад и вперёд, поблёскивая огненными от костра зубами, а другой — упав на задницу, упёршись в землю ладонями и откидываясь назад всем телом при каждом новом взрыве.

— Ну, и насмешил, хозяин! — сказал наконец Метелица, выпрастывая ногу из стремени. — Чудак ты, право... — Он соскочил на землю и протянул руку к огню.

Парнишка, перестав смеяться, смотрел на него с серьёзным и радостным изумлением, как будто ждал от него ещё самых неожиданных чудачеств.

— И весёлый же ты, дьявол, — выговорил он наконец раздельно и чётко, словно подвёл окончательный итог своим убеждениям.

— Я-то? — усмехнулся Метелица. — Я, брат, весёлый...

— А я так напужался, — сознался парнишка. — Кони тут у меня. А я картошку пеку...

— Картошку? Это здорово!.. — Метелица уселся рядом, не выпуская из руки уздечки. — Где ж ты берёшь ее, картошку?

— Вона, где берёшь... Да тут ее гибель! — И парнишка повёл руками вокруг.

— Воруешь, значит?

— Ворую... Давай я подержу коня-то... Или жеребец у тебя?.. Да я, брат, не упущу, не бойся... Хороший жеребец, — сказал парнишка, опытным взглядом окинув ладную, худую, с подтянутым животом, и мускулистую фигуру жеребца.[189] — А откуль сам?

— Ничего жеребец, — согласился Метелица. — А ты откуда?

— А вон, — кивнул мальчишка в сторону огней. — Ханихеза[190] — село наше... Сто двадцать дворов, как одна копеечка, — повторил он чьи-то чужие слова и сплюнул.

— Так... А я с Воробьёвки за хребтом. Может, слыхал?

— С Воробьёвки? Не, не слыхал, — далеко, видать...

— Далеко.

— А к нам зачем?

— Да как сказать... Это, брат, долго рассказывать... Коней думаю у вас куповать, коней, говорят, у вас тут много... Я, брат, их люблю, коней-то, — проникновенно-

109

хитро сказал Метелица, — сам всю жизнь пас, только
чужих.
— А я, думаешь, своих? Хозяйские...
Парнишка выпростал из рукава худую грязную ру-
чонку и кнутовищем стал раскапывать золу, откуда за-
манчиво и ловко покатились черные картофелины.
— Может, ты ись хочешь? — спросил он. — У меня
и хлеб е, ну — мало...
— Спасибо, я только что нажрался — вот! — соврал
Метелица, показав по самую шею и только теперь почувствовав, как сильно ему хочется есть.
Парнишка разломил картофелину, подул на неё, сунул в рот половину вместе с кожурой, повернул на языке
и с аппетитом стал жевать, пошевеливая острыми ушка-
ми. Прожевав, он посмотрел на Метелицу и так же раздельно и чётко, как раньше определил его весёлым человеком, сказал:
— Сирота я, полгода уж, как сирота. Тятьку у меня
казаки вбили,[191] а мамку изнасилили и тоже вбили, а брата тоже...
— Казаки? — встрепенулся Метелица.
— А как же? Вбили почём зря.[192] И двор весь попали-
ли, да не у нас одних, а дворов двенадцать, не мене, и
каждый месяц наезжают, сейчас тоже человек сорок
стоит. А волостное село за нами,[193] Ракитное, так там
цельный полк всё лето стоит. Ох, и лютуют! Бери кар-
тошку-то...
— Как же вы так — и не бежали?.. Вон лес у вас какой... — Метелица даже привстал.
— Что ж лес? Век в лесу не просидишь. Да и болота
там — не вылезешь — такое бучило...
«Как угадал», — подумал Метелица, вспомнив свои
предположения.
— Знаешь что, — сказал он, подымаясь, — попаси-ка
коня моего,[194] а я в село пешком схожу. У вас, я вижу, тут
не то что купить, а и последнее отберут...
— Что ты скоро так? Сиди!.. — сказал пастушонок,
сразу огорчившись, и тоже встал. — Одному скушно
тут, — пояснил он жалостным голосом, глядя на Метелицу большими просящими и влажными глазами.
— Нельзя, брат, — Метелица развёл руками,— самое
разведать, пока темно... Да я вернусь скоро, а жеребца
спутаем... Где у них там самый главный стоит?

Парнишка объяснил, как найти избу, где стоит начальник эскадрона, и как лучше пройти задами.

— А собак у вас много?

— Собак — хватает, да они не злые.

Метелица, спутав жеребца и попрощавшись, двинулся по тропинке вдоль реки. Парнишка с грустью смотрел
ему вслед, пока он не исчез во тьме. Через полчаса Метелица был под самым селом. Тропинка отвернула вправо,
но он, по совету пастушонка, продолжал идти по скошен-
ному лугу, пока не натолкнулся на прясло, огибавшее
мужицкие огороды, — дальше пошёл задами. Село уже
спало; огни потухли; чуть видны были при свете звёзд
тёплые соломенные крыши хатёнок в садах, пустых и ти-
хих; с огородов шёл запах вскопанной сырой земли.

Метелица, миновав два переулка, свернул в третий.
Собаки провожали его неверным хриплым лаем, точно
напуганные сами, но никто не вышел на улицу, не окликнул его. Чувствовалось, что здесь привыкли ко всему,
привыкли и к тому, что незнакомые, чужие люди бродят
по улицам, делают что хотят. Не видно было даже обыч-
ных в осеннее время, когда по деревням справляют
свадьбы, шушукающихся парочек: в густой тени под
плетнями никто не шептал о любви в эту осень.

Руководствуясь приметами, которые дал ему пастушонок, он прошёл ещё несколько переулков, кружа возле церкви, и наконец упёрся в крашеный забор поповского сада. (Начальник эскадрона стоял в доме попа.) Метелица заглянул внутрь, пошарил глазами, прислушался
и, не найдя ничего подозрительного, бесшумно перемах-
нул через забор.

Сад был густой и ветвистый, но листья уже опали.
Метелица, сдерживая могучий трепет сердца, почти не
дыша пробирался вглубь. Кусты вдруг оборвались, пе-
ресеченные аллеей, и саженях в двадцати, налево от себя, он увидел освещённое окно. Оно было открыто. Там
сидели люди. Ровный мягкий свет струился по опавшей
листве, и яблони, отсвеченные по краям, стояли в нём
странные и золотые.

«Вот оно!» — подумал Метелица, нервно дрогнув щекой, и вспыхнув, и загораясь весь тем жутким, неотвра-
тимым чувством бесстрашного отчаяния, которое толка-
ло его обычно на самые безрассудные подвиги: ещё раздумывая, нужно ли кому-нибудь, чтобы он подслушал

разговор этих людей в освещённой комнате, он знал, в сущности, что не уйдёт отсюда до тех пор, пока не сделает этого. Через несколько минут он стоял за яблоней под самым окном, жадно вслушиваясь и запоминая всё, что творилось там.

Их было четверо, они играли в карты за столом, в глубине комнаты. По правую руку сидел маленький старый попик в прилизанных волосиках и юркий на глаз, — он ловко сновал по столу худыми, маленькими ручками, неслышно перебирая карты игрушечными пальцами и стараясь заскочить глазами под каждую,¹⁹⁵ так что сосед его, сидевший спиной к Метелице, принимая сдачу, просматривал её боязно и торопливо и тотчас же прятал под стол. Лицом к Метелице сидел красивый, полный, ленивый и, как видно, добродушный офицер с трубкой в зубах, — должно быть, из-за его полноты Метелица принял его за начальника эскадрона. Однако во всё последующее время он, по необъяснимым для себя причинам, интересовался больше четвёртым из игравших — с лицом обрюзглым и бледным и с неподвижными ресницами, тот был в чёрной папахе и в бурке без погон, в которую кутался каждый раз после того, как сбрасывал карту.

Вопреки тому, что ожидал услышать Метелица, они говорили о самых обыкновенных и неинтересных вещах: добрая половина разговора вертелась вокруг карт.

— Восемьдесят играю, — сказал сидевший к Метелице спиной.

— Слабо, ваше благородие, слабо, — отозвался тот, что был в чёрной папахе. — Сто втёмную, — добавил он небрежно.

Красивый и полный, прищурившись, проверил свои и, вынув трубку, поднял до ста пяти.

— Я пас, — сказал первый, отворачиваясь к попику, который держал прикуп.

— Я так и думал... — усмехнулась чёрная папаха.

— Разве я виноват, если карты не идут? — оправдываясь, говорил первый, обращаясь за сочувствием к попику.

— По маленькой, по маленькой, — шутил попик, сожмуриваясь и посмеиваясь мелко-мелко, точно желая подчеркнуть таким мелким смешком всю незначительность игры своего собеседника. — А двести два очка уже списа́ли-с... зна́ем мы вас!.. — И он с неи́скренней ла́сковой хитрецо́й погрози́л па́льчиком.

«Вот гни́да», — поду́мал Мете́лица.

— Ах, и вы пас? — переспроси́л по́пик лени́вого офице́ра. — Пожа́луйте прику́п-с, — сказа́л он чёрной папа́хе и, не раскрыва́я карт, су́нул их ей.

В тече́ние мину́ты они с ожесточе́нием шлёпали по столу́, пока́ чёрная папа́ха не проигра́ла. «А задава́лся, ры́бий глаз», — презри́тельно поду́мал Мете́лица, не зна́я — уходи́ть ли ему́ или подожда́ть ещё. Но он не смог уйти́, потому́ что проигра́вший поверну́лся к окну́, и Мете́лица почу́вствовал на себе́ пронзи́тельный взгляд, засты́вший в стра́шной немига́ющей то́чности.

Тем вре́менем сиде́вший спино́й к окну́ на́чал тасова́ть ка́рты. Он де́лал э́то стара́тельно и эконо́мно, как мо́лятся не о́чень дре́вние стару́шки.

— А Нечита́йлы нет, — зева́я, сказа́л лени́вый. — Как ви́дно, с уда́чей. Лу́чше бы и я с ним пошёл...

— Вдвоём? — спроси́ла папа́ха, отверну́вшись от окна́. — Она́ бы сдю́жила! — доба́вила она́, скриви́вшись.

— Ва́сенка-то? — переспроси́л по́пик.— У-у... она́ бы сдю́жила!.. Тут у нас здоро́венный псало́мщик был — да ведь я вам расска́зывал... Ну, то́лько Серге́й Ива́нович не согласи́лся б. Никогда́-с... Зна́ете, что он мне вчера́ по секре́ту сказа́л? «Я, говори́т, её с собо́й возьму́, я, говори́т, на ней и жени́ться не побою́сь, я, говори́т...» Ой! — вдруг воскли́кнул по́пик, закрыва́я рот ладо́шкой и хи́тро поблёскивая свои́ми у́мненькими гла́зками. — Вот па́мять! И не хоте́л, да проговори́лся. Ну, чур не выдава́ть![196] И он с мни́мым испу́гом замаха́л ладо́шками. И хотя́ все так же, как Мете́лица, ви́дели неи́скренность и скры́тую уго́дливость ка́ждого его́ сло́ва и движе́ния, никто́ не сказа́л ему́ об э́том, и все засмея́лись.

Мете́лица, согну́вшись и пя́тясь бо́ком, поле́з от окна́. Он то́лько сверну́л в попере́чную алле́ю, как вдруг лицо́м к лицу́ столкну́лся с челове́ком в каза́чьей шине́ли, набро́шенной на одно́ плечо́, — позади́ него́ видне́лись ещё дво́е.

— Ты что тут де́лаешь? — удивлённо спроси́л э́тот челове́к, бессозна́тельным движе́нием придержа́в шине́ль, чуть не упа́вшую, когда́ он наткну́лся на Мете́лицу.

Взво́дный отпры́гнул и бро́сился в кусты́.

— Стой! Держи́ его́! Держи́! Сюда́!.. Эй! — закрича́ло

несколько голосов. Резкие, короткие выстрелы затрещали вслед.

Метелица, путаясь в кустах и потеряв фуражку, рвался наугад, но голоса стонали, выли уже где-то впереди, и злобный собачий лай доносился с улицы.

— Вот он, держи! — крикнул кто-то, бросаясь к Метелице с вытянутой рукой. Пуля визгнула у самого уха. Метелица тоже выстрелил. Человек, бежавший на него, споткнулся и упал.

— Врёшь, не поймаешь... — торжественно сказал Метелица, до самой последней минуты действительно не веривший в то, что его смогут скрутить.

Но кто-то большой и грузный навалился на него сзади и подмял под себя. Метелица попытался высвободить руку, но жестокий удар по голове оглушил его...

Потом его били подряд, и, даже потеряв сознание, он чувствовал на себе эти удары ещё и ещё...

В низине, где спал отряд, было темновато и сыро, но из оранжевого прогала за Хаунихёдзой глядело солнце, и день, пахнувший осенним тлением, занялся над тайгой.

Дневальный, прикорнувший возле лошадей, заслышал во сне настойчивый, монотонный звук, похожий на далёкую пулемётную дробь, и испуганно вскочил, схватившись за винтовку. Но это стучал дятел на старой ольхе возле реки. Дневальный выругался и, ёжась от холода, кутаясь в дырявую шинель, вышел на прогалину. Никто не проснулся больше: люди спали глухим, безликим и безнадёжным сном, каким спят голодные, измученные люди, которым ничего не сулит новый день.

«А взводного нет всё... нажрался, видать, и дрыхнет где в избе, а тут не евши сиди»,[197] подумал дневальный. Обычно он не меньше других восхищался и гордился Метелицей, но теперь ему казалось, что Метелица довольно подлый человек и напрасно его сделали взводным командиром. Дневальному сразу не захотелось страдать тут, в тайге, когда другие, вроде Метелицы, наслаждаются всеми земными радостями, но он не решался потревожить Левинсона без достаточных оснований и разбудил Бакланова.

— Что?.. Не приехал?..— завозился Бакланов, таращя спросонья ничего не понимающие глаза. — Как не приехал?!—закричал он вдруг, всё ещё не придя в себя, но поняв уже, о чем идёт речь, и испугавшись этого. — Нет, да ты, братец, оставь, не может этого быть... Ах, да! Ну, буди Левинсона. — Он вскочил, быстрым движением перетянул ремень, собрав к переносью заспанные брови, сразу весь отвердел и замкнулся.

Левинсон, как ни крепко он спал, услышав свою фамилию, тотчас же открыл глаза и сел. Взглянув на дневального и Бакланова, он понял, что Метелица не приехал и что уже давно пора выступать. В первую минуту он почувствовал себя настолько усталым и разбитым, что ему захотелось зарыться с головой в шинель и снова заснуть, забыв о Метелице и о своих недугах. Но в ту же минуту он стоял на коленях и, свёртывая скатку, отвечал сухим и безразличным тоном на тревожные расспросы Бакланова.

— Ну и что ж такого? Я так и думал... Конечно, мы встретим его по дороге.

— А если не встретим?

— Если не встретим?.. Слушай, нет ли у тебя запасного шнурка на скатку?

— Вставай, вставай, кобылка! Даёшь деревню![198] — кричал дневальный, ногами расталкивая спящих. Из травы подымались всклокоченные партизанские головы, и вдогонку дневальному летели первые, недоделанные спросонья матюки, — в хорошее время Дубов называл такие «утренниками».[199]

— Злые все, — задумчиво сказал Бакланов.— Жрать хотят...

— А ты? — спросил Левинсон.

— Что — я?.. Обо мне разговору нет. — Бакланов насупился. — Как ты, так и я — точно не знаешь...

— Нет, я знаю, — сказал Левинсон с таким мягким и кротким выражением, что Бакланов впервые внимательно присмотрелся к нему.

— А ты, брат, похудел, — сказал он с неожиданной жалостью. — Одна борода осталась. Я бы на твоём месте...

— Идём-ка лучше умываться, — прервал его Левинсон, виновато и хмуро улыбнувшись.

Они прошли к реке. Бакланов снял обе рубахи и стал полоскаться. Видно было, что он не боялся холодной воды. Тело у него было крепкое, плотное, смуглое, точно литое, а голова круглая и добрая, как у ребёнка, и мыл он её тоже каким-то наивным ребячьим движением — поливал из ладони и растирал одной рукой.

«О чём-то я много говорил вчера и что-то обещал, и как-то неладно теперь», — подумал вдруг Левинсон, смутно и с неприязнью вспомнив вчерашний разговор с Мечиком и свои мысли, связанные с этим разговором. Не то чтобы они показались ему неправильными теперь, то есть не выражавшими того, что происходило в нём на самом деле, — нет, он чувствовал, что это были довольно правильные, умные, интересные мысли, и всё-таки он испытывал теперь смутное недовольство, вспоминая их. «Да, я обещал ему другую лошадь... Но разве в этом может быть что-нибудь неладное? Нет, я поступил бы так и сегодня, — значит, тут всё в порядке... Так в чём же дело?.. А дело в том...»

— Что ж ты не умываешься? — спросил Бакланов, кончив полоскаться и докрасна растираясь грязным полотенцем. — Холодная вода. Хорошо!

«...А дело в том, что я болен и с каждым днём всё хуже владею собой», — подумал Левинсон, спускаясь к воде.

Умывшись, перепоясавшись и ощутив на бедре привычную тяжесть маузера, он почувствовал себя всё-таки отдохнувшим за ночь.

«Что случилось с Метелицей?» Эта мысль теперь целиком овладела им.

Левинсон никак не мог представить себе Метелицу не двигающимся и вообще не живущим. Он всегда испытывал к этому человеку смутное влечение и не раз замечал, что ему приятно бывает ехать рядом с ним, разговаривать или даже просто смотреть на него. Метелица нравился ему не за какие-либо выдающиеся общественно-полезные качества, которых у него было не так уж много и которые в гораздо большей степени были свойственны самому Левинсону, а Метелица нравился ему за ту необыкновенную физическую цепкость, животную, жизненную силу, которая била в нём неиссякаемым ключом и которой самому Левинсону так не хватало. Когда он видел перед собой его быструю, всегда готовую к действию фигуру или знал, что Метелица находится где-то тут, рядом, он невольно забывал о собственной физической слабости, и ему казалось, что он может быть таки́м же кре́пким и неутоми́мым, как Мете́лица. Вта́йне он да́же горди́лся тем, что управля́ет таки́м челове́ком.

Мысль о том, что Мете́лица мог попа́сть в ру́ки врага́ — несмотря́ на то что сам Левинсо́н всё бо́льше укрепля́лся в ней, — пло́хо привива́лась лю́дям.[200] Ка́ждый истоми́вшийся партиза́н стара́тельно и боя́зливо гнал её от себя́, как са́мую после́днюю мысль, сули́вшую одни́ несча́стья и страда́нья, а потому́, очеви́дно, соверше́нно невозмо́жную. Наоборо́т, предположе́ние дневально́го, что взво́дный «нажра́лся и дры́хнет где-то в избе́» — как ни непохо́же э́то бы́ло на бы́строго и исполни́тельного Мете́лицу, — всё бо́льше собира́ло сторо́нников. Мно́гие откры́то ропта́ли на «по́длость и несозна́ние» Мете́лицы и надоеда́ли Левинсо́ну с тре́бованием неме́дленно выступи́ть ему́ навстре́чу. И когда́ Левинсо́н, с осо́бой тща́тельностью вы́полнив все бу́дничные дела́, в ча́стности переменив Ме́чику ло́шадь, о́тдал наконе́ц прика́з выступа́ть, — в отря́де наступи́ло тако́е ликова́ние, то́чно с э́тим прика́зом на са́мом де́ле ко́нчились вся́кие бе́ды и мыта́рства.

Они́ прое́хали час и друго́й, а взво́дный с лихи́м и смоли́стым чу́бом всё не пока́зывался на тропе́. Они́ прое́хали ещё сто́лько же, а взво́дного всё не́ было. И уже́ не то́лько Левинсо́н, но да́же са́мые отъя́вленные зави́стники и хули́тели Мете́лицы ста́ли сомнева́ться в счастли́вом исхо́де его́ пое́здки.

К таёжной опу́шке отря́д подходи́л в суро́вом и значи́тельном молча́нии.

XV

ТРИ СМЕ́РТИ

Мете́лица очну́лся в большо́м тёмном сара́е, — он лежа́л на го́лой сыро́й земле́, и пе́рвым его́ ощуще́нием бы́ло ощуще́ние э́той зя́бкой земляно́й сы́рости, пронизы́вающей те́ло. Он сра́зу вспо́мнил, что произошло́ с ним. Уда́ры, нанесённые ему́, ещё шуме́ли в голове́, во́лосы ссо́хлись в крови́, — он чу́вствовал э́ту запёкшуюся кровь на лбу и на щека́х.

Пе́рвая бо́лее или ме́нее офо́рмленная мысль, кото́рая пришла́ ему́ в го́лову, была́ мысль о том — нельзя́ ли уйти́. Мете́лица ника́к не мог пове́рить, что по́сле всего́, что он испытал в жизни, после всех подвигов и удач, сопутствовавших ему во всяком деле и прославивших его имя меж людей, — он будет в конце концов лежать и гнить, как всякий из этих людей. Он обшарил весь сарай, ощупал все дырочки, попытался даже выломать дверь — напрасные усилия!.. Он натыкался всюду на мёртвое, холодное дерево, а щели были так безнадёжно малы, что в них не проникал даже взгляд, — они с трудом пропускали тусклый рассвет осеннего утра.

Однако он шарил ещё и ещё, пока не осознал для себя с безвыходной, неумолимой точностью, что ему действительно не уйти на этот раз. И когда он окончательно убедился в этом, вопрос о собственной жизни и смерти сразу перестал интересовать его. И все его душевные и физические силы сосредоточились на том — совершенно незначительном с точки зрения его собственной жизни и смерти, но ставшем для него теперь самым важным — вопросе, каким образом он, Метелица, о котором до сих пор шла только лихая и бедовая слава, сможет показать тем людям, которые станут его убивать, что он не боится и презирает их.

Он не успел еще обдумать это, как за дверями послышалась возня, заскрипел засов, и вместе с серым, дрожащим и хилым утренним светом вошли в сарай два казака с оружием и в лампасах. Метелица, расставив ноги, прищурившись, смотрел на них.

Заметив его, они в нерешительности помялись у дверей, — тот, что был позади, беспокойно зашмыгал носом.

— Пойдём, землячок, — сказал наконец передний беззлобно, даже немного виновато.

Метелица, упрямо склонив голову, вышел наружу.

Через некоторое время он стоял перед знакомым ему человеком — в чёрной папахе и в бурке — в той самой комнате, в которую засматривал ночью из поповского сада. Тут же, подтянувшись в кресле, удивлённо, не строго поглядывая на Метелицу, сидел красивый, полный и добродушный офицер, которого Метелица принял вчера за начальника эскадрона. Теперь, рассмотрев обоих, он по каким-то неуловимым признакам понял, что начальником был как раз не этот добродушный офицер, а другой — в бурке.

— Можете идти, — отрывисто сказал этот другой, взглянув на казаков, остановившихся у дверей.

Они, неловко подталкивая друг друга, выбрались из комнаты.

— Что ты делал вчера в саду? — быстро спросил он, остановившись перед Метелицей и глядя на него своим точным, немигающим взглядом.

Метелица молча, насмешливо уставился на него, выдерживая его взгляд, чуть пошевеливая атласными чёрными бровями и всем своим видом показывая, что, независимо от того, какие будут задавать ему вопросы и как будут заставлять его отвечать на них, он не скажет ничего такого, что могло бы удовлетворить спрашивающих.

— Ты брось эти глупости, — снова сказал начальник, нисколько не сердясь и не повышая голоса, но таким тоном, который показывал, что он понимает всё, что происходит теперь в Метелице.

— Что же говорить зря? — снисходительно улыбнулся взводный.

Начальник эскадрона несколько секунд изучал его застывшее рябое лицо, вымазанное засохшей кровью.

— Оспой давно болел? — спросил он.

— Что? — растерялся взводный. Он растерялся потому, что в вопросе начальника не чувствовалось ни издевательства, ни насмешки, а видно было, что он просто заинтересовался его рябым лицом. Однако, поняв это, Метелица рассердился ещё сильней, чем если бы насмехались и издевались над ним: вопрос начальника точно пытался установить возможность каких-то человеческих отношений между ними.

— Что ж ты — здешний или прибыл откуда?

— Брось, ваше благородие!.. — решительно и гневно сказал Метелица, сжав кулаки и покраснев и едва сдерживаясь, чтобы не броситься на него. Он хотел ещё добавить что-то, но мысль, а почему бы и в самом деле не схватить сейчас этого чёрного человека с таким противно-спокойным, обрюзглым лицом, в неопрятной рыжеватой щетине и не задушить его, — мысль эта вдруг так ярко овладела им, что он, запнувшись на слове, сделал шаг вперёд, дрогнул руками, и его рябое лицо сразу вспотело.

— Ого! — в первый раз изумлённо и громко воскликнул этот человек, не отступив, однако, ни шагу назад и не спуская глаз с Метелицы.

Тот в нерешительности остановился, сверкнув зрачками. Тогда человек этот вынул из кобуры револьвер и потряс им перед носом Метелицы. Взводный овладел собой и, отвернувшись к окну, застыл в пренебрежительном молчании. После того, сколько ни грозили ему револьвером, суля самые ужасные кары в будущем, сколько ни упрашивали правдиво рассказать обо всём, обещая полную свободу, — он не произнёс ни единого слова, даже ни разу не посмотрел на спрашивающих.

В самом разгаре допроса легонько приоткрылась дверь и чья-то волосатая голова с большими испуганными и глупыми глазами просунулась в комнату.

— Ага, — сказал начальник эскадрона. — Собрались уже? Ну что ж — скажи ребятам, чтобы взяли этого молодца.

Те же два казака пропустили Метелицу во двор и, указав ему на открытую калитку, пошли вслед за ним. Метелица не оглядывался, но чувствовал, что оба офицера тоже идут позади. Они вышли на церковную площадь. Там, возле бревенчатой ктиторовой избы, толпился народ, оцепленный со всех сторон конными казаками.

Метелице казалось всегда, что он не любит и презирает людей со всей их скучной и мелочной суетой, со всем, что окружает их. Он думал, что ему решительно всё равно, как они относятся к нему и что говорят о нём, он никогда не имел друзей и не старался иметь их. Но вместе с тем всё самое большое и важное из того, что он делал в жизни, он, сам того не замечая, делал *ради* людей и *для* людей, чтобы они смотрели на него, гордились и восхищались им и прославляли его. И теперь, когда он вскинул голову, он вдруг не только взглядом, но всем сердцем охватил эту колеблющуюся, пёструю, тихую толпу мужиков, мальчишек, напуганных баб в панёвах, девушек в белых цветных платочках, бойких верховых с чубами, таких раскрашенных, подтянутых и чистеньких, как на лубочной картинке, — их длинные живые тени, плясавшие по мураве, и даже древние церковные купола над ними, облитые жидким солнцем, застывшие в холодном небе.

«Вот это да!» — чуть не воскликнул он, сразу весь распахнувшись, обрадовавшись этому всему — живому,

120

яркому и бедному, что двигалось, дышало и светило вокруг и трепетало в нём. И он быстрей и свободней пошёл вперёд лёгким звериным, не тяготеющим к земле шагом, раскачиваясь гибким телом, и каждый человек на площади обернулся к нему и тоже почувствовал, затаив дыхание, какая звериная и лёгкая, как эта поступь, сила живёт в его гибком и жадном теле.

Он прошёл сквозь толпу, глядя поверх неё, но чувствуя её молчаливое сосредоточенное внимание, и остановился у крыльца ктиторовой избы. Офицеры, обогнав его, взошли на крыльцо.

— Сюда, сюда, — сказал начальник эскадрона, указав ему место рядом. Метелица, разом перешагнув ступеньки, стал рядом с ним.

Теперь он был хорошо виден всем — тугой и стройный, черноволосый, в мягких оленьих улах, в расстёгнутой рубахе, перетянутой шнурком с густыми зелёными кистями, выпущенными из-под фуфайки,— с далёким хищным блеском своих летящих глаз, смотревших туда, где в сером утреннем дыму застыли величавые хребты.

— Кто знает этого человека? — спросил начальник, обводя всех острым, сверлящим взглядом, задерживаясь на секунду то на одном, то на другом лице.

И каждый, на ком останавливался этот взгляд, суетясь и мигая, опускал голову,— только женщины, не имея сил отвести глаза, смотрели на него немо и тупо, с трусливым и жадным любопытством.

— Никто не знает? — переспросил начальник, насмешливо подчеркнув слово «никто», точно ему было известно, что все, наоборот, знают или должны знать «этого человека». — Это мы сейчас выясним... Нечитайло! — крикнул он, сделав движение рукой в ту сторону, где на кауром жеребце гарцевал высокий офицер в длинной казачьей шинели.

Толпа глухо заволновалась, стоящие впереди обернулись назад, — кто-то в чёрной жилетке решительно проталкивался сквозь толпу, наклонив голову так, что видна была только его тёплая меховая шапка.

— Пропустите, пропустите! — говорил он скороговоркой, расчищая дорогу одной рукой, а другой ведя кого-то вслед.

Наконец он пробрался к самому крыльцу, и обнаружилось, что ведёт он худенького черноголового парниш-

ку в длинном пиджаке, боязливо упиравшегося и тара-
щившего чёрные глаза то на Метелицу, то на начальника
эскадрона. Толпа заволновалась громче, послышались
вздохи и сдержанный бабий говорок. Метелица посмотрел вниз и вдруг признал в черноголовом парнишке того
самого пастушонка — с напуганными глазами, с тонкой,
смешной и детской шеей, — которому он оставил вчера
свою лошадь.

Мужик, державший его за руку, снял шапку, обнару-
жив приплюснутую русую голову с пятнистой проседью
(точно его неровно посолили), и, поклонившись началь-
нику, начал было:

— Вот тут пастушок у меня...

Но, видимо, испугавшись, что не дослушают его, он
наклонился к парнишке и, указав пальцем на Метелицу,
спросил:

— Этот, что ли?

В течение нескольких секунд пастушонок и Метелица
смотрели прямо в глаза друг другу: Метелица —с делан-
ным равнодушием, пастушонок — со страхом, сочувствием и жалостью. Потом парнишка перевёл взгляд на начальника эскадрона, задержался на нём, на мгновенье
точно одеревенев, потом — на мужика, державшего его
за руку и выжидательно наклонившегося к нему, вздохнул глубоко и тяжко и отрицательно покачал головой...
Толпа, притихшая настолько, что слышно было, как возится телёнок в клети у церковного старосты, чуть ко-
лыхнулась и снова замерла...

— Да ты не бойся, дурачок, не бойся, — с ласковой
дрожью убеждал мужик, сам оробев и засуетившись, быстро тыча пальцем в Метелицу. — Кто же тогда, как не
он?.. Да ты признай, признай, не бо... а-а, гад!.. — со злобой оборвал он вдруг и изо всей силы дёрнул парнишку
за руку. — Да он, ваше благородие, кому ж другому
быть,[201]— заговорил он громко, точно оправдываясь и
униженно суча шапкой. — Только боится парень, а
кому же другому, когда в седле конь-то и кобура в
сумке... Наехал вечор на огонёк. «Попаси, говорит,
коня моего», — а сам в деревню; а парнишка-то не дождал — светло уж стало, — не дождал, да и пригнал коня,
а конь в седле, и кобура в сумке, — кому ж другому
быть?..

— Кто наехал? Какая кобура? — спросил начальник, тщетно пытаясь понять, о чём идёт речь. Мужик ещё растерянней засучил шапкой и, вновь сбиваясь и путаясь, рассказал о том, как его пастух пригнал утром чужого коня — в седле и с револьверной кобурой в сумке.

— Вот оно что, — протянул начальник эскадрона. — Так ведь он не признаёт? — сказал он, кивнув на парнишку. — Впрочем, давай его сюда — мы его допросим по-своему...

Парнишка, подталкиваемый сзади, приблизился к крыльцу, не решаясь, однако, взойти на него. Офицер сбежал по ступенькам, схватил его за худые, вздрагивающие плечи и, притянув к себе, уставился в его круглые от ужаса глаза своими — пронзительными и страшными...

— А-а... а!.. — вдруг завопил парнишка, закатив белки.

— Да что ж это будет? — вздохнула, не выдержав, какая-то из баб.

В то же мгновенье чьё-то стремительное и гибкое тело взметнулось с крыльца. Толпа шарахнулась, всплеснув многоруким туловищем, — начальник эскадрона упал, сбитый сильным толчком...

— Стреляйте в него!.. Да что же это такое? — закричал красивый офицер, беспомощно выставив ладонь, теряясь и глупея и забыв, как видно, что он сам умеет стрелять.

Несколько верховых ринулись в толпу, конями раскидывая людей. Метелица, навалившись на врага всем телом, старался схватить его за горло, но тот извивался как нетопырь, раскинув бурку, похожую на чёрные крылья, и судорожно цеплялся рукой за пояс, стараясь вытащить револьвер. Наконец ему удалось отстегнуть кобуру, и почти в то же мгновенье, как Метелица схватил его за горло, он выстрелил в него несколько раз подряд...

Когда подоспевшие казаки тащили Метелицу за ноги, он ещё цеплялся за траву, скрипел зубами, стараясь поднять голову, но она бессильно падала и волочилась по земле.

— Нечитайло! — кричал красивый офицер. — Собрать эскадрон!.. Вы тоже поедете? — учтиво спросил он начальника, избегая, однако, смотреть на него.

— Да.

— Лошадь командиру!..

Через полчаса казачий эскадрон в полном боевом снаряжении выехал из села и помчался кверху, по той дороге, по которой прошлой ночью ехал Метелица.

Бакланов, вместе со всеми испытывавший сильное беспокойство, наконец не выдержал.

— Слушай, дай я вперёд проеду, — сказал он Левинсону.— Ведь чёрт его знает на самом деле...

Он пришпорил коня и скорее даже, чем ожидал, выехал на опушку, к заросшему омшанику. Ему не понадобилось, однако, влезать на крышу, — не дальше как в полуверсте спускалось с бугра человек пятьдесят конных. Он разглядел, что это были регулярники — по их одинаковому обмундированию в жёлтых пятнах. Умерив своё нетерпение — скорей вернуться и предупредить об опасности (Левинсон мог вот-вот нагрянуть), Бакланов задержался, спрятавшись в кусты, желая проверить, не покажутся ли из-за бугра новые отряды. Никто не появился больше; эскадрон ехал шагом, расстроив ряды; судя по сбитой посадке людей и по тому, как мотали головами разыгравшиеся лошади, эскадрон только что шёл на рысях.

Бакланов повернулся обратно и чуть не налетел на Левинсона, выезжавшего на опушку. Он сделал знак остановиться.

— Много? — спросил Левинсон, выслушав его.

— Человек пятьдесят.

— Пехота?

— Нет, конные...

— Кубрак, Дубов, спешиться! — тихо скомандовал Левинсон. — Кубрак — на правый фланг, Дубов — на левый... Я тебе дам!.. — зашипел он вдруг, заметив, как какой-то партизан с подвязанной щекой повернул в сторону, заманивая и других. — На место! — И он погрозил ему плёткой.

Передав Бакланову командование взводом Метелицы и приказав ему остаться здесь, он спешился сам и пошёл впереди цепи, чуть ковыляя и размахивая маузером.

Не выходя из кустов, он положил цепь, а сам в сопровождении одного партизана пробрался к омшанику. Эскадрон был совсем близко. По жёлтым околышам и лампасам Левинсон узнал, что это были казаки. Он разглядел и командира в чёрной бурке.

— Скажи, пусть сюда ползут, — шепнул он партизану, — только пусть не встают, а то... Ну, чего смотришь? Живо!.. — И он подтолкнул его, нахмурив брови.

Хотя казаков было мало, Левинсон почувствовал вдруг сильное волнение, как в первый, давнишний период его военной деятельности.

В своей боевой жизни он различал два периода, не разделенных резкой чертой, но отличных для него по тем ощущениям, которые он сам в них испытывал.

В первое время, когда он, не имея никакой военной подготовки, даже не умея стрелять, вынужден был командовать массами людей, он чувствовал, что он не командует на самом деле, а все события развиваются независимо от него, помимо его воли. Не потому, что он нечестно выполнял свой долг, — нет, он старался дать самое большее из того, что мог, — и не потому, что он думал, будто отдельному человеку не дано влиять на события, в которых участвуют массы людей, — нет, он считал такой взгляд худшим проявлением людского лицемерия, прикрывающим собственную слабость таких людей, то есть отсутствие в них воли к действию, — а потому, что в этот первый, недолгий период его военной деятельности почти все его душевные силы уходили на то, чтобы превозмочь и скрыть от людей страх за себя, который он невольно испытывал в бою.

Однако он очень скоро привык к обстановке и достиг такого положения, когда боязнь за собственную жизнь перестала мешать ему распоряжаться жизнями других. И в этот второй период он получил возможность управлять событиями — тем полней и успешней, чем ясней и правильней он мог прощупать их действительный ход и соотношение сил и людей в них.

Но теперь он вновь испытывал сильное волнение, и он чувствовал, что это как-то связано с новым его состоянием, со всеми его мыслями о себе, о смерти Метелицы.

Пока подползала цепь, раскинувшаяся по кустам, он всё же овладел собою, и его маленькая собранная фигурка, с уверенными, точными движениями, по-прежнему предстала перед людьми как олицетворение некоего безошибочного плана, в который люди верили по привычке и по внутренней необходимости.

Эскадрон был уже так близко, что слышен был конский топот и сдержанный говор всадников,— можно было различить даже отдельные лица. Левинсон видел их выражения — особенно у одного красивого и полного офицера, только что выехавшего вперёд с трубкой в зубах и очень плохо державшегося в седле.

«Вот зверь, должно быть, — подумал Левинсон, задержавшись на нём взглядом и невольно приписывая этому красивому офицеру все те ужасные качества, которые обычно приписываются врагу. — Но как бьётся у меня сердце!.. Или стрелять уже? стрелять?.. Нет, возле той берёзы с ободранной корой... Но почему он так плохо держится?.. Ведь как же нело...»

— Взво-о-од! — закричал он вдруг тонким протяжным голосом (как раз в это мгновенье эскадрон поравнялся с берёзой с ободранной корбй).— Пли!..

Красивый офицер, услыхав первые звуки его голоса, удивлённо поднял голову. Но в ту же секунду фуражка слетела с его головы, и лицо его приняло невероятно испуганное и беспомощное выражение.

— Пли!.. — снова крикнул Левинсон и выстрелил сам, стараясь попасть в красивого офицера.

Эскадрон смешался; многие попадали на землю, но красивый офицер остался в седле, лошадь, оскаля зубы, пятилась под ним. В течение нескольких секунд растерявшиеся люди и лошади, вздымавшиеся на дыбы, бились на одном месте, крича что-то, неслышное из-за выстрелов. Потом из этой сумятицы вырвался отдельный всадник, в чёрной папахе и в бурке, и заплясал перед эскадроном, сдерживая лошадь напряжённым жестом, размахивая шашкой. Остальные, как видно, плохо повиновались ему, — некоторые уже мчались прочь, нахлёстывая лошадей; весь эскадрон ринулся за ними. Партизаны повскакали с мест,— наиболее азартные побежали вдогонку, стреляя на ходу.

— Лошадей!.. — кричал Левинсон.— Бакланов, сюда!.. По коням!..

Бакланов со свирепым, перекошенным лицом пронёсся мимо, вытянувшись всем телом, откинув понизу руку с шашкой, блестевшей, как слюда, — за ним с лязгом и гиком мчался взвод Метелицы, ощерившись оружием.

Вскоре весь отряд поскакал за ними.

Мечик, увлечённый общим потоком, мчался в центре этой лавины. Он не только не испытывал страха, но даже утерял всегда присущее ему свойство отмечать собственные мысли и поступки и расценивать их со стороны, — он только видел перед собою чью-то знакомую спину с чубатой головой, чувствовал, что Нивка не отстаёт от неё, что враг бежит от них, и вместе со всеми на совесть старался догнать врага и не отстать от знакомой спины.

Казачий эскадрон скрылся в берёзовой роще. Через некоторое время оттуда посыпались частые ружейные выстрелы, но отряд продолжал скакать, не только не замедляя хода, а ещё больше горячась и возбуждаясь от выстрелов.

Вдруг мохнатый жеребец, мчавшийся впереди Мечика, ткнулся мордой в землю, и знакомая спина, с чубатой головой, полетела вперёд, вытянув руки. Мечик вместе с другими обогнул что-то большое и чёрное, копошившееся на земле.

Не видя больше знакомой спины, он впился глазами в рощу, стремительно надвигавшуюся на него... Маленькая бородатая фигурка на вороном жеребце, что-то кричавшая и указывавшая шашкой, на одно мгновение мелькнула перед глазами... Несколько всадников, скакавших рядом, вдруг свернули влево, но Мечик, не сообразив, в чём дело, мчался в прежнем направлении, пока не влетел в рощу и чуть не разбился о стволы, расцарапав себе лицо о голые ветви. Он едва удержал Нивку, рвавшуюся, обезумев, через кусты.

Он был один — в мягкой берёзовой тиши, в золоте листьев и трав...

В то же мгновенье ему показалось, что роща кишит казаками. Он даже вскрикнул и не помня себя ринулся обратно, не обращая внимания, как острые колючие ветви хлещут гó по лицу...

Когда он снова выехал на поле, отряда не было. Шагах в двухстах от него лежал убитый конь со сбившимся седлом Возле, подогнув ноги, безнадёжно обхватив руками колени, прижатые к груди, не шевелясь, сидел человек. Это был Морозка.

Мечик, устыдясь своего страха, шагом подъехал к нему.

Мишка лежал на боку, оскалив зубы, выкатив большие, остекленевшие глаза, согнув передние ноги, с острыми копытами, точно он и мёртвый собирался скакать. Морозка смотрел мимо него блестящими, сухими, невидящими глазами.

— Морозка...— тихо позвал Мечик, остановившись против него и переполняясь вдруг слезливой доброй жалостью к нему и к этой мёртвой лошади.

Морозка не шевельнулся. Несколько минут они оставались так, не говоря ни слова, не меняя положений. Потом Морозка вздохнул, медленно разжал руки, встал на колени и, по-прежнему не глядя на Мечика, начал отстёгивать седло. Мечик, не решаясь больше заговорить, молча наблюдал за ним.

Морозка распустил подпруги — одна из них была разорвана,— он внимательно осмотрел оторванный, выпачканный в крови ремешок, повертел в руке и выбросил его. Потом, кряхтя, взвалил на спину седло и пошёл по направлению к роще, согнувшись и неловко ступая кривыми ногами.

— Давай я отвезу, или, хочешь, садись сам — я пешком пойду! — крикнул Мечик.

Морозка не оглянулся, только ещё ниже склонился под тяжестью седла.

Мечик, стараясь почему-то больше не попасться ему на глаза, сделал большой крюк влево и, когда обогнул рощу, увидел неподалёку село, раскинувшееся поперёк долины. В пространной низине, справа от него — до самого хребта, отвернувшего в сторону и затерявшегося в мутно-серой дали,— виднелся лес. Небо — такое чистое с утра — теперь висело низкое и невесёлое,— солнце едва проступало.

Шагах в пятидесяти лежало несколько зарубленных казаков. Один был ещё жив,— он с трудом приподнимался на руках и снова падал и стонал. Мечик далеко объехал его, стараясь не слышать его стонов. Из деревни, навстречу ему, ехало несколько конных партизан.

— У Морозки коня убили...— сказал Мечик, когда они поравнялись с ним.

Никто не ответил ему. Один окинул его подозрительным взглядом, словно хотел спросить: «А ты где был, когда мы тут бились?» Мечик, осунувшись, поехал дальше. Он был полон самых недобрых предчувствий...

Когда он въехал в село, многие из отряда уже разошлись по квартирам,— остальные толпились возле большой пятистенной избы, с высокими резными окнами. Левинсон, стоя на крыльце в сбившейся шапке, потный и пыльный, отдавал приказания. Мечик спешился возле забора, где стояли лошади.

— Откуда бог принёс? — насмешливо спросил отделённый.— По грибы ходил, что ли?

— Нет, я отбился,— сказал Мечик. Ему было всё равно теперь, что о нем подумают, но по привычке он оправдывался.— Я в рощу попал, вы, кажется, там влево свернули?

— Влево, влево! — радостно подтвердил один белобрысый партизанчик, с наивными ямочками и петушиным задорным хохолком на макушке.— Я кричал тебе, да ты не слышал, видать...— И он восторженно посмотрел на Мечика, как видно с удовольствием вспоминая все подробности дела. Мечик, привязав лошадь, сел рядом с ним.

Из переулка вышел Кубрак в сопровождении толпы мужиков,— они вели двоих со скрученными назад руками. Один был в чёрной жилетке и с несуразной, точно приплюснутой головой в неровной проседи, — он сильно трясся и просил. Другой — тщедушный попик в растерзанной ряске, сквозь которую виднелись его измятые штанишки с отвисшей мошонкой. Мечик заметил, что к поясу у Кубрака прицеплена серебряная цепочка — как видно, от креста.

— Этот, да? — бледнея, спросил Левинсон, указав пальцем на человека в жилетке, когда они подошли к крыльцу.

— Он... он самый!..— загудели мужики.

— И ведь такая мразь,— сказал Левинсон, обращаясь к Сташинскому, сидевшему рядом на перилах,— а Метелицы уже не воскресишь...— Он вдруг часто замигал и отвернулся и несколько секунд молча смотрел вдаль, стараясь отвлечься от воспоминаний о Метелице.

— Товарищи! милые!..— плакал арестованный, глядя то на мужиков, то на Левинсона собачьими, преданными глазами.— Да неужто ж я по охоте?..[202]Господи... Товарищи, милые...

Никто не слушал его. Мужики отворачивались.

— Чего уж там: всем сходом видели, как ты пастушонка неволил,— сурово сказал один, окинув его безразличным взглядом.

— Сам виноват...— подтвердил другой и, смутившись, спрятал голову.

— Расстрелять его,— холодно сказал Левинсон.— Только отведите подальше.

— А с попом как? — спросил Кубрак.— Тоже — сука... Офицерей годувал.

— Отпустите его,— ну его к чёрту!

Толпа, к которой присоединились и многие партизаны, хлынула вслед за Кубраком, потащившим человека в жилетке. Тот упирался, сучил ногами и плакал, вздрагивая нижней челюстью.

Чиж, в фуражке, испачканной чем-то нехорошим, но с нескрываемым победоносным видом, подошёл к Мечику.

— Вот ты где! — сказал обрадованно и гордо.— Эк тебя разукрасило![203] Пойдём пожрать куда-нибудь... Теперь они его разделают...— протянул он многозначительно и свистнул.

В избе, куда их пустили пообедать, было сорно и душно, пахло хлебом и шинкованной капустой. Весь угол у печки был завален грязными капустными кочнами. Чиж, давясь хлебом и щами, без умолку рассказывал о своих доблестях и то и дело поглядывал из-под бровей на тоненькую девушку с длинными косами, подававшую им. Она смущалась и радовалась. Мечик старался слушать Чижа, но всё время настораживался и вздрагивал от каждого стука.

— ...Вдруг он как обернётся[204] да на меня...— верещал Чиж, давясь и чавкая,— тут я его рраз!..

В это время звякнули стёкла и послышался отдалённый залп. Мечик, вздрогнув, уронил ложку и побледнел.

— Да когда же всё это кончится!..— воскликнул он в отчаянии и, закрыв лицо руками, вышел из избы.

«...Они убили его, этого человека в жилетке,— думал он, уткнувшись лицом в воротник шинели, лёжа где-то в кустах,— он даже не помнил, как забрался сюда.— Они убьют и меня рано или поздно... Но я и так не живу — я точно умер: я не увижу больше родных мне людей и этой милой девочки со светлыми кудрями, портрет которой я изорвал на мелкие клочки... А он, наверно, плакал, бедный человек в жилетке... Боже, зачем я изорвал её? И неужели я никогда не вернусь к ней? Как я несчастен!..»

Уже вечерело, когда он вышел из кустов с сухими глазами, с выражением страдания на лице. Где-то совсем рядом разливались пьяные голоса, играла гармонь. Он встретил у ворот тоненькую девушку с длинными косами,— она несла воду на коромысле, изогнувшись, как лозинка.

— Ох, и гуляет ваш один с хлопцами с нашими,[205]— сказала она, подняв тёмные ресницы, и улыбнулась.— Он як... чуете?[206] И в такт разухабистой музыке, летевшей из-за угла, она покачала своей милой головкой. Вёдра тоже качнулись, сплеснув воду,— девушка застыдилась и юркнула в калитку.

> А мы сами, каторжане,
> Того да-жидалися-а... —

разливался чей-то пьяный и очень знакомый Мечику голос. Мечик выглянул за угол и увидел Морозку с гармоньей и с растрепавшимся чубом, свисавшим ему на глаза, прилипавшим к его красному, потному лицу.

Морозка шёл посреди улицы с циничным развальцем, выставив вперёд и растягивая гармонь с таким — «от всей души» — выражением, точно он похабничал и тут же каялся; за ним шла орава таких же пьяных парней, без поясов и шапок. По бокам, крича и вздымая клубы пыли, бежали босоногие мальчишки, безжалостные и резвые, как чертенята.

— А-а... Друг мой любезный! — в пьяном лицемерном восторге закричал Морозка, увидев Мечика.— Куда же ты? Куда? Не бойся — бить не будем... Выпей с нами... Ах, душа с тебя вон — вместях пропадать будем![207]

Они всей толпой окружили Мечика, обнимали его, склоняли к нему свои добрые пьяные лица, обдавая его винным перегаром, кто-то совал ему в руку бутылку и надкушенный огурец.

— Нет, нет, я не пью,— говорил Мечик, вырываясь,— я не хочу пить...

— Пей, душа с тебя вон! — кричал Морозка, чуть не плача от весёлого исступления.— Ах, панихида... в кровь... в три-господа!..[208] Вместях пропадать!

— Только немножко, пожалуйста, ведь я не пью,— сказал Мечик, сдаваясь.

Он сделал несколько глотков. Морозка, расплеснув гармонь, запел хриповатым голосом, парни подхватили.

— Пойдём с нами,— сказал один, взяв Мечика под руку.— «...А я жи-ву ту-ута...» — прогнусил он какую-то наугад выхваченную строчку и прижался к Мечику небритой щекой.

И они пошли вдоль по улице, шутя и спотыкаясь, распугивая собак, проклиная до самых небес, нависших над ними беззвёздным темнеющим куполом, себя, своих родных, близких, эту неверную, трудную землю.

XVI

ТРЯСИНА

Варя, не участвовавшая в атаке (она оставалась в тайге с хозяйственной частью), приехала в село, когда все уже разбрелись по хатам. Она заметила, что захват квартир произошёл беспорядочно, сам собой: взводы перемешались, никто не знал, где кто находится, командиров не слушались,— отряд распался на отдельные, не зависящие одна от другой части.

Ей попался по дороге к селу труп убитого Морозкиного коня; но никто не мог ей сказать определённо, что случилось с Морозкой. Одни говорили, что он убит,— они видели это собственными глазами; другие — что он только ранен; третьи, ничего не зная о Морозке, с первых же слов начинали радоваться тому счастливому обстоятельству, что сами остались в живых. И всё это вместе взятое только усиливало то состояние упадка и безнадёжного уныния, в котором Варя находилась со времени её неудачной попытки примириться с Мечиком.

Намучившись и натерпевшись от бесконечных приставаний, от голода, от собственных дум и терзаний, не имея больше сил держаться на седле, чуть не плача, она отыскала наконец Дубова — первого человека, действительно обрадовавшегося и улыбнувшегося ей суровой сочувственной улыбкой.

И когда она увидела его постаревшее, нахмуренное лицо с грязными и чёрными, опущёнными книзу усами и все остальные окружавшие её знакомые, милые, грубые лица, тоже посеревшие, искраплённые навек угольной пылью,— сердце у неё дрогнуло от сладкой и горестной тоски, любви к ним, жалости к себе: они напомнили ей те молодые дни, когда она красивой и наивной девчонкой, с пышными косами, с большими и грустными глазами,

132

катáла вагонéтки по тёмным слезя́щимся штрéкам и тан- цевáла на вечеркáх, и они́ так же окружáли ее тогдá, эти лица, такие смешны́е и хотя́щие.

С того́ врéмени как она́ поссóрилась с Моро́зкой, она́ кáк-то совсéм оторвáлась от них, а мéжду тем э́то бы́ли единственные близкие ей лю́ди, шахтёры-коренники, ко- тóрые когдá-то жи́ли и рабóтали ря́дом и ухáживали за ней. «Как давнó я их не видáла, я вóвсе о них забы́ла... Ах, ми́лые мои́ дружки́!..» — подýмала она́ с любóвью и раскáянием, и у неё так слáдко заломи́ло в вискáх, что онá едвá удержáлась от слёз.

Тóлько однóму Дубову удалось на э́тот раз размести́ть взвод в поря́дке по сосéдним избáм. Его́ лю́ди несли́ ка- раýл за селóм, помогáли Левинсóну запасáть продовóль- ствие. В э́тот день кáк-то срáзу вы́яснилось то, что скры́то бы́ло рáньше в óбщем подъёме, в рáвных для всех бýд- нях,— что весь отря́д дéржится глáвным óбразом на взвó- де Дýбова.

Вáря узнáла от ребя́т, что Моро́зка жив и дáже не рáнен. Ей показáли его́ нóвого коня́, отби́того у бéлых. Это был гнедóй высóкий тонконóгий жеребéц с кóротко подстри́женной гри́вой и тóнкой шéей, отчего́ у негó был óчень невéрный предáтельский вид,— его́ ужé окрести́ли «Иýдой».

«Знáчит, он жив...— дýмала Вáря, рассéянно гля́дя на жеребцá.— Что ж, я рáда...»

Пóсле обéда, когдá она́, забрáвшись на сеновáл, ле- жáла однá в души́стом сéне, прислýшиваясь сквозь сон, не лéзет ли к ней ктó-нибудь «по стáрой дрýжбе»,— онá вновь с мя́гким сóнным и тёплым чýвством вспóмнила, что Моро́зка жив, и уснýла с э́той же мы́слью.

Проснýлась она́ внезáпно — в си́льной трéвоге; с оле- денéвшими рукáми. Ночь, сплошнáя, дви́жущаяся во тьме, гляде́ла под крышу. Холóдный вéтер шевели́л сéно, сту- чáл ветвя́ми, шелесте́л листья́ми в садý...

«Бóже мой, где же Моро́зка? где все остальны́е? — с трéпетом подýмала Вáря.— Неýжто я опя́ть остáлась однá, как были́нка,— здесь, в э́той чёрной я́ме?..» Она́ с лихорáдочной быстротóй и дрóжью, не попадáя в рукавá, надéла шинéль и бы́стро спусти́лась с сеновáла.

Óколо ворóт ма́ячил силуэ́т дневáльного.

— Это кто дневáлит? — спроси́ла она́, подходя́ бли́- же.— Кóстя?.. Моро́зка вернýлся, не знáешь?

— Выходит, ты на сеновале спала? — сказал Костя с досадой и разочарованием.— Вот не знал! Морозку не жди — загулял в дым: по коню поминки справляет... Холодно, да? Дай спичку...

Она отыскала коробок,— он закурил, прикрыв огонь большими ладонями, потом осветил ее:

— А ты сдала, молоденькая...— и улыбнулся.

— Возьми их себе...— Она подняла воротник и вышла за ворота.

— Куда ты?

— Пойду искать его!

— Морозку?.. Здорово!.. Может, я его заменю?

— Нет, навряд ли...

— Это с каких же таких пор?

Она не ответила. «Ну — свойская девка»,[210] — подумал дневальный.

Было так темно, что Варя с трудом различала дорогу. Начал накрапывать дождик. Сады шумели всё тревожней и глуше. Где-то под забором жалобно скулил продрогший щенок. Варя ощупью отыскала его и сунула за пазуху, под шинель,— он сильно дрожал и тыкался мордой. У одной из хат ей попался дневальный Кубрака,— она спросила, не знает ли он, где гуляет Морозка. Дневальный направил её к церкви. Она исходила полдеревни[211] без всякого результата и, расстроившись вконец, повернула обратно.

Она так часто сворачивала из одного переулка в другой, что забыла дорогу, и теперь шла наугад, почти не думая о цели своих странствований; только крепче прижимала к груди потеплевшего щенка. Прошло, наверное, не меньше часа, пока она попала на улицу, ведущую к дому. Она свернула в неё, хватаясь свободной рукой за плетень, чтобы не поскользнуться, и, сделав несколько шагов, чуть не наступила на Морозку.

Он лежал на животе, головой к плетню, подложив под голову руки, и чуть слышно стонал,— как видно, его только что рвало. Варя не столько узнала его, сколько почувствовала, что это он,— не в первый раз она заставала его в таком положении.

— Ваня! — позвала она, присев на корточки и положив ему на плечо свою мягкую и добрую ладонь.— Ты чего тут лежишь? Плохо тебе, да?

Он приподнял голову, и она увидела его измученное, опухшее, бледное лицо. Ей стало жаль его — он казался таким слабым и маленьким. Узнав её, он криво улыбнулся и, тщательно следя за исправностью своих движений, сел, прислонился к плетню и вытянул ноги.

— А-а... это вы?.. М-моё вам почтение...— пролепетал он ослабевшим голосом, пытаясь, однако, перейти на тон развязного благополучия.— М-моё вам почтение, товарищ... Морозова...

— Пойдём со мной, Ваня,— она взяла его за руку.— Или ты, может, не в силах?.. Обожди — сейчас всё устроим, я достучусь...— И она решительно вскочила, намереваясь попроситься в соседнюю избу. Она ни секунды не колебалась в том, удобно ли тёмной ночью стучаться к незнакомым людям и что могут подумать о ней самой, если она ввалится в избу с пьяным мужчиной,— она никогда не обращала внимания на такие вещи.

Но Морозка вдруг испуганно замотал головой и захрипел:

— Ни-ни-ни... Я тебе достучусь!.. Тише!..— И он потряс сжатыми кулаками у своих висков. Ей показалось даже, что он потрезвел от испуга.— Тут Гончаренко стоит, разве н-не-известно?.. Да как же м-можно...

— Ну и что ж, что Гончаренко? Подумаешь—барин.212

— Н-нет, ты не знаешь,— он болезненно сморщился и схватился за голову,— ты же не знаешь — зачем же?.. Ведь он меня за человека, а я... ну, как же?.. Не-ет, разве можно...

— И что ты мелешь без толку, миленький ты мой,— сказала она, снова опустившись на корточки рядом с ним.— Смотри — дождик идёт, сыро, завтра в поход идти,— пойдём, миленький...

— Нет, я пропал,— сказал он как-то уж совсем грустно и трезво.— Ну, что я теперь, кто я, зачем,— подумайте, люди?..— И он вдруг жалобно повёл вокруг своими опухшими, полными слёз глазами.

Тогда она обняла его свободной рукой и, почти касаясь губами его ресниц, зашептала ему нежно и покровительственно, как ребёнку:

— Ну, что ты горюешь? И чем тебе может быть плохо?.. Коня жалко, да? Так там уж другого припасли,— такой добрый коник... Ну, не горюй, милый, не плачь,— гляди, какую я собачку нашла, гляди, какой кутёнок! —

И она, отвернув ворот шинели, показала ему сонного вислоухого щенка. Она была так растрогана, что не только её голос, но вся она точно журчала и ворковала от доброты.

— У-у, цуцик! — сказал Морозка с пьяной нежностью и облапил его за уши.— Где ты его?.. К-кусается, стерва...

— Ну, вот видишь!.. Пойдём, миленький...

Ей удалось поднять его на ноги, и так, увещевая его и отвлекая от дурных мыслей, она повела его к дому, и он уже не сопротивлялся, а верил ей.

За всю дорогу он ни разу не напомнил ей о Мечике, и она тоже не заикнулась о нём, как будто и не было между ними никакого Мечика. Потом Морозка нахохлился и вовсе замолчал: он заметно трезвел.

Так дошли они до той избы, где стоял Дубов.

Морозка, вцепившись в перекладинки лестницы, пытался влезть на сеновал, но ноги не слушались его.

— Может, подсобить? — спросила Варя.

— Нет, я сам, дура! — ответил он грубо и сконфуженно.

— Ну, прощай тогда...

Он отпустил лестницу и испуганно посмотрел на неё:

— Как «прощай»?

— Да уж как-нибудь.— Она засмеялась деланно и грустно.

Он вдруг шагнул к ней и, неловко обняв её, прижался к её лицу своей неумелой щекой. Она почувствовала, что ему хочется поцеловать её, и ему действительно хотелось, но он постыдился, потому что парни на руднике редко ласкали девушек, а только сходились с ними; за всю совместную жизнь он поцеловал её только один раз — в день их свадьбы,— когда был сильно пьян и соседи кричали «горько».[213]

«...Вот и конец, и всё обернулось по-старому, будто и не было ничего,— думала Варя с грустным, тоскливым чувством, когда насытившийся Морозка заснул, прикорнув возле её плеча.— Снова по старой тропке, одну и ту же лямку[214] и всё к одному месту... Но боже ж мой, как мало в том радости!»

Она повернулась спиной к Морозке, закрыв глаза и поджав по-сиротски ноги, но ей так и не удалось заснуть... Далеко за селом, с той стороны, где начинался Хаунихедзский волостной тракт и где стояли часовые,— разда-

136

лись три сигнальных выстрела... Варя разбудила Морозку,— и, только он поднял свою кудлатую голову, снова
ухнули за селом караульные берданы, и тотчас же в ответ им, прорезая ночную темь и тишь, полилась, завыла,
затакала волчья пулемётная дробь...

Морозка сумрачно махнул рукой и вслед за Варей
полез с сеновала. Дождя уж не было, но ветер покрепчал;
где-то хлопала ставня, и мокрый жёлтый лист вился во
тьме. В хатах зажигали огни. Дневальный, крича, бегал
по улице и стучал в окошки.

В течение нескольких минут, пока Морозка добрался
до пуни и вывел своего Иуду, он вновь перечувствовал
всё, что произошло с ним вчера. Сердце у него сжалось,
когда он представил себе убитого Мишку с остекленев-
шими глазами, и вспомнил вдруг, с омерзением и страхом, всё своё вчерашнее недостойное поведение: он, пьяный, ходил по улицам, и все видели его, пьяного партизана, он орал на всё село похабные песни. С ним был
Мечик, его враг,— они гуляли запанибрата, и он, Морозка, клялся ему в любви и просил у него прощения — в
чём? за что?.. Он чувствовал теперь всю нестерпимую
фальшь этих своих поступков. Что скажет Левинсон?
И разве можно, на самом деле, показаться на глаза Гон-
чаренке после такого дебоша?

Большинство его товарищей уже седлали коней и выводили их за ворота, а у него всё было неисправно: седло — без подпруги, винтовка осталась в избе Гончаренки.

— Тимофей, друг, выручи!..— жалобным, чуть не пла-
чущим голосом взмолился он, завидев Дубова, бежавше-
го по двору.— Дай мне запасную подпругу — у тебя есть,
я видал...

— Что?! — заревел Дубов.— А где ты раньше был?! —
Бешено ругаясь и расталкивая лошадей, так что они взня-
лись на дыбы, он полез к своему коню за подпругой.—
На!..— гневно сказал он, через некоторое время подходя
к Морозке, и вдруг изо всей силы вытянул его подпругой
по спине.

«Конечно, теперь он может бить меня, я того заслу-
жил»,— подумал Морозка и даже не огрызнулся — он не
почувствовал боли. Но мир стал для него ещё мрачнее.
И эти выстрелы, что трещали во тьме, эта темь, судьба,
что поджидала его за околицей,— казались ему справед-
ливой карой за всё, что он совершил в жизни.

137

Пока́ собира́лся и стро́ился взвод, стрельба́ заняла́сь полукру́гом до са́мой реки́, загуде́ли бомбомёты, и дребезжа́щие сверка́ющие ры́бы взви́лись над село́м. Бакла́нов, в перетя́нутой шине́ли, с револьве́ром в руке́, подбежа́л к воро́там, крича́л:

— Спе́шиться!.. Постро́иться в одну́ шере́нгу!.. Челове́к два́дцать оста́вишь при ко́нях, — сказа́л он Ду́бову.

— За мной! Бего́м!..— кри́кнул он че́рез не́сколько мину́т и ри́нулся куда́-то во тьму; за ним, на ходу́ запа́хивая шине́ли, расстёгивая патронта́ши, побежа́ла цепь.

Доро́гой им встре́тились убега́вшие часовы́е.

— Их там несме́тная си́ла! — крича́ли они́, пани́чески разма́хивая рука́ми.

Гро́хнул оруди́йный залп; снаря́ды взорвали́сь в це́нтре села́, освети́в на миг кусо́чек не́ба, покриви́вшуюся колоко́льню, попо́вский сад, блиста́ющий в росе́. Пото́м не́бо ста́ло еще́ темне́е. Снаря́ды рвали́сь тепе́рь оди́н за други́м, с коро́ткими, ра́вными промежу́тками. Где́-то на краю́ заняло́сь по́лымя — загоре́лся стог или изба́.

Бакла́нов до́лжен был заде́ржать врага́ до тех пор, пока́ Левинсо́н успе́ет собра́ть отря́д, рассы́панный по всему́ селу́. Но Бакла́нову не удало́сь да́же подвести́ взвод к поско́тине: он увида́л при вспы́шках бомб бегу́щие к нему́ навстре́чу неприя́тельские це́пи. По направле́нию стрельбы́ и по сви́сту пуль он по́нял, что неприя́тель обошёл их с ле́вого фла́нга, от реки́, и, вероя́тно, вот-во́т всту́пит в село́ с того́ конца́.

Взвод на́чал отстре́ливаться, отступа́я на́искось в пра́вый у́гол, перебега́я зве́ньями, лави́руя по переу́лкам, сада́м и огоро́дам. Бакла́нов прислу́шивался к перепа́лке во́зле реки́, — она́ передвига́лась к це́нтру, — как ви́дно, тот край был тепе́рь за́нят неприя́телем. Вдруг от гла́вного тра́кта со стра́шным ви́згом промча́лась вра́жеская ко́нница, ви́дно бы́ло, как стреми́тельно лила́сь по у́лице тёмная, грохо́чущая многоголо́вая ла́ва люде́й и лошаде́й.

Уже́ не забо́тясь о том, что́бы задержа́ть неприя́теля, Бакла́нов вме́сте со взво́дом, потеря́вшим челове́к де́сять, побежа́л по неза́нятому кли́ну по направле́нию к ле́су. И почти́ у са́мого спу́ска в ложби́ну, где тяну́лся последний ряд изб, они натолкнулись на отряд во главе с Левинсоном, поджидавшим их. Отряд заметно поредел.

— Вот они,— облегчённо сказал Левинсон.— Скорей по коням!

Они побрали лошадей и во весь опор помчались к лесу, черневшему в низине. Очевидно, их заметили — пулемёты затрещали вслед, и сразу запели над головами ночные свинцовые шмели. Огненно дребезжащие рыбы вновь затрепетали в небе. Они ныряли с высоты, распустив блистательные хвосты, и с громким шипением вонзались в землю у лошадиных ног. Лошади шарахались, вздымая кровавые жаркие пасти и крича, как женщины,— отряд смыкался, оставив позади копошащиеся тела.

Оглядываясь назад, Левинсон видел громадное зарево, полыхавшее над селом,— горел целый квартал,— на фоне этого зарева метались одиночками и группами чёрные огненноликие фигурки людей.

Сташинский, скакавший рядом, вдруг опрокинулся с лошади и несколько секунд продолжал волочиться за ней, зацепившись ногой за стремя, потом он упал, а лошадь понеслась дальше, и весь отряд обогнул это место, не решаясь топтать мёртвое тело.

— Левинсон, смотри! — возбуждённо крикнул Бакланов и показал рукой вправо.

Отряд был уже в самой низине и быстро приближался к лесу, а сверху, пересекая линию чёрного поля и неба, мчалась ему наперерез неприятельская кавалерия. Лошади, вытянувшие чёрные головы, и всадники, согнувшиеся над ними, показывались на мгновение на более светлом фоне неба и тотчас же исчезали во тьме, перевалив сюда, в низину.

— Скорей!.. Скорей!..— кричал Левинсон, беспрерывно оглядываясь и пришпоривая жеребца.

Наконец они достигли опушки и спешились. Бакланов со взводом Дубова опять остался прикрывать отступление, а остальные ринулись в глубь леса, ведя под уздцы лошадей.

В лесу было спокойней и глуше: стрекот пулемётов, ружейная трескотня, орудийные залпы остались позади и казались уже чем-то посторонним, они точно не задевали лесной тишины. Только слышно было иногда, как где-то в глубине, ломая деревья, с грохотом ложатся

139

снаряды. В иных местах зарево, прорвавшись в чащу, бросало на землю и на древесные стволы сумрачные, медные, темнеющие по краям блики, и виден был окутывающий стволы сырой, точно окровавленный мох.

Левинсон передал свою лошадь Ефимке и пропустил вперёд Кубрака, указав ему, в каком направлении идти (он выбрал это направление только потому, что обязан был дать отряду какое-то направление), а сам стал в сторонке, чтобы посмотреть, сколько же у него осталось людей.

Они проходили мимо него, эти люди,— придавленные, мокрые и злые, тяжело сгибая колени и напряжённо всматриваясь в темноту; под ногами у них хлюпала вода. Иногда лошади проваливались по брюхо — почва была очень вязкая.

Особенно трудно приходилось поводырям из взвода Дубова,— они вели по три лошади, только Варя вела две — свою и Морозкину. А за всей этой вереницей измученных людей тянулся по тайге грязный вонючий извивающийся след, точно тут проползло какое-то смрадное, нечистое пресмыкающееся.

Левинсон, прихрамывая на обе ноги, пошёл позади всех. Вдруг отряд остановился...

— Что там случилось? — спросил он.

— Не знаю,— ответил партизан, шедший перед ним. Это был Мечик.

— А ты узнай по цепи...

Через некоторое время вернулся ответ, повторенный десятками побелевших трепетных уст:

— Дальше идти некуда, трясина...

Левинсон, превозмогая внезапную дрожь в ногах, побежал к Кубраку. Едва он скрылся за деревьями, как вся масса людей отхлынула назад и заметалась во все стороны, но везде, преграждая дорогу, тянулось вязкое, тёмное, непроходимое болото. Только один путь вёл отсюда — это был пройденный ими путь туда, где мужественно бился шахтёрский взвод. Но стрельба, доносившаяся с опушки леса, уже не казалась чем-то посторонним, она имела теперь самое непосредственное отношение к ним, теперь она как будто даже приближалась к ним, эта стрельба.

Людьми овладели отчаяние и гнев. Они искали виновника своего несчастия,— конечно же, это был Левинсон!..

Если бы они могли сейчас видеть его все разом, они обрушились бы на него со всей силой своего страха,— пускай он выводит их отсюда, если он сумел их завести!.. И вдруг он действительно появился среди них, в самом центре людского месива, подняв в руке зажжённый факел, освещавший его мертвенно-бледное бородатое лицо со стиснутыми зубами, с большими горящими круглыми глазами, которыми он быстро перебегал с одного лица на другое. И в наступившей тишине, в которую врывались только звуки смертельной игры, разыгравшейся *там,* на опушке леса,—его нервный, тонкий, резкий, охрипший голос прозвучал слышно для всех:

— Кто там расстраивает ряды?.. Назад?.. Только девчонкам можно впадать в панику... Молчать! — взвизгнул он вдруг, по-волчьи щёлкнув зубами, выхватив маузер, и протестующие возгласы мгновенно застыли на губах.— Слушать мою команду! Мы будем гатить болото — другого выхода нет у нас... Борисов (это был новый командир 3-го взвода), оставь поводырей и иди на подмогу Бакланову! Скажи ему, чтобы держался до тех пор, пока не дам приказа отступать... Кубрак! Выделить трёх человек для связи с Баклановым... Слушайте все! Привяжите лошадей! Два отделения — за лозняком! Не жалеть шашек... Все остальные — в распоряжение Кубрака. Слушать его беспрекословно. Кубрак, за мной!..— Он повернулся к людям спиной и, согнувшись, пошёл к трясине, держа над головой дымящее смольё.

И притихшая, придавленная, сбившаяся в кучу масса людей, только что в отчаянии вздымавшая руки, готовая убивать и плакать, вдруг пришла в нечеловечески быстрое, послушное яростное движение. В несколько мгновений лошади были привязаны, стукнули топоры, затрещал ольховник под ударами сабель, взвод Борисова побежал во тьму, гремя оружием и чавкая сапогами, навстречу ему уже тащили первые охапки мокрого лозняка... Слышался грохот падающего дерева, и громадная, ветвистая, свистящая махина шлёпалась во что-то мягкое и гибельное, и видно было при свете зажжённого смолья, как тёмно-зелёная, поросшая ряской, поверхность вздувалась упругими волнами, подобно телу исполинского удава.

Там, цепляясь за сучья,— освещённые дымным пламенем, выхватившим из темноты искажённые лица, согнутые спины, чудовищные нагромождения ветвей,— в воде́, в грязи́, в ги́бели копоши́лись лю́ди. Они́ рабо́тали, сорва́в с себя́ шине́ли, и сквозь разо́дранные штаны́ и руба́хи проступа́ли их напряжённые, по́тные, исцара́панные в кровь тела́. Они́ утра́тили вся́кое ощуще́ние вре́мени, простра́нства, со́бственного те́ла, стыда́, бо́ли, уста́лости. Они́ тут же че́рпали ша́пками боло́тную, пропа́хнувшую лягу́шечьей икро́й во́ду и пи́ли её торопли́во и жа́дно, как ра́неные зве́ри...

А стрельба́ подвига́лась всё бли́же и бли́же, де́лалась всё слышне́е и жа́рче. Бакла́нов одного́ за други́м слал люде́й и спра́шивал: ско́ро ли?.. ско́ро?.. Он потеря́л до полови́ны бойцо́в, потеря́л Ду́бова, исте́кшего кро́вью от бесчи́сленных ран, и ме́дленно отступа́л, сдава́я пядь за пя́дью. В конце́ концо́в он отошёл к лозняку́, кото́рый руби́ли для га́ти,— да́льше отступа́ть бы́ло не́куда. Неприя́тельские пу́ли тепе́рь гу́сто свисте́ли над боло́том. Не́сколько челове́к рабо́тающих бы́ло уже́ ра́нено,— Ва́ря де́лала им перевя́зки. Ло́шади, напу́ганные вы́стрелами, неи́стово ржа́ли и вздыма́лись на дыбы́; не́которые, оборва́в повода́, мета́лись по тайге́ и, попа́в в тряси́ну, жа́лобно взыва́ли о по́мощи.

Пото́м партиза́ны, засе́вшие в лозняке́, узна́в, что гать око́нчена, бро́сились бежа́ть. Бакла́нов, с вваля́вшимися щека́ми, воспалёнными глаза́ми, чёрный от порохово́го ды́ма, бежа́л за ни́ми, угрожа́я опустошённым ко́льтом, и пла́кал от бе́шенства.

Крича́ и разма́хивая смольём и ору́жием, волоча́ за собо́й упира́ющихся лошаде́й, отря́д чуть не ра́зом хлы́нул на плоти́ну. Возбуждённые ло́шади не слу́шались поводыре́й и би́лись, как припа́дочные; за́дние, обезуме́в, ле́зли на пере́дних; гать треща́ла, разлеза́лась. У вы́хода на противополо́жный бе́рег сорвала́сь с га́ти ло́шадь Ме́чика, и её выта́скивали верёвками, с исступлённой ма́терной бра́нью. Ме́чик судоро́жно вцепи́лся в ско́льзкий кана́т, дрожа́вший в его́ рука́х от лошади́ного неи́стовства, и тяну́л, тяну́л, пу́таясь нога́ми в гря́зном вербняке́. А когда́ ло́шадь вы́тащили наконе́ц, он до́лго не мог распу́тать у́зел, стяну́вшийся вокру́г её пере́дних ног, и в я́ростном наслажде́нии вцепи́лся в него́ зуба́ми — в э́тот горча́йший у́зел, пропи́танный за́пахом боло́та и отврати́тельной сли́зью.

После́дними прошли́ че́рез гать Левинсо́н и Гонча́ренко.

Подрывник успел заложить динамитный фугас, и почти в тот момент, как противник достиг переправы, плотина взлетела на воздух.

Через некоторое время люди очнулись и поняли, что наступило утро. Тайга лежала перед ними в сверкающем розовом инее. В просветы в деревьях проступали яркие клочки голубого неба,— чувствовалось, что там, за лесом, встаёт солнце. Люди побросали горящие головни, которые они до сих пор несли почему-то в руках, увидели свои красные, изуродованные руки, мокрых, измученных лошадей, дымившихся нежным, тающим паром,— и удивились тому, что они сделали в эту ночь.

XVII

ДЕВЯТНАДЦАТЬ

В пяти вёрстах от того места, где происходила переправа, через трясину был перекинут мост — там пролегал государственный тракт на Тудо-Ваку. Ещё со вчерашнего вечера, опасаясь, что Левинсон не останется ночевать в селе, казаки устроили засаду на самом тракте, вёрстах в восьми от моста.

Они просидели там всю ночь, дожидаясь отряда, и слышали отдалённые орудийные залпы. Утром примчался вестовой с приказом — остаться на месте, так как неприятель, прорвавшись через трясину, идёт по направлению к ним. А через каких-нибудь десять минут после того, как проехал вестовой, отряд Левинсона, ничего не знавший о засаде и о том, что мимо только что промчался неприятельский вестовой, тоже вышел на Тудо-Вакский тракт.

Солнце уже поднялось над лесом. Иней давно растаял. Небо раскрылось в вышине, прозрачно-льдистое и голубое. Деревья в мокром сияющем золоте склонялись над дорогой. День занялся тёплый, непохожий на осенний.

Левинсон рассеянным взглядом окинул всю эту светлую и чистую, сияющую красоту и не почувствовал её. Увидел свой отряд, измученный и поредевший втрое, уныло растянувшийся вдоль дороги, и понял, как он сам смертельно устал и как бессилен он теперь сделать что-либо для этих людей, уныло плетущихся позади него. Они были ещё единственно не безразличны, близки ему, эти измученные верные люди, ближе всего остального, ближе даже самого себя, потому что он ни на секунду не переставал чувствовать, что он чем-то обязан перед ними; но он, казалось, *не мог* уже ничего сделать для них, он уже не руководил ими, и только сами они ещё не знали этого и покорно тянулись за ним, как стадо, привыкшее к своему вожаку. И это было как раз то самое страшное, чего он больше всего боялся, когда вчерашним утром думал о смерти Метелицы.

Он пытался взять себя в руки, сосредоточиться на чем-нибудь практически необходимом, но мысль его сбивалась и путалась, глаза слипались, и странные образы, обрывки воспоминаний, смутные ощущения окружающего, туманные и противоречивые, клубились в его сознании беспрерывно сменяющимся, беззвучным и бесплотным роем... «Зачем эта длинная, бесконечная дорога, и эта мокрая листва, и небо, такое мёртвое и ненужное мне теперь?.. Что я обязан теперь делать?.. Да, я обязан выйти в Тудо-Вакскую долину... вак...скую долину... как это странно — вак...скую долину... Но как я устал, как мне хочется спать! Что могут ещё хотеть от меня эти люди, когда мне так хочется спать?.. Он говорит — дозор... Да, да, и дозор... у него такая круглая и добрая голова, как у моего сына, и, конечно, нужно послать дозор, а уж потом спать... спать... и даже не такая, как у моего сына, а... что?..»

— Что ты сказал? — спросил он вдруг, подняв голову.

Рядом с ним ехал Бакланов.

— Я говорю, надо бы дозор послать.

— Да, да, надо послать; распорядись, пожалуйста...

Через минуту кто-то обогнал Левинсона усталой рысью, — Левинсон проводил глазами сгорбленную спину и узнал Мечика. Ему показалось что-то неправильное в том, что Мечик едет в дозор, но он не смог заставить себя разобраться в этой неправильности и тотчас же забыл об этом. Потом ещё кто-то проехал мимо.

— Морозка! — крикнул Бакланов вслед уезжавшему. — Вы всё-таки не теряйте друг дружку из виду...

«Разве он остался в живых? — подумал Левинсон. — А Дубов погиб... Бедный Дубов... Но что же случилось с Морозкой?.. Ах, да — это было с ним вчера вечером. Хорошо, что я не видел его тогда...»

Мечик, отъехавший уже довольно далеко, оглянулся: Морозка ехал саженях в пятидесяти от него, отряд тоже был ещё виден. Потом и отряд и Морозка скрылись за поворотом. Нивка не хотела бежать рысью, и Мечик машинально подгонял её: он плохо понимал, зачем его послали вперёд, но ему велели ехать рысью, и он подчинялся.

Дорога вилась по влажным косогорам, густо заросшим дубняком и клёном, ещё хранившим багряную листву. Нивка пугливо вздрагивала и жалась к кустам. На подъёме она пошла шагом. Мечик, задремавший в седле, больше не трогал её. Иногда он приходил в себя и с недоумением видел вокруг всё ту же непроходимую чащу. Ей не было ни конца, ни начала, как не было ни конца, ни начала тому сонному, тупому, не связанному с окружающим миром состоянию, в котором он сам находился.

Вдруг Нивка испуганно фыркнула и шарахнулась в кусты, прижав Мечика к каким-то гибким прутьям... Он вскинул голову, и сонное состояние мгновенно покинуло его, сменившись чувством ни с чем не сравнимого животного ужаса: на дороге в нескольких шагах от него стояли казаки.

— Слезай!.. — сказал один придушенным свистящим шёпотом.

Кто-то схватил Нивку под уздцы. Мечик, тихо вскрикнув, соскользнул с седла и, сделав несколько унизительных телодвижений, вдруг стремительно покатился куда-то под откос. Он больно ударился руками в мокрую колоду, вскочил, поскользнулся,— несколько секунд, онемев от ужаса, барахтался на четвереньках и, выправившись наконец, побежал вдоль по оврагу, не чувствуя своего тела, хватаясь руками за что попало и делая невероятные прыжки. За ним гнались: сзади трещали кусты и кто-то ругался с злобными придыханиями.[218]

Морозка, зная, что впереди ещё один дозорный, тоже плохо следил за тем, что творилось вокруг него. Он находился в том состоянии крайней усталости, когда совершенно исчезают всякие, даже самые важные человеческие мысли и остаётся одно непосредственное желание отдыха — отдыха во что бы то ни стало. Он не думал больше ни о своей жизни, ни о Варе, ни о том, как будет относиться к нему Гончаренко, он даже не имел сил жалеть о смерти Дубова, хотя Дубов был одним из самых близких ему людей, — он думал только о том, когда же наконец откроется перед ним обетованная земля, где можно будет приклонить голову. Эта обетованная земля представлялась ему в виде большой и мирной, залитой солнцем деревни, полной жующих коров и хороших людей, пахнущей скотом и сеном. Он заранее предвкушал, как он привяжет лошадь, напьётся молока с куском пахучего ржаного хлеба, а потом заберётся на сеновал и крепко заснёт, подвернув голову, напнув на пятки тёплую шинель...

И когда внезапно выросли перед ним жёлтые околыши казачьих фуражек и Иуда попятился назад, всадив его в кусты калины, кроваво затрепетавшие перед глазами, — это радостное видение большой, залитой солнцем деревни так и слилось с мгновенным ощущением неслыханного гнусного предательства, только что совершённого здесь...

— Сбежал, гад... — сказал Морозка, вдруг с необычайной ясностью представив себе противные и чистые глаза Мечика и испытывая в то же время чувство щемящей тоскливой жалости к себе и к людям, которые ехали позади него.

Ему жаль было не того, что он умрёт сейчас, то есть перестанет чувствовать, страдать и двигаться, — он даже не мог представить себя в таком необычайном и странном положении, потому что в эту минуту он ещё жил, страдал и двигался, — но он ясно понял, что никогда не увидеть ему залитой солнцем деревни и этих близких, дорогих людей, что ехали позади него. Но он так ярко чувствовал их в себе, этих уставших, ничего не подозревающих, доверившихся ему людей, что в нём не зародилось мысли о какой-либо иной возможности для себя, кроме возможности ещё предупредить их об опасности... Он выхватил револьвер и, высоко подняв его над головой, чтобы было слышнее, выстрелил три раза, как было условлено...

В то же мгновенье что-то звучно сверкнуло, ахнуло, мир точно раскололся надвое, и он вместе с Иудой упал в кусты, запрокинув голову.

Когда Левинсон услышал выстрелы, — они прозвучали так неожиданно и были так невозможны в теперешнем его состоянии, что он даже не воспринял их. Он только тогда понял их значение, когда раздался залп по Морозке, и лошади стали как вкопанные, вскинув головы, насторожив уши.

Он беспомощно оглянулся, впервые ища поддержки со стороны, но в том едином, страшном, немо-вопрошающем лице, в которое слились для него побледневшие и вытянувшиеся лица партизан, — он прочёл то же единственное выражение беспомощности и страха... «Вот оно — то, чего я боялся», — подумал он и сделал такой жест рукой, точно искал и не нашёл, за что бы ухватиться...

И вдруг он совершенно отчётливо увидел перед собой простое, мальчишеское, немного даже наивное, но чёрное и погрубевшее от усталости и дыма лицо Бакланова. Бакланов, держа в одной руке револьвер, а другой крепко вцепившись в лошадиную холку, так что на ней явственно отпечатались его короткие мальчишеские пальцы, напряжённо смотрел в ту сторону, откуда прозвучал залп. И его наивное скуластое лицо, слегка подавшееся вперёд, выжидая приказа, горело той подлинной и величайшей из страстей, во имя которой сгибли лучшие люди из их отряда.

Левинсон вздрогнул и выпрямился, и что-то больно и сладко зазвенело в нём. Вдруг он выхватил шашку и тоже подался вперёд с заблестевшими глазами.

— На прорыв, да? — хрипло спросил он у Бакланова, неожиданно подняв шашку над головой, так что она вся засияла на солнце. И каждый партизан, увидев её, тоже вздрогнул и вытянулся на стременах.

Бакланов, свирепо покосившись на шашку, круто обернулся к отряду и крикнул что-то пронзительное и резкое, чего Левинсон уже не мог расслышать, потому что в это мгновение, подхваченный той внутренней силой, что управляла Баклановым и что заставила его самого поднять шашку, он помчался по дороге, чувствуя, что весь отряд должен сейчас кинуться за ним...

Когда через несколько минут он оглянулся, люди действительно мчались следом, пригнувшись к сёдлам, выставив стремительные подбородки, и в глазах у них стояло то напряжённое и страстное выражение, какое он видел у Бакланова.

Это было последнее связное впечатление, какое сохранилось у Левинсона, потому что в ту же секунду что-то ослепительно-грохочущее обрушилось на него — ударило, завертело, смяло, — и он, уже не сознавая себя, но чувствуя, что ещё живёт, полетел над какой-то оранжевой кипящей пропастью.

Мечик не оглядывался и не слышал погони, но он знал, что гонятся за ним, и, когда один за другим прозвучали три выстрела и грянул залп, ему показалось, что это стреляют в него, и он припустил ещё быстрее. Внезапно овраг раздался неширокой лесистой долиной. Мечик сворачивал то вправо, то влево, пока вдруг снова не покатился куда-то под откос. В это время грянул новый залп, гораздо большей густоты и силы, потом ещё и ещё, без перерыва, — весь лес заговорил и ожил...

«Ай, боже мой, боже мой... Ай-ай... боже мой...» — то шептал, то вскрикивал Мечик, вздрагивая от каждого нового оглушительного залпа и нарочно так жалко кривя своё исцарапанное лицо, как это делают дети, когда им хочется вызвать слёзы. Но глаза его были отвратительно, постыдно сухи. Он всё время бежал, напрягая последние силы.

Стрельба стала затихать, она точно направилась в другую сторону. Потом она и вовсе смолкла.

Мечик несколько раз оглянулся: погони больше не было. Ничто не нарушало той отдалённо-гулкой тишины, что наступила вокруг. Он, задыхаясь, свалился за первым попавшимся кустом. Сердце его учащённо билось. Свернувшись калачиком, подложив под щёку кисти рук и напряжённо глядя перед собой, он несколько минут лежал без движения. Шагах в десяти от него, на голой тоненькой берёзке, согнувшейся до самой земли и освещённой солнцем, сидел полосатый бурундучок и смотрел на него наивными желтоватыми глазками.

Вдруг Мечик быстро сел, схватившись за голову, и громко застонал. Бурундучок, испуганно пискнув, спрыгнул в траву. Глаза Мечика сделались совсем безумными. Он крепко вцепился в волосы исступлёнными пальцами и с жалобным воем покатился по земле... «Что я наделал... о-о-о... что я наделал, — повторил он, перекатываясь на локтях и животе и с каждым мгновением всё ясней, убийственней и жалобней представляя себе истинное значение своего бегства, первых трёх выстрелов и всей последующей стрельбы. — Что я наделал, как мог я это сделать, — я, такой хороший и честный и никому не желавший зла, — о-о-о... как мог я это сделать!»

Чем отвратительней и подлее выглядел его поступок, тем лучше, чище, благородней казался он сам себе до совершения этого поступка.

И мучился он не столько потому, что из-за этого его поступка погибли десятки доверившихся ему людей, сколько потому, что несмываемо-грязное, отвратительное пятно этого поступка противоречило всему тому хорошему и чистому, что он находил в себе.

Он машинально вытащил револьвер и долго с недоумением и ужасом глядел на него. Но он почувствовал, что никогда не убьёт, не сможет убить себя, потому что больше всего на свете он любил всё-таки самого себя — свою белую и грязную немощную руку, свой стонущий голос, свои страдания, свои поступки — даже самые отвратительные из них. И он с вороватым, тихоньким паскудством, млея от одного ощущения ружейного масла, стараясь делать вид, будто ничего не знает, поспешно спрятал револьвер в карман.

Он уже не стонал и не плакал. Закрыв лицо руками, он тихо лежал на животе, и всё, что он пережил за последние месяцы, когда ушёл из города, вновь проходило перед ним усталой и грустной чередой: его наивные мечтания, которых он стыдился теперь, боль первых встреч и первых ран, Морозка, госпиталь, старый Пика с серебряными волосиками, покойный Фролов, Варя с большими, грустными, неповторимыми глазами и этот последний ужасный переход через трясину, перед которым тускнело всё остальное.

«Я не хочу больше переносить это», — подумал Мечик с неожиданной прямотой и трезвостью, и ему стало очень жалко самого себя. «Я не в состоянии больше вынести это, я не могу больше жить такой низкой, нечеловеческой, ужасной жизнью», — подумал он снова, чтобы еще сильней разжалобиться и в свете этих жалких мыслей схоронить собственную наготу и подлость.

Он всё ещё осуждал себя и каялся, но уже не мог подавить в себе личных надежд и радостей, которые сразу зашевелились в нём, когда он подумал о том, что теперь он совершенно свободен и может идти туда, где нет этой ужасной жизни и где никто не знает о его поступке. «Теперь я уйду в город, мне ничего не остаётся, как только уйти туда», — подумал он, стараясь придать этому оттенок грустной необходимости и с трудом подавляя чувство радости, стыда и страха за то, что это может не осуществиться.

Солнце перевалило на ту сторону согнувшейся тоненькой берёзки, — она была теперь вся в тени. Мечик вынул револьвер и далеко забросил его в кусты. Потом он отыскал родничок, умылся и сел возле него. Он всё ещё не решался выйти на дорогу. «Вдруг там белые?..» — думал он тоскливо. Слышно было, как тихо-тихо журчал в траве малюсенький родничок...

«А не всё ли равно?» — вдруг подумал Мечик с той прямотой и трезвостью, которую он теперь сам умел находить под ворохом всяких добрых и жалостливых мыслей и чувствований.

Он глубоко вздохнул, застегнул рубашку и медленно побрёл в том направлении, где остался Тудо-Вакский тракт.

Левинсон не знал, сколько времени длилось его полусознательное состояние, — ему казалось, что очень долго, на самом деле оно длилось не больше минуты, — но, когда он очнулся, он, к удивлению своему, почувствовал, что по-прежнему сидит в седле, только в руке не было шашки. Перед ним неслась черногривая голова его коня с окровавленным ухом.

Тут он впервые услышал стрельбу и понял, что это стреляют по ним, — пули густо визжали над головой, — но он понял также, что это стреляют сзади и что самый страшный момент тоже остался позади. В это мгновение ещё два всадника поравнялись с ним. Он узнал Варю и Гончаренку. У подрывника вся щека была в крови. Левинсон вспомнил об отряде и оглянулся, но никакого отряда не было: вся дорога была усеяна конскими и людскими трупами, несколько всадников, во главе с Кубраком, с трудом поспешали за Левинсоном, дальше виднелись ещё небольшие группки, они быстро таяли. Кто-то, на хромающей лошади, далеко отстал, махал рукой и кричал. Его окружили люди в жёлтых околышах и стали бить прикладами,— он пошатнулся и упал. Левинсон сморщился и отвернулся.

В эту минуту он, вместе с Варей и Гончаренкой, достиг поворота, и стрельба немного утихла; пули больше не визжали над ухом. Левинсон машинально стал сдерживать жеребца. Партизаны, оставшиеся в живых, один за другим настигали его. Гончаренко насчитал девятнадцать человек — с собой и Левинсоном. Они долго мчались под уклон, без единого возгласа, упёршись затаившими ужас, но уже радующимися глазами в то узкое жёлтое молчаливое пространство, что стремительно бежало перед ними, как рыжий загнанный пёс.

Постепенно лошади перешли на рысь, и стали различимы отдельные обгорелые пни, кусты, верстовые столбы, ясное небо вдали над лесом. Потом лошади пошли шагом.

Левинсон ехал немного впереди, задумавшись, опустив голову. Иногда он беспомощно оглядывался, будто хотел что-то спросить и не мог вспомнить, и странно, мучительно смотрел на всех долгим, невидящим взглядом. Вдруг он круто осадил лошадь, обернулся и впервые совершенно осмысленно посмотрел на людей своими большими, глубокими, синими глазами. Восемнадцать человек остановились, как один. Стало очень тихо.

— Где Бакланов? — спросил Левинсон.

Восемнадцать человек смотрели на него молча и растерянно.

— Убили Бакланова...— сказал наконец Гончаренко и строго посмотрел на свою большую, с узловатыми пальцами руку, державшую повод.

Варя, ссутулившаяся рядом с ним, вдруг упала на шею лошади и громко, истерически заплакала,— её длинные растрепавшиеся косы свесились чуть не до земли и вздрагивали. Лошадь устало повела ушами и подобрала отвисшую губу. Чиж, покосившись на Варю, тоже всхлипнул и отвернулся.

Глаза Левинсона несколько секунд ещё стояли над людьми. Потом он весь как-то опустился и съёжился, и все вдруг заметили, что он очень слаб и постарел. Но он уже не стыдился и не скрывал своей слабости; он сидел потупившись, медленно мигая длинными мокрыми ресницами, и слёзы катились по его бороде... Люди стали смотреть в сторону, чтобы самим не расстроиться.

Левинсон повернул лошадь и тихо поехал вперёд. Отряд тронулся следом.

— Не плачь, уж чего уж...— виновато сказал Гончаренко, подняв Варю за плечо.

Всякий раз, как Левинсону удавалось забыться, он начинал снова растерянно оглядываться и, вспомнив, что Бакланова нет, снова начинал плакать.

Так выехали они из леса — все совсем девятнадцать.

Лес распахнулся перед ними совсем неожиданно — простором высокого голубого неба и ярко-рыжего поля, облитого солнцем и скошенного, стлавшегося на две стороны, куда хватал глаз. На той стороне, у вербняка, сквозь который синела полноводная речица,— красуясь золотистыми шапками жирных стогов и скирд, виднелся ток. Там шла своя — весёлая, звучная и хлопотливая — жизнь. Как маленькие пёстрые букашки, копошились люди, летали снопы, сухо и чётко стучала машина, из куржавого облака блёсткой половы и пыли вырывались возбуждённые голоса, сыпался мелкий бисер тонкого девичьего хохота. За рекой, подпирая небо, врастая отрогами в желтокудрые забоки, синели хребты, и через их острые гребни лилась в долину прозрачная пена белорозовых облаков, солёных от моря, пузырчатых и кипучих, как парное молоко.

Левинсон обвёл молчаливым, влажным ещё взглядом это просторное небо и землю, сулившую хлеб и отдых, этих далёких людей на току, которых он должен будет сделать вскоре такими же своими, близкими людьми, какими были те восемнадцать, что молча ехали следом,— и перестал плакать; нужно было жить и исполнять свои обязанности.

1925—1926

NOTES

1. С полей тянуло гречишным мёдом: 'The fields gave off the honeyed scent of buckwheat'.

2. Народу сколько угодно: 'There's any number of people (who could go)'.

3. начхозу: 'to the quartermaster'. **Начхоз** is the abbreviation for **начальник хозяйственной части** ('commander of the stores section').

4. можешь убираться на все четыре стороны: 'you can clear off out of here' (*lit.* 'to all four sides').

5. уйгить = уйти: 'go away'.

6. тем паче: 'even less'. **Паче** is an archaic word, nowadays used only in this expression and in the phrase **паче чаяния** ('contrary to expectation').

7. Потому не из-за твоих расчудесных глаз...кашицу мы заварили: 'It wasn't because of your beautiful eyes, Levinson my friend, that all this business began'.

8. по-шахтёрски: 'as we miners do'. Much emphasis is laid on Morozka's background as a miner.

9. Так точно, ваше подрывательское степенство: 'Quite correct, your explosives Excellency'. This response illustrates Morozka's overfamiliar and ironic approach to others and to life in general.

10. трепло сучанское: 'you blithering Suchan idiot'. Suchan was Morozka's birthplace and the Far East's main coalmining centre, situated some 70 miles to the east of the regional capital of Vladivostok. The novel contains many such derogatory and abusive phrases.

11. так же простовато-хитёр: 'with just the same mixture of naivete and cunning'. The use of compound adjectives is a favourite device of Fadeev's.

12. божья скотинка: 'you gorgeous beast, you'. A term of endearment, literally 'God's dear little animal'.

13. Сихотэ-Алиньского хребта: The Sikhote-Alin mountain range is the outstanding geographical feature of the Far East region of Russia. It runs for over 600 miles along the Pacific Coast (Sea of Japan), rising in places to 8,000 feet. It is drained by numerous rivers, most of which, including all those mentioned in the story, feed into the River Ussuri flowing north along the Chinese border into the Amur.

14. В ста саженях от: 'About two hundred metres from...'. A *sazhen* was a pre-revolutionary unit of measurement, sometimes still used today, equivalent to 2.13 metres.

15. непро́шено затеса́лись ка́менные постро́йки: 'stone buildings had intruded, uninvited' (*lit.* 'wormed their way in unasked').

16. хро́мовые, буты́лками, сапоги́: 'shiny leather boots'.

17. му́ромские огурцы́: 'cucumbers from Murom' (a city and administrative region of Vladimir province).

18. вме́сте с ма́йхинскими спиртоно́сами: 'together with a group of bootleggers from Maikhe' (a village not far from Vladivostok).

19. уво́лился по чи́стой: 'finally retired'.

20. Крыло́вка: Krylovka, a village in the foothills of the Sikhote-Alin mountains. Unlike the characters, who are fictional, all the villages, mountains and rivers mentioned in the story actually exist, and it is possible in a general way to trace the route which the partisans might have taken.

21. окру́гло-чёткий плач япо́нских караби́нов: 'the sharp distinct whine of Japanese carbines'. Japanese troops had landed in Vladivostok in August 1918. Although there was little cooperation and coordination between them and the White forces under Admiral Kolchak, they represented a considerable threat to the Bolshevik partisan groups and were at one stage in control of large amounts of territory. They withdrew finally from Russia in 1922.

22. «...При...морско́й...о-бластно́й комите́т...социали́стов...ре-лю-ци-не́-ров...»: 'The Far...East Re..gional Committee... of Socialist...Re-lu-tion-ar-ies'. The semi-literate reference is to the Socialist Revolutionary Party (SRs), a populist socialist movement, many of whose members were opposed to the Bolsheviks after the October revolution of 1917, fighting against them in the civil war (1918-20).

23. Да ведь э́то же – «максимали́стов»: 'But, can't you see – it says "Maximalists"'. The point is vital for Mechik, because the Maximalist faction within the SRs was ostensibly pro-Bolshevik. Close as it was in some respects to the anarchists, its political orientation, however, was always questionable; this explains the partisans' generally suspicious attitude towards Mechik. The term 'maximalist' derives from the group's call, in the first decade of the twentieth century, for an immediate and total implementation of the SR programme.

24. Я, коне́шно, сидю́... As with many other members of the detachment, Pika speaks non-standard Russian. A possible translation might be: 'Well, there I be, sitting...'.

25. чехослова́ки объяви́лись: 'the Czechoslovaks have turned up'. In 1918 a Czechoslovak force of some 40,000, which was on its way to the Western front via Siberia, had seized key cities and towns along the Trans-Siberian Railway line setting up anti-Bolshevik goverments. The major industrial centre of Chita in the Trans-Baikal region came briefly under their control in the summer of 1919.

26. «колчаки»: 'the "Kolchaks"'. The reference is to the troops of Admiral A.V. Kolchak (1874-1920), who in 1918 had become the commander of the White forces in Siberia. He was captured and shot by the Bolsheviks in 1920.

27. и сы́на нема́: 'and I ain't got no son'. Ukrainian .

28. Она́ обшива́ла и обмыва́ла весь лазаре́т: 'She did the mending and the washing for the entire hospital'.

29. А шут её зна́ет, с чего́ она́ така́я ла́сковая: 'Goodness knows why she's so free and easy'.

30. она́ сли́шком мно́го «крути́ла» с мужчи́нами: 'she went with men rather too often'.

31. Ишь ты...: 'Now, look here...'. *Coll.* from ви́дишь , expressing reproachful surprise.

32. Все вы – на одну́ голо́дку: 'All you (men) - you're all the same'.

33. Отку́да э́то тебя, чёрта патла́того: 'Where have you sprung from, you hairy brute?'

34. Михрю́тка-а: endearing, diminutive form of Ми́шка.

35. Когда́ зачина́ли, никого́ не́ было, а тепе́рь на гото́венькое иду́т: 'When we started out, there was nobody around; as soon as the work's been done, everybody comes'.

36. Придёт эдако́й шпе́ндрик – размя́кнет, нага́дит, а нам расхлёбывай: 'A dope like this turns up, goes all soft, ruins everything, and it's us who has to sort it all out'. Эдако́й (э́дакий, э́такий): *coll.* from тако́й, 'such'. Note the use of the future perfective in придёт, размя́кнет and нага́дит to convey the frequentative sense of the clause.

37. ходи́вший ходуно́м нере́т: 'a quivering (fishing-) net'. The word ходу́н is only found in this form. Нере́т is a regional term.

38. Найдём мы на тебя упра́ву: 'we'll get you for this!'

39. На коре́йские хутора́: 'To the Korean farms'. This does not mean in Korea itself, but to farms belonging to ethnic Koreans who have settled in the Far East region of Russia.

40. даубихинский: from the River Daubikhe region, not far from Krylovka.

41. сандаго́усгих крестья́н: 'peasants from the village of Sandagoy'.

42. хунху́з: a member of the Hung-hu-tsu (Chinese:'Red Beards'), a generic term for a loose association of armed bandits who operated in Northern Manchuria from the middle of the nineteenth century until the Chinese Revolution of 1949.

43. в ко́и ве́ки: 'once in a blue moon'.

44. пожелте́вшие от «маньчжу́рки» зу́бы: 'teeth, yellowed from Manchurian tobacco'.

45. зачасти́л он, как заведённый: 'he began to speak faster, as if someone had just wound him up'.

46. Ле́зут, как му́хи на мёд, кобели́ рва́ные!: 'You men, you're like flies attracted to honey.' **Кобе́ль** *m.* a male dog.

47. бу́дто вобра́ли...сихотэ́-али́ньских костро́в: 'as if they contained all the silent yearning for human company, which torments those who sit through the long solitary nights round smouldering bonfires in the Sikhote-Alin taiga'.

48. А схо́д на что в бу́ден день? Аль сро́чное то?: 'What are we meeting for on a weekday? Nothing urgent, I bet'. **Бу́ден** is used colloquially instead of the more correct long form **бу́дний. Аль (а́ли) = и́ли**, in the interrogative sense of expecting the answer 'no'.

49. це́льная каните́ль получи́лась: 'it's caused quite a to-do'.

50. Семён на́дысь каку́ю загуби́л!: 'You should have seen what Semyon did to his scythe the other day!' **На́дысь** *coll.* = **на дня́х**.

51. здо́рово чмели́ покуса́ли? 'the bumblebees certainly went for you, didn't they?'.

52. Я – по межу́, тю́тилька в тю́тильку: 'I kept to my strip, and not an inch beyond it'. **Тю́тилька в тю́тильку** *coll.*, 'absolutely precisely'.

53. «Ру́ськи ба́рысня» The speaker is mimicking the Japanese attempts to say **«ру́сская ба́рышня».** A possible translation would be 'lussian rady'.

54. На войне́, дорого́й, э́то не то, что с Мару́сей на сенова́ле: 'War, my dear fellow, is not the same thing as lying with Marusya in a hayshed'.

55. Захо́дит третьёводни: 'He comes in the day before yesterday...'

56. Что э́то там корышо́к наш набузи́л?: 'What's our friend been up to then?' **Бузи́ть:** 'to behave badly'.

57. чтоб други́м непова́дно бы́ло!: 'to teach others not to do it again!'

58. До петухо́в нам толчься тут: 'Or are we going to hang about here until cockcrow?'

59. при Микола́шке: 'under Mikolashka'. 'Mikolashka' was a peasant nickname for the last Tsar of Russia, Nicholas II (1868-1918).

60. Обве́шают кра́деным и во́дют под сковоро́дную му́зыку: 'They would hang everything that he had stolen around his neck and lead him up and down with people banging on frying pans'. **Под** + accusative is used here in the sense of 'accompanied by'.

61. А ты по-микола́шкину не меря́й!: 'Don't go by what happened under Mikolashka!' **Меря́й** is the second person singular imperative of **меря́ть**, the colloquial form of **ме́рить,** 'to measure'.

62. А воро́в плоди́ть нам то́же несподру́чно: 'But it wouldn't be right to encourage more thieves'.

63. Неу́жто и ды́нькой не побалова́ться?: 'Surely he can enjoy a melon or two if he wants, can't he?' **Неу́жто = неуже́ли**, 'surely', 'why not?'

64. бла́го бы добро́ како́е: 'it wouldn't have been so bad if he'd stolen something worthwhile'. A colloquial, elliptical phrase whose full form would be: **бла́го бы́ло бы, е́сли бы он взял добро́ како́е-нибудь.**

65. Да зайди́ б ко мне, я б ему́ по́лную ка́йстру за глаза́ насы́пал: 'Well, if he'd come to me, I'd have emptied a whole load over him'. Note the use of the singular imperative **зайди́** with a conditional meaning. **Ка́йстра = кани́стра,** 'container'.

66. свине́й ко́рмим, не жаль дерьма́ для хоро́шего челове́ка: 'we feed pigs such stuff, why not human beings?' **Дерьмо́** *coll.*, 'dung', 'muck'.

67. напа́костил па́рень, сам я с ним ка́жен день ла́юсь: 'the lad has brought shame upon himself; I myself have to have a go at him every day'. **Ка́жен = ка́ждый.**

68. Свой па́рень: 'He's one of us'. In a different context this could also mean 'he's his own person'. Note that this is one of the exceptional occasions when **свой** can be in the nominative case; in normal usage as a possessive pronoun it cannot qualify the subject.

69. В одно́й дыре́ копти́ли: 'we've worked together in the same pit'.

70. Да ра́зве б я...: 'Do you really think I would...?'

71. бу́дто в сту́пке толкли́: 'as if something was being crushed in a mortar'.

72. Кишка́ кишке́ шиш пока́зывает!: a colloquial phrase emphasising hunger; literally, 'one intestine is making a rude gesture to the other'.

73. Пущай и впра́вду порабо́тают – ру́ки не отва́лятся!: 'That's right – they should do some work; their hands won't drop off!'

74. Вот их с Гончаре́нко страви́ть! Кто кого́, как ты ду́маешь?: 'It would be good to match him against Goncharenko. Who would win, do you think?' **Кто кого́?** (*lit.* 'who whom?') is a phrase made famous by Lenin; the implied verb is **победи́т,** 'will beat'.

75. на мно́гие деся́тки вёрст: 'for many miles' (*lit.* 'for many tens of versts'). One verst (**верста́**) is equal to 1.06 kilometers; it is no longer used as an official unit of measurement.

76. с «задри́панной Мару́ською»: 'with "that slut" Maruska'.

77. «не пти́чьего ума́ де́ло»: 'it was no concern of a birdbrain'.

78. Во Влади́миро-Алекса́ндровском и на О́льге – япо́нский деса́нт: 'The Japanese have landed at Vladimiro-Aleksandrovsk and on the Olga'. The places mentioned are separated by some 150 miles of coastline. Although neither was of particular strategic importance, the Japanese intention would have been to join forces inland, thereby threatening the whole Suchan region.

79. Та-ба́к де́ло!: 'Things are in a bad way!'

80. в два счёта: 'in a jiffy'.

81. Порá забывáть про бáбий подóл: 'It's time to stop clinging to your mother's skirts' (*lit.* '...to forget about a woman's apron').

82. У негó котелóк вáрит: 'He's got his head screwed on' (*lit.* 'his pot's boiling').

83. За всё лéто убы́тку такóго нé было: 'There haven't been such losses the whole summer'. За + accusative is used here to emphasise the point that something out of the ordinary has happened within a particular period. Note the -y genitive ending, often found with a number of masculine nouns in conjunction with нет and нé было.

84. он разлезáлся по всем швам: 'it was coming apart at the seams...'.

85. с кáждого душéвного дóнышка: 'from the innermost depths of everyone's soul'.

86. Ну, а с Морóзкой и тогó мéне – он, подú, привы́к: 'Well, there's even less of it as far as Morozka is concerned; he's used to it, I suppose'. Мéне is a form of мéнее sometimes used in common parlance. Подú is used as a parenthetic insertion meaning 'probably', 'perhaps'.

87. И никомý спýску не давáй: 'And don't let anyone bully you'.

88. Нóсит тебя́, дья́вола: 'What the devil's got into you?'

89. Нáше вам – сóрок однó с кúсточкой: an expression used when greeting someone in a joking and, in Morozka's case, sarcastic manner. 'My humblest respects to you, sir' is a possible translation.

90. не пузы́рься, не то вóлосы вы́лезут: 'keep calm, otherwise your hair will fall out'. The literal meaning of пузы́риться is to 'bubble up'.

91. Что – скóро нам ýдочки смáтывать?: 'Maybe we'll soon have to be packing our things' (*lit.* 'reeling in our fishing rods').

92. А ты небóсь скучáла?: 'And you've been missing me, I suppose?'

93. Тебé тóлько и делóв: 'And you've got nothing better to do...' Делóв is a colloquial form of the genitive plural of дéло – (мнóго) дел.

94. И мне не впервóй, чать не чужúе: 'It's not the first time for me either, and anyway we're not strangers'. Впервóй = впервы́е , 'for the first time'. Чать is a parenthetic word, used in a similar sense to подú (see note 86).

95. Чтó-то финтúшь ты, дéвка: 'You're playing some sort of game, my girl'.

96. Влúпла ужé, чтó ли?: 'Are you in love, or something?' (*lit.* 'caught up in something?')

97. А ты что – спрос?: 'What right do you have to ask?'

98. В э́нтого, мáминого, чтó ли?: 'In love with that mummy's boy, are you?' Э́нтот = э́тот, тот.

99. Богаты́рь шинóвый: 'What a hero, my foot!' Varya is referring sarcastically to Morozka's apparent lack of virility. A *bogatyr* was a heroic figure of Russian folklore.

100. Заде́лаешь тебе́, как же, е́жели тут це́лый взвод рабо́тает: 'How can I make you pregnant when the rest of the platoon's involved?'

101. Таска́ем мы вас на свою́ го́лову: 'You're just a burden to us!' (*lit.* we're dragging you around on our own heads'). На свою́ го́лову has the figurative meaning of 'to one's own misfortune'.

102. не «вы́держал ма́рку» до конца́: 'failed to keep his reputation intact to the end'.

103. япо́нцев и слы́хом не слыха́ть: 'the Japanese were nowhere to be seen'.

104. Тебе́ бы то́лько фасо́н дави́ть, же́ня с ру́чкой!: 'All you like doing is showing off, you little creep!' Же́ня = жо́па, 'arse'.

105. расска́жет то́же: «Га́-азы пуща́ют...»: 'Just listen to her going on about poison gases...' То́же is used here, not as an adverb with its more common meaning of 'also', but as a particle expressing a sceptical attitude; note the use of the perfective future, расска́жет, to emphasise the point. Пуща́ют is from the verb пуща́ть, a dialectical form of пуска́ть, 'to let go', 'release'.

106. Кати́сь колба́ской!: 'Off you go!' There is an associated rhyming Russian catchphrase: Кати́сь колба́ской по Ма́лой Спа́сской, 'Roll like a sausage down Malaya Spasskaya Street'.

107. Надое́ло мне всё, брато́к, до бузо́вой ма́тери: 'I'm fed up to the back teeth with everything, old chap'.

108. «себе́ на уме́»: 'two-faced'.

109. наскро́зь = наскво́зь: 'through and through'.

110. Спо́лнишь – ве́чным дру́гом бу́дешь: 'If you do what I ask, you'll be my friend for life'. Спо́лнишь is elliptical; the full phrase would be Е́сли ты спо́лнишь...

111. С чего́ э́то тебе́ приспичило?: 'Why so impatient?'

112. очерте́ло мне: 'I'm sick and tired of everything'.

113. К нему́ с де́лом, а он с ха́ханьки: 'I'm trying to put in a serious request, and all he can do is make stupid jokes'.

114. Вот поста́вил ма́рку...Левинсо́н...э́т-то н-но́мер: 'That's really something, Levinson...very impressive!' Вы́кинуть но́мер, 'to do something remarkable'.

115. с повыше́нием, Ефи́м Семёнович!... Магары́ч с вас: 'congratulations on your promotion, Yefim Semyonovich! You'll have to stand us a drink'. 'To congratulate someone on something' in Russian is поздравля́ть кого́-нибудь с чём-нибудь, but in speech the verb and direct object are usually omitted, as in С Но́вым го́дом!, 'happy New Year!' Магары́ч *coll.*, 'entertainment' (to celebrate a success).

116. как болт непри́ткнутый: 'like an unused bolt'.

117. «по случаю возвращёния в Тимофёево лóно»: 'on the occasion of his return to his old platoon' (*lit.* 'to Timofey's bosom' – Timofey being the first name of the platoon commander, Dubov). **Тимофёево** is a possessive adjective (**Тимофёев, -а, -о, -ы**). All such adjectives derived from the diminutives of first names follow the same pattern.

118. сейчáс же крой по всем халýпам: 'Go round to all huts immediately – at the double!' **крой** is the singular imperative form of the verb **крыть**, which can mean colloquially 'get a move on'.

119. до седьмóго колёна: 'until the seventh generation'. **Колёно** can mean either 'knee' (plural **колёни**), 'metal joint' (plural **колёнья**), 'figure in a dance' (plural **колёна**), or 'tribe', 'generation' (plural **колёна**).

120. он пришёл сегóдня к шáпочному разбóру: 'he arrived today when it was already all over' (*lit.* 'by the time the caps had been given out').

121. колчáковцами: see note 26.

122. вóздух был пóлон пчелúного предосённе-жáлобного гýда: 'the air was full of the sound of bees, their plaintive humming signalling the imminent onset of autumn'.

123. игрáла в городкú: 'was playing gorodki'. This is a game, somewhat similar to skittles, which consists of throwing a long stick (**битá**) at a set of smaller sticks (**городкú**) in an attempt to dislodge them.

124. с мякúнным брюхом: 'with a sagging belly'. **Мякúнный**, in normal usage, is the adjective formed from **мякúна**, 'chaff'.

125. Испахáвшая в своéй жúзни не однý десятúну: 'having ploughed in her lifetime more than a single acre'. Note the distinction between **не однý десятúну**, 'more than one acre', and **ни однóй десятúны**, 'not a single acre'. **Десятúна** is a land measure equivalent to 1.09 hectares (2.7 acres); it also means 'tithe', as its name suggests.

126. в седовáтом ёжике: 'with bristly grey hair'. **Ёжик** is the diminutive form of **ёж**, 'hedgehog'.

127. хрúплая гармóнь исходúла «сарáтовской»: 'a wheezing accordion was playing a song from Saratov'. Saratov is a region of European Russia situated on the Volga to the south east of Moscow.

128. Он проплутáл бы всю ночь...' 'He would have wandered around all night...' Such constructions are common in Russian: **Они простоáли там два часá,** 'they stood there for two hours'.

129. всё равнó я не бýду за ней ухáживать, пускáй подыхáет: 'I shan't look after her, all the same; let her rot'.

130. Посмóтрим, что он запоёт, а я не боюсь: 'He can say what he likes about it, but I don't care' (*lit.* 'We'll see what he'll sing...').

131. как «лóдырь и задавáла»: 'as an idler and a show-off'.

132. На нáшем горбý капитáлец себé составляет: 'He uses us to his own advantage' (*lit.* 'he makes capital for himself on our backs'). The primary meaning of **горб** is 'hump', but it is also used metaphorically to mean 'back' – e.g. **на чужо́м горбу́,** 'to take advantage of someone else's efforts'.

133. «Ты бы сам су́нулся»...затаённо-мига́ющим мужи́цким взгля́дом: '"You should have had a go yourself"', he thought, looking at Levinson in a peasant's sly and secretive manner'.

134. Разве́дка подверну́лась Ме́чику как нельзя́ кста́ти: 'The reconnaissance could not have come at a better time for Mechik'.

135. Наскво́зь переседла́ем: 'We'll have to put the saddle on all over again'.

136. Агромяту́-ущая си́ла гапо́нщив би́ля шко́лы!: 'The hugest Japanese forces have appeared near the school!' The woman is speaking in a Ukrainian dialect.

137. Тре́тий патро́н попа́л в переко́с: 'The third shot went wide'.

138. Не зате́м киселя́ хлеба́ли, чтоб трёх э́тих дурако́в пришить: 'We haven't come all this way simply to kill those three poor fools'. **За семь вёрст киселя́ хлеба́ть** (*lit.* 'to eat jelly), 'to go on a long journey to no purpose'.

139. Чего́ сгруди́лись?: 'What are you bunching up for?'

140. Пли: 'Fire!' This is an abbreviated form of **пали́,** the singular imperative of **пали́ть/вы́палить** *coll.*, 'fire from a gun'.

141. бу́дя! = бу́дет: 'that's enough!'

142. Кто там стреля́ет? Патро́нов не жа́лко!: 'Who's that still firing? Stop wasting ammunition!' (*lit.* 'you don't regret (using) the bullets').

143. вре́мя до бо́ли скра́дывалось: 'time was creeping along painfully slowly'.

144. под спу́дом: 'in a hidden place', 'under a bushel'. **Спуд** is an archaic word which is only used in such phrases.

145. Левинсо́н тепе́рь всегда́ был на лю́дях: 'Levinson was now always to be seen with his men'. **На лю́дях,** 'in the company of others'.

146. я то́же не ры́жий: 'at least I haven't got ginger hair'. As a reference to Levinson, this is not only rude but also a deliberate challenge to his authority.

147. Ну и моро́ка с таки́м наро́дом: 'Such people are nothing but trouble'. **Моро́ка,** 'darkness', 'confusion', is cognate with the much more common noun **мрак,** 'gloom'.

148. Пятьсо́т рубле́й сиби́рками: 'Five hundred roubles in Siberian notes'. A *sibirka* was a paper money note issued during the civil war by Admiral Kolchak's government. It was in use from 1918 to 1920.

149. Свинья́ тут у них пудо́в на де́сять: 'They've got a pig here weighing about 190 kilos'. A *pood* was a pre-revolutionary unit of weight, still in unofficial use, equivalent to 16.38 kilograms (36 pounds). Note the inversion of **на де́сять** after the noun, to signify approximation.

150. ёрзая в траве́ бородо́й: 'his beard trailing on the grass'.

151. жи́нку = жену́.

152. переда́й, чтоб не бо́льно уж там...убива́лись: 'tell them not to grieve too much'. **Бо́льно** has the colloquial meaning of 'much', 'very'. **Уж** is an emphatic particle, often not translated.

153. «**Подтяну́ть хвост, что́бы кто́-нибудь не откуси́л**»: 'To close up his platoon or its tail would get bitten off'.

154. «**Эх, жисти́нка...н-ну!**»: 'What a life!' **Жисти́нка = жизнь.**

155. Хорошо́ им – е́дет себе́, и никаки́х: 'It's all right for them – they just carry on, without any problems'. **Пробле́м** is omitted after **никаки́х.**

156. А с чего́ им тужи́ть на са́мом де́ле? Хотя́ бы Левинсо́ну?: 'And what do they have to worry about anyway? Even Levinson, for instance?' Note the construction using the dative with the infinitive: **Что мне де́лать?** 'What am I to do?'

157. Вот язви́ её в копы́та, пра́во сло́во, Ва́рку-то, Ва́рьку: 'Varka can just go to the devil, she can'.

158. Ну и хрен с ни́ми!: 'To hell with them!'

159. На кой ты загну́лся с ню́хом свои́м. Пошёл, н-ну!: 'What the hell do you want with your sniffing around? Just clear off, will you!' **На кой чёрт?**: 'What the devil for?'

160. Я тебе́, дра́ному в стос, покажу́: 'I'll show you, you useless idiot...'.

161. Уду́мали то́же!: 'Whose clever idea was this?' **Уду́мать**, 'think up', 'conceive (an idea)'. For **то́же** see note 105.

162. Ра́зи винова́т...: 'Is it really my fault...' **Ра́зи = ра́зве.**

163. Жи́знью ты лу́чше не кида́йся – сгоди́тся: 'Don't be so reckless with your life – you might need it'. **Кида́ться** + instrumental, 'throw about'.

164. ду́мает, я на него́ в оби́де: 'thinks I bear a grudge against him'.

165. лома́ется, что́бы, по ба́бьей привы́чке, наби́ть себе́ це́ну: 'she was being obstinate, as women are, simply in order to get a better deal'.

166. Разу́й глаза́!: 'Are you blind, or something?' **Разу́й** is the singular imperative of **разу́ть** (*imperfective* **разува́ть**), 'to take (someone's) shoes off'.

167. и пра́вда «кубраки́»: 'You're right – this is Kubrak's platoon'.

168. не испо́лни его́ тре́бования: 'if you didn't do what he asked'. See note 65.

169. хоть глаз вы́коли: 'it was pitch darkness'.

170. «**И чего́ я взъе́лась на него́?**»: 'Why did I get so angry with him?'

171. К ве́черу э́та пелена́ спа́ла: 'By the evening this shroud of mist had disappeared'. **Спа́ла** is the past feminine form of **спасть** (*imperfective* спадáть, 'to fall down (from)'. Спалá, with the stress on the end, would mean '(she) was asleep'.

172. **Там уж и Хáрченко справля́лся, как, мол, здорóвье, мол, рáненный пáрень быль:** 'Kharchenko was also asking about you, how you were – the lad, he said, who had been seriously wounded'. **Мол,** from the obsolete verb **мóлвить,** 'to say', is a parenthetic word indicating reported speech.

173. **А с чегó бы, кажи́сь, хитри́ть, скупи́ться?:** 'And, anyway, what's the point of being cunning and mean?' **Кажи́сь** *coll.* = **кáжется.**

174. **Ну, ведь ни хрéна, ни хрé-на же у самих нéту, подметáй – чи́сто!:** 'There's really nothing, not a thing, about them that's any good at all; sweep them up, and there'd be nothing there!'

175. **кáждого из нас колупни́:** 'scratch any one of us...'

176. **Со мнóгими потрохáми, рáзве тóлько что без лаптéй:** 'A peasant through and through (*lit.* 'with many of the guts'), except without the bast shoes'.

177. **Раз, два и обчёлся:** 'You could count them on the fingers of one hand'.

178. **«Так припёр старикá – никудá не дéнешься»:** 'He's got the old fellow in such a corner, that he won't get out of it now'.

179. **«свой в доскý»:** 'a man of the people', 'one of us'.

180. **проводи́л глазáми егó не отмéченную никаки́ми устáвами цéпкую пастýшью посáдку:** 'watched him ride away clinging tenaciously to his saddle in his unorthodox (*lit.* 'not laid down in any regulations') shepherds's manner'. Fadeev has chosen here to place the participial clause, **не отмéченную никаки́ми устáвами,** before its qualifying noun **посáдку;** more often such clauses follow the noun, but it helps to illustrate why a participle must agree with the noun which it qualifies in gender, number, and case.

181. **Вот язви́ егó в свет!:** 'To hell with him!'

182. **Ты, брат, наговори́л – не проворóтишь:** 'What you just said, my boy, is slander – you can't get away from it!'

183. **«Экий непроходи́мый пýтаник»:** 'What a complete and utter muddleheaded fool'.

184. **во что бы то ни стáло:** 'whatever happens', 'at all costs'.

185. **«Болóто там, не инáче»:** 'There's definitely a swamp there'. Metelitsa notices what Levinson fails to notice – an error for which the detachment will pay a very high price.

186. **Этот убóгий, с хозя́йского плечá, пиджáк:** 'his shabby jacket, obviously his master's' (*lit.* 'from his master's shoulder').

187. **А чегó ж ты налетéл, как бузýй:** 'Why did you suddenly appear like that, like a madman?'

188. Скажите на милость!: 'You don't say!'

189. откуль = откуда

190. как одна копеечка: 'as like as two peas' (*lit.* 'as a single kopeck').

191. Тятьку у меня казаки вбили: 'My dad was killed by the Cossacks'. The name Cossack was originally given to people who lived on the frontiers of Russia and who were granted certain privileges in return for military service. During the Russian civil war they fought on both sides. Admiral Kolchak's army included large numbers of Cossacks, but there were also many who fought under the command of their semi-independent and self-styled ataman, Grigory Semyonov (1890-1946), who was responsible for many atrocities.

192. Вбили почём зря: 'Killed them for no reason at all'.

193. А волостное село за нами: In tsarist Russia a *volost* was the smallest territorial unit, forming part of an *uyezd*.

194. попаси-ка коня моего: 'look after my horse, will you'. The particle -ка modifies the force of the imperative.

195. стараясь заскочить глазами под каждую: 'Trying to glance under each (card)'. Под is followed here by the accusative because motion is implied.

196. Ну, чур, не выдавать!: 'Don't give me away, mind!' Note the use of the infinitive to emphasise the peremptory nature of the command.

197. нажрался, видать, и дрыхнет где в избе, а тут не евши сиди: 'been stuffing himself, no doubt, and is now sleeping it off in some hut, while I'm sitting here hungry' (*lit.* 'sit here, not having eaten'). Где is a colloquial form of где-нибудь. Сиди is an imperative, as if the guard is addressing himself.

198. Даёшь деревню!: 'Let's take the village!' This is an expression used in the armed forces as a summons to assault a particular objective – Даёшь Берлин!

199. «утренниками»: *lit.* 'morning shows'. A more apt translation here might be 'dawn choruses'.

200. Мысль о том...плохо прививалась людям: 'People were finding it difficult to accept the idea that...'

201. Да он, ваше благородие, кому ж другому быть: 'Of course it's him, your Honour; it couldn't be anybody else'. Ваше благородие was a term used in the tsarist army to address officers up to the rank of captain. For the use of the dative case with the infinitive see note 156.

202. Да неужто ж я по охоте?: 'You don't think I wanted to do it, do you?'

203. Эк тебя разукрасило: 'Hey, who's been at you with the paintbrush?' Impersonal constructions such as this are quite common in Russian,

164

particularly when referring to a person's physical state. Chizh is commenting on Mechik's face which had been badly scratched during the attack on the village.

204. Вдруг он как обернётся...: 'Suddenly he whips round...'

205. Ох, и гуля́ет ваш оди́н с хло́пцами, с на́шими: 'one of your lot is having a good time with our lads'. The primary meaning of гуля́ть is 'to take a stroll', but it can also mean 'to enjoy oneself'.

206. Он як...чу́ете?: 'That's him, probably...can you hear?' The girl is speaking Ukrainian. Як = как бу́дто; чу́ете = слы́шите.

207. душа́ с тебя́ вон – вместя́х пропода́ть бу́дем!: 'To hell with you – we'll go down together!'

208. Ах, панихи́да...в три-господа́: Morozka, unable to cope with the loss of his horse and the effects of drink, has become delirious, reduced to isolated words and phrases, and fragmented curses. Панихи́да, 'burial service'.

209. шахтёры-коренники́: 'root-and-branch miners'.

210. «Ну – сво́йская де́вка»: 'Well, she's a girl who knows her own mind'.

211. Она́ исходи́ла полдере́вни: 'She walked round half the village'.

212. Ну и что же, что Гончаре́нко? Поду́маешь – ба́рин: 'Well so what? What if it is Goncharenko? He's not our lord and master, is he?'

213. когда́...сосе́ди крича́ли го́рько: 'when those around them sitting at the table shouted "gorko"'. It is a custom for guests to shout го́рько ('bitter') during Russian wedding celebrations until the bridal couple kiss each other. The vodka etc. is then 'sweet' enough to drink.

214. Сно́ва по ста́рой тро́шке, одну́ и ту же ля́мку: 'Back to the old ways, the same old grind'. The literal meaning of ля́мка is the strap used for carrying or hauling heavy loads. Figuratively it appears in the expression тяну́ть ля́мку, 'to be engaged in drudgery'.

215. они гуля́ли запанибра́та: 'they were strolling arm in arm'.

216. пядь за пя́дью: 'inch by inch'. Пядь *fem.*, 'span'.

217. пореде́вший втро́е: 'its numbers reduced by a factor of three'. It is difficult to calculate precisely exactly how many partisans there were originally in Levinson's detachment, but there must have been well over a hundred. At an earlier stage some thirty people had been lost in an engagement with the Japanese, but this does not seem to have affected its fighting capacity unduly.

218. кто́-то руга́лся с зло́бными придыха́ниями: 'somebody was gasping and furiously swearing'.

219. что никогда́ не уви́деть ему́: 'that he would never see again...'.

220. Сверну́вшись кала́чиком: 'Rolled up in a ball'. The instrumental is used here to denote the manner in which the action has been performed. Кала́чик, 'small, ring-shaped, wheatmeal loaf'.

221. **во главе́ с Кубрако́м:** 'led by Kubrak'.

222. **упёршись затаи́вшими у́жас, но уже́ ра́дующимися глаза́ми:** 'their eyes, still masking the horror, but already filling with joy, fixed (on the...expanse)'.

223. **верстовы́е столбы́:** posts by the side of the road marking off the versts. See note 75.

224. **куда́ хвата́л глаз:** 'as far as the eye could see'.

225. **Там шла своя́ – весёлая, зву́чная и хлопотли́вая – жизнь:** 'There life ran its own course – echoing with happy, bustling activity'.

VOCABULARY

This vocabulary aims to cover all the words in the text, with the exception of:

1) words that are included in the Russian-English section of the *Pocket Oxford Russian Dictionary*, compiled by Jessie Coulson (Clarendon Press, Oxford, 1981);

2) words that can reasonably be inferred from the above dictionary, e.g. смекáлистый, 'quick-witted', from смекáлка, 'native wit';

3) words that are virtually identical in English and Russian, e.g. гном, дезертúр;

4) words dealt with in the notes.

The vocabulary is not intended as a substitute for a good dictionary. Grammatical information has been kept to a minimum, and all words covered have been translated solely according to the context in which they occur.

The following abbreviations are used:

A.	accusative	*iron.*	ironical
coll.	colloquial	*m.*	masculine
comp.	comparative	*obs.*	obsolete
D.	dative	*pejor.*	pejorative
dim.	diminutive	*pf.*	perfective
f.	feminine	*pl.*	plural
G.	genitive	*poet.*	poetical
I.	instrumental	*reg.*	regional
impf.	imperfective	*ukr.*	Ukrainian

168

A

áмба *coll.* finished, all over

Б

балда́ *coll.* blockhead
ба́тя *coll.* father; old man (mode of address)
башта́н melon plantation
ба́ять *coll.* say, talk
бедо́вый daredevil
белёсый whitish
белобры́сый tow-haired
берда́н Berdan rifle
бесплóтный disembodied
бестова́рье shortage of goods
блудли́вый lecherous
бодя́к thistle blade
бомбомёт *obs.* bomb-thrower
ботва́ beet leaves
бреха́ть *coll.* tell lies
брехня́ *coll.* lies
бубни́ть/про- *coll.* grumble
будора́жить/вз- disturb, excite
бузу́й *coll.* troublemaker
бу́рка felt cloak
бурундучо́к chipmunk
бучи́ло *reg.* deep part of river
были́нка blade of grass

В

валёжник *coll.* windfallen branches
верти́ло *coll.* wheel
вечо́р *coll.* yesterday evening

взды́бливать/взды́бить cause to rear up
вздыма́ться *impf.* rise
взметну́ть *pf. of* взмётывать fling up
взмоли́ться *pf.* beg
взня́ться *pf.,coll.* rise
взы́кать buzz
вида́ть = ви́димо clearly, obviously
вовну́трь inside
вожделе́ние lust
воя́ка *iron.* warrior, soldier
всеобъе́млющий all-embracing
вскопа́ть *pf. of* вска́пывать dig up
вспугну́ть *pf. of.* вспу́гивать scare off
втёмную without seeing the cards
второпя́х in haste
вы́ведать *pf. of* выве́дывать (у + G.) extract information from
вызрева́ть/вы́зреть ripen
вы́метнуться *pf.,coll.* bound, gallop
вы́мороченный deserted
вы́нырнуть *pf.* dart out
вы́палить *pf. of* выпа́ливать blurt out
выпра́стывать/вы́простать free, work loose
вы́пучить *pf. of* выпу́чивать:
   вы́пучить глаза́ open one's eyes wide
вы́рядить *pf.,coll.* dress up
высме́ивать/вы́смеять make laughable
вы́тянуться *pf. of* вытя́гиваться:
   вы́тянуться в стру́нку stand to attention

Г

гарцева́ть *impf.* prance
гати́ть *impf.* make a road (out of brushwood)
гимнастёрка soldier's blouse, battledress top
годува́ть *impf.,coll.* entertain
головня́ charred log
госпо́день the Lord's
гульба́ riotous behaviour

Д

двухчасово́й two-hour
дебо́ш uproar, riot
декови́лька colliery tub
допы́тываться *impf.* try to find out
достуча́ться *pf.* knock until someone answers
драгу́нка carbine
дра́тва thread
драчли́вый pugnacious
дры́гать/дры́гнуть (+I.) *coll.* jerk, twitch
дубня́к oak wood
дури́ло *coll.* fool
духови́тый *coll.* aromatic

Е

éжели *coll.* if

Ж

желторо́тый inexperienced, naive
жрать/со- eat, guzzle
жуть *f.* horror

забо́ка *reg.,coll.* side, edge
зава́линка mound of earth round Russian peasant hut
зави́стник envious person
заводно́й = **забо́дский: заводна́я ло́шадь** stud-horse
завози́ться *pf.,coll.* stir oneself
заворочáться *pf.,coll.* stir
завто́рить *pf.* echo, repeat
завя́дший withered
загнуси́ть *pf.* say something in a nasal voice
задавáться *impf.,coll.* show off, swank
заждáться *pf.,coll.* be tired of waiting
зазо́рный *coll.* shameful
закачáться *pf.* begin to sway
залáмывать/заломи́ть *coll.* cock one's hat
замéсто = **вмéсто** (+G.) instead of
заночевáть *pf.,coll.* stop for the night
зану́да *coll.* nuisance, pain in the neck
зану́здка bridle
запáвший sunken
зардéться become flushed
заржáть *pf.* neigh
затáкать *pf.,coll.* chatter (of machine-gun fire)
зачаро́ванный spellbound
зачередовáть *pf.,coll.* (+I.) alternate
зачини́ть *pf.of* **зачи́нивать** *coll.* patch, mend
защеми́ть *pf.of* **защемля́ть** pinch, jam
защи́тный protective, khaki
звездану́ть *pf.,coll.* see stars (as the result of a blow)

златоколо́сый golden-eared (of corn)
златоли́стый golden-leaved
зюбр *see* изю́бр

И

иде́ *coll.* where
изнача́льный primordial
изрешети́ть *pf. of* изрешё́чивать (+I.) pierce, riddle (with)
изъе́денный eaten away, corroded
изю́бр Manchurian deer
ильма́к elm wood
искраплё́нный marked, pitted
испоха́беть = испоха́бить *pf.,coll.* ruin, spoil
исцара́панный badly scratched
и́чиги *pl.* light shoes (without heels)

К

кали́на guelder-rose
кау́рый light chestnut (colour of horse)
кисе́ль *m.*: моло́чный кисе́ль blancmange
клеть *f.* shed
кло́кнуть *pf.,coll.* seethe
кнутови́ще whip handle
кти́тор churchwarden
кобе́ниться *impf.,coll.* make faces
кобло́ = кобе́ль *m.* male dog
кольт Colt pistol
ко́мель *m.* butt-end
кондо́вый solid, close-grained (of timber)
копё́р pithead
крутну́ть *pf.,coll.* turn, twist

кры́шка *coll.* stop!
кудерьки́ *coll.* curls
кудла́тый *coll.* shaggy
куку́шка small steam locomotive
купова́ть *coll.* buy
ку́рва *coll.* whore
кургу́зый *coll.* too short or tight (of clothes)
куржа́вый *reg.* covered with frost
ку́рево *coll.* a smoke, cigarette
куре́нь *m.,reg.* hut
кутё́нок *coll.* puppy
куто́к enclosed space

Л

лави́ровать *impf.* zigzag
ладо́шка = ладо́нь *f.* palm of hand
лампа́с trouser stripe
ла́таный *coll.* patched (of clothing)
ли́хость *coll.* swagger
лука́ pommel (of saddle)
лютова́ть *impf.,coll.* go on the rampage

М

ма́ковка *coll.* peak
мале́ц *coll.* lad,boy
малю́сенький *coll.* tiny
маньчжу́рский Manchurian
ма́терный *coll.* obscene
матерщи́на *coll.* foul language
матю́ка *coll.* curse, swear word
махи́на *coll.* cumbersome object
медвя́ный smelling of honey
млеть (от+G) become numb
мошо́нка scrotum

мразь *f.* scum
мреть *impf.,coll.* be dimly visible
мурава́ *poet.* grass, sward
мыта́рство ordeal

Н

надёванный worn, used (of
  clothing)
надкуси́ть *pf. of* надку́сывать take
  a bite
на́дыть *coll.* it is necessary
нажра́ться *pf.,coll.* have a lot to eat
наму́читься *pf.,coll.* become worn
  out
наперере́з so as to intercept
напира́ть/наперёть *coll.* press on,
  push ahead
напластова́ние layer
напну́ть *pf.,coll.* (на + А.) pull on,
  pull over
напужа́ть *pf.,coll.* intimidate
напя́лить *pf. of* напя́ливать *coll.*
  struggle into (of clothes)
натру́женный worn out, exhausted
нево́лить/при- force, compel
невтерпёж *coll.* unbearable; мне
  невтерпёж I can't bear it
негну́щийся upright, straight
нее́зженый unused, untravelled
незде́шний *coll.* unearthly
неказ́истый *coll.* unprepossessing
немудря́щий = немудрёный *coll.*
  simple, uncomplicated
непбённый unwatered
несмыва́емый indelible
несура́зный *coll.* absurd; misshapen
нетопы́рь *m.* bat
нехо́женый untrodden

О

обла́пить *pf. of* обла́пливать *coll.*
  stroke roughly
обушо́к pick (tool)
обша́рпанный dilapidated
общи́панный plucked, naked
огненноли́кий fiery-faced
бклик hail, call
окли́кнуть *pf. of* оклика́ть hail,
  call
окблица outskirts of village
окромя́ = крбме except
ольха́ alder tree
ольхбвник alder thicket
омша́ник *reg.* heated structure for
  bees in winter
ону́ча puttee, leg cloth
опалённый sunburnt
опарши́веть *pf. of* парши́веть
  become mangy
опа́ска: с опа́ской warily
опу́шка edge of forest
осатане́вший *coll.* infuriated
оскли́злый slimy
осолов́елый = осов́елый *coll.*
  dazed, dreamy
остервене́ние frenzy
остроли́цый sharp-faced
отдува́ться (за + А.) *coll.* be
  answerable for
отка́тчица (female) truck hauler in
  mine
офицерьё *pejor.* officer scum
ощ́ериться *pf. of* ощ́ериваться *coll.*
  scowl; brandish

П

падь *f.* valley
папа́ха fur cap
парша́ mange, scab
паску́дство vileness
патронта́ш ammunition belt
па́ут *reg.* horsefly
пенёк *dim.of* пень *m.* tree stump
перега́р *coll.* smell of alcohol
передове́рить *pf.of* передоверя́ть
   (+D.) transfer trust (to)
передо́к front (of carriage)
перека́т shoal
перемахну́ть *pf.of* перема́хивать
   lightly jump across
перено́сье = перено́сица bridge of
   the nose
перепа́лка *coll.* exchange of fire
перепоя́саться *pf.of*
   перепоя́сываться engirdle
пере́ться *impf.,coll.* press on, push
   ahead
пестре́ть strike the eye (with many
   colours)
плёвый *coll.* trivial
побасёнка *coll.* tale
поблёскивать *impf.* gleam
побрести́ *pf.* plod
побря́кивать/побря́кать rattle
поводы́рь *m.,coll.* leader, guide
повя́нуть *pf.* die down
подверну́ть turn up, roll up (of
   clothing)
подёргаться *pf.* twitch
подпру́га saddle-girth
подрывни́к sapper, explosives
   expert

подслепова́тый semi-blind
подсоби́ть *pf.of* подсобля́ть *coll.*
   give a hand (to)
подхлестну́ть *pf.of*
   подхлёстывать whip
по́ймка capture
по-ино́му differently
по́йманный caught
покриви́ться *pf.of* криви́ться
   become crooked
поло́ва chaff
по́лымя *reg.* flame
полыхну́ть *pf.* blaze, flare up
понёва homespun skirt
попа́ренный steamed
поплести́сь *pf.,coll.* drag oneself
поравня́ться (с+I.) *pf.* come up
   alongside
по́росль *f.* growth, shoots
поско́тина *reg.* pasture
посошо́к *dim.of* по́сох shepherd's
   crook
постоя́лый: постоя́лый двор inn
потере́ться *pf.of* тере́ться
   (среди+G.) *coll.* mix (with)
потни́к saddle-cloth
потруси́ть *pf.,coll.* trot
поха́бничать *impf.,coll.* use foul
   language
поча́ще as often as possible
почужёть *pf.* become alienated
пошаты́ваться *impf.* totter, stagger
пошеве́ливать *impf.* (+I.) move,
   shift
пощи́пывать *impf.,coll.* tweak
прибау́тка *coll.* facetious remark,
   catch phrase

пригиба́ться/пригну́ться bend down

приглушённый subdued, muted

пригре́в: на пригре́ве in a warm spot

придержа́ть *pf. of* приде́рживать restrain

придуши́ть *pf.,coll.* smother

прикорну́ть *pf.,coll.* curl up (to sleep)

при́куп additional cards (in card game)

прили́занный: прили́занные во́лосы smarmed-down hair

прини́женный demeaned

припада́ть *impf.* limp

припусти́ть *pf. of* припуска́ть *coll.* quicken one's pace

присмыкну́ться *pf.,coll.* (к+D.) join

пристраща́ть *pf. of* пристра́щивать *coll.* intimidate

притули́ться *pf.,coll.* find room for oneself

прихло́пать *pf.,coll.* kill

причинда́лы *coll.* belongings

провести́ *pf. of* проводи́ть *coll.* trick, fool

провиа́нт provisions

прога́л = прога́лина glade, clearing

проговори́ться *pf. of* прогова́риваться *coll.* blurt out, spill the beans

прода́вленный curved, broken

продра́ть *pf. of* продира́ть *coll.* wear holes (in)

прожева́ть *pf. of* прожёвывать finish chewing, swallow

прокида́ться *impf.,coll.* miscalculate, miss the mark

проко́с swath

проме́ж *coll.* = ме́жду between, among

промя́ться *pf. of* промина́ться exercise, stretch one's legs

пропа́хнуть (+I.) reek

проступа́ть/проступи́ть appear, show through

про́торь *f.reg.* track, trail

протрезви́ться *pf. of* протрезвля́ться sober up

проу́лок lane

пря́дать *impf.* пря́дать уша́ми *coll.* (of a horse) prick up its ears

пря́сло *reg.* fence

пу́ня *reg.* barn

пустосло́в windbag

пустоцве́т empty, worthless person

пустяко́вый *coll.* trivial

пу́тать/с- tie up, fetter

пу́ты hobbles, fetters

пушо́к fluff

пу́ще *coll.* all the more

пыре́й couch-grass

пы́рник *reg.* grain crop

пятисте́нный five-walled

пя́титься/по- move backwards

Р

разбры́згивать/разбры́згать spray

разва́лец: ходи́ть с разва́льцем walk unsteadily

разводя́щий guard commander

развороче́нный broken up (of soil etc.)

раззя́ва *coll.* scatterbrain, imbecile

разля́панный *coll.* flattened, shapeless
размо́кший sodden
разню́хать *pf. of* разню́хивать *coll.* nose out
разуха́бистый *coll.* full of bravado
растопы́рить *pf. of* растопы́ривать open wide
регуля́рник regular soldier
резану́ть = резну́ть *pf.* cut, slice
резо́нный reasonable
ремешо́к = реме́нь *m.* strap, belt
ресни́ца eyelash
роси́ться glisten with dew
ру́сло (river-) bed, channel
ры́скать *impf.* roam
ря́ска duckweed

С

свинопа́с swineherd
свихну́ться *pf., coll.* go off one's head
сво́дка gathering (of people)
сдю́жить *pf., coll.* hold out, last out
се́дни *reg., coll.* today
си́рый *obs.* lonely
ска́тка *coll.* rolled-up greatcoat
склад: чита́ть по склада́м read haltingly
скуфе́йка *dim. of* скуфья́ skull-cap
сме́тка *coll.* quick-wittedness
смит revolver (Smith & Wesson)
смолье́ *coll.* (resinous) firewood
снова́ть *impf.* move swiftly
со́йка (со́ечий *adj.)* jay
со́пка hill
спе́шиться *pf. of* спе́шиваться dismount

спиртоно́с bootlegger
спросо́нья = спросо́нок only half-awake
ссо́хнуться *pf. of* ссыха́ться harden, dry out
ссуту́литься *pf. of* суту́литься stoop
станови́к = станови́ще temporary halting-place
сте́рва *coll.* vulgar term of abuse
страда́ *coll.* hard work (at harvest-time)
стре́мя = стремни́на *reg., coll.* rocky hillside
су́мерничать *impf., coll.* sit in the twilight
сумя́тица *coll.* chaos
сусло́н *reg.* haystack
съе́хавший unnatural, not one's own
сы́змальства *coll.* since childhood

Т

тайме́нь *m.* salmon-trout
темноли́кий dark
темь *f., coll.* darkness
то́бись = то́ есть that is to say
ток threshing ground
трепа́ться *coll.* chatter foolishly
трепа́ч *coll.* blatherer
тро́шки *ukr., coll.* a little bit

У

ува́жить *pf., coll.* indulge, humour
уди́ло = удила́ *pl.* bit (part of harness)
узде́чка *dim. of* узда́ bridle
уздцы́: под уздцы́ by the bridle

у́лы *reg.* deerskin boots
унты́ *reg.* fur boots
уста́ *obs.* mouth
устла́ть *pf.of.* устила́ть (+I.)
  cover with

Ф

фа́нза *reg.* Korean peasant dwelling

Х

харчи́ *coll.* food, grub
хвощ mare's-tail (plant)
хи́лый weak
хле́ще *comp.of* хлёсткий biting,
  scathing
хлю́пать *impf.,coll* squelch
хо́лка withers
хо́хлиться/на- become ruffled
хохоло́к tuft
хули́тель critic
хуч *coll.* although

Ц

цеса́рка guinea-fowl

Ч

ча́вкать squelch
чеку́шка *reg.* mallet
чепля́ться = цепля́ться *impf.*
  (за+А.) *coll.* support, stick up for
череда́ = черёд *coll.* : проходи́ть
  чередо́й pass by in succession

черноклю́вый black-beaked
чертёнок little devil, imp
чирьё = чи́рей *coll.* boil, pimple
чуб forelock
чу́диться *impf.* sense, imagine
чуми́за *reg.* grain crop, similar to
  millet

Ш

шаба́ш *coll.* all over, finished
шагре́невый shagreen leather
ша́тия *coll.* gang, crowd
ша́шни *pl.only, coll.* love affair
шко́дить/нашко́дить *coll.* behave
  badly
штрек mine shaft

Щ

щемя́щий aching
щерба́тый *coll.* pock-marked

Э

эстафе́та *obs.* dispatch rider

Я

я́мочка dimple